타인의 삶

타인의 삶

권행백 소설집

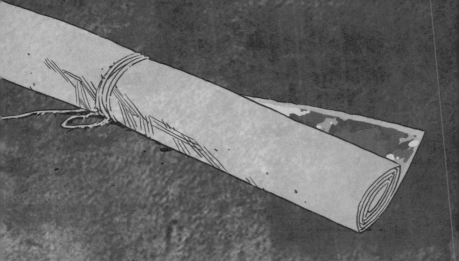

아마존의나비

차례

타인의 삶

2019년 계간 『동리목월』 신인상 수상작

"진짜가 사라진다면 내가 그린 짝퉁은 과녁 잃은
화살처럼 존재의 의미를 상실하는 거였다."

타인의 삶

눈 송이들을 와이퍼가 힘겹게 밀어냈다. 의왕시라는 녹색 간판을 어깨 뒤로 넘기고 5분쯤 더 밟았을까. 익숙한 시멘트 길이 오른편 차창으로 휘움하게 다가왔다. 물창을 튕겨내던 타이어가 그새 쌓인 눈 위로 올라섰다. 국도의 옆구리를 빠져나와 논두렁 사이로 야트막한 언덕에 닿는 요양병원 진입로. 나는 갓길에 차를 세웠다. 여전히 마음의 준비가 쉽지 않았다. 브레이크 페달을 세게 누른 것과 요양병원을 어슷하게 비켜 간 소로 끝 장례식장이 시야에 잡힌 건 거의 동시였다. 몸체를 언덕 뒤로 감추고 있었으므로 옥상에 붙은 검은색 간판이 적당히 겸손해 보이기까지 했다. 부러 목을 빼고 고개를 두 시 방향으로 돌리지 않았으면 여느 때처럼 지나칠 수도 있었다. 따지고 보면 요양병원과 근처의 장례식장은 물리적 거리만큼이나 긴밀할 터였다. 선팅 짙은 차창을 내렸다. 산등성이 윤곽이 무채색으로 아스라했다. 병원 옆구리의 샛길로 이어진 마을에 여기저기 전깃불이 켜졌다. 긴 하루가 다시 저물고 있었다.

나는 조수석에 던져 둔 휴대폰을 집어 아내를 불렀다.

"오늘 밤 못 들어갈지 몰라. 다시 연락할게. 당신은 그냥 집에 있어."

부담을 덜어 주려는 의도였지만 마음이 편치 않았다. 전화기 저편에서 짧은 대답이 가물거렸다.

청혼하던 날, 나는 아버지가 친부가 아닐지 모른다고 고백했었다. 마음속에 구겨 두고 께름칙하게 지내느니 털고 가는 게 나을 거라는 판단이었다. 그게 사실이라 해도 우리의 결혼생활에 무슨 지장이 있겠나 싶었다. 대단한 비밀이라도 되는 양 숨기는 인상은 더더욱 주기 싫었다. 우리는 서로의 가족사에 흔들리지 않을 삼십대 중반의 나이였다. 하지만 그가 양부일지 모르고 내가 업둥이일 가능성이 높다는 점은 처가 쪽에서는 개운치 않은 문제일 수도 있었다. 아버지로서는 품이 넉넉한 분으로 보일 수 있었으나 업둥이로서의 내가 얻을 가산점은 기대할 수 없었다. 사실 여부는 어차피 무의미했다. 객관적 사실은 개개인의 믿음을 통해 진실로 굳어지는 법. 인간의 인식에 객관이 끼어들 여지는 없었고 내 경우도 예외는 아니었다. 다행히 아내가 우겨 줘서 결혼식을 올렸다. 하지만 나의 고백은 '오래된 의심을 근거로 한 위험한 진실'임을 두고두고 인정하지 않을 수 없었다.

내 입에서 튕겨져 나간 설익은 진실이 종종 부메랑으로 되돌아왔다. 음식을 챙겨 들고 혼자 사는 시아버지를 찾아가는 아내의 진심을 나는 의심했고 그런 내내 마음이 편치 못했다. 그녀가 이따금씩 용돈도 쥐어 드리는 것 같았지만 내 머릿속엔 그런 상황이 쉽사리 그려지지 않았다. 꼬장꼬장한 성격은 두 사람이 묘하게도 닮아 있었다. 굳이 이해하자면 그래서 통하나 싶었다. 나는 실눈을 치뜨며 장난스럽게 질문을 던져 보기도 했다.

– 디엔에이 검사라도 해 볼까?

– 이제 와서 그걸 알아 뭐하게요. 아버님을 존경하지 않나요?

사학과 후배인 아내가 내겐 길잡이였다. 그녀는 내가 결정 장애로 미적거릴 때마다 무엇이 더 중한지 가르마를 타 주곤 했다. 남의 신발을 신은 기분으로 다니던 대기업 인사팀을 내가 때려치울 때도 아내는 흔들리지 않았다. 권위주의적 조직 문화는 딱 질색이라고 외치던 호기가 한 달도 못 되어 불안증으로 바뀌었지만 아내는 내 등을 두드려 주었다. 신생 잡지사에 첫 출근하던 아침에도 그녀가 파이팅을 외쳤다. 시사 주간지 기자가 대단한 벼슬이라도 되는 양 그녀가 엄지를 세웠고 머쓱해진 나는 구두 끝으로 현관 바닥만 문질렀다. 글을 쓰며 살고 싶다던 내 말이 허욕은 아닐까, 새삼스레 되새기는데 그녀가 내 귀에 입술을 붙여 속삭였다. '하고 싶은 일을 하지 못하면 남의 인생 대신 살다 가는 거예요.' 중학교 기간제 교사인 아내의 얼굴이 유난히 환했다.

요양병원에서 이미 두 번이나 위독하다는 기별이 왔었고 그때마다 아버지는 환생하듯 연명했다. 그는 고비를 넘길 때마다 마디가 부러지듯 차례로 꺾였다. 남에게 폐 끼치는 걸 끔찍이도 싫어하는 그가 아직 죽지 못한 것을 내게 미안해 할 거라는 짐작이 스쳐갔다. 이곳 요양병원 신세도 벌써 두 해째, 동네 경로당에서 초상화를 그려주다 쓰러진 뒤로 그는 오른쪽 반신을 못 쓰게 되었다. 둔해진 발음과는 달리 멀쩡하던 정신도 지난여름을 넘기며 가물거리기 시작했다. 대소변을 남의 도움으로 해결한 것도 그때부터였다. 아직 예순 여섯. 건강하던 그가 순순히 받아들이기엔 가혹한 현실이었다. 추한 모습을 보이기 싫었던 걸까. 아직 성한 왼손을 흔들어 이젠 오지 마라는 신호를 보내곤 했다. 나는 그의 겉치레를 믿지 않았고 주말마다 병실 문을 두드렸다. 한번은 그가 무슨 말인가를 하려다가 얼굴을 돌리며 눈물을 보였다. 턱받이를 걸어 준 도우미를 내보내고 내가 직접 밥을 떠먹일 때였다. 심약해진 노인에게 흔한 현상이려니 했지만 그런 일이 반복되자 그 눈물이 불편해졌다. 효심에 의문을 품은 자책이 깊어질수록 그의 얼굴을 바라보기도 힘이 들었다. 나는 방문 횟수를 한 달에 한 번 꼴로 줄였다.

주차장에 차를 대고 복도를 지나 병실 문을 열었다. 거친 호흡을 이어 가는 아버지 대신 물리치료사 겸 병원 행정을 돕는 박 선생이 나를 맞았다. 2인실이라지만 이웃 침대는 비어 있었다. 지난달 그 위에 누워 있던 노인은 중증 치매 병실로 옮겼단다. 열린 문으로 들어온 원장이 내게 악수를 청하며 형식적 위로를 건넸다. 그러고는 박 선생에게 서류철을 넘겨 주고 방을 나갔다. 죽음의 문턱을 밟은 터라 아버지와의 소통은 이미 불가능했다. 박 선생이 내게 눈을 맞추며 천천히 고개를 끄덕였다. 심각한 표정이 벗겨진 앞이마에 줄을 그었다. 아무래도 오늘을 넘기긴 힘들 것 같다는 뜻이었다. 오십 줄에 접어든 박 선생은 환자들에게 제법 인기가 있었다. 백 명이 넘는 입원 환자에게 일일이 마음을 써 주는 그에게 아버지는 엄지를 들어 올리곤 했다. 아버지의 팔다리를 주물러 주며 소통을 시도하던 그의 모습에서 나 역시 적잖은 감동을 느꼈다. 나는 그를 통해 아버지의 근황을 비교적 상세히 알 수 있었다. 개중엔 내가 모르던 아버지의 과거사도 있었는데 그건 아버지와 통하는 사이가 아니면 알 수 없는 정보들이었다.

"마음의 준비를 하셔야겠습니다."

여기까지는 예상했던 순서였으므로 그러려니 했다. 손바닥을 바깥쪽으로 내미는 박 선생을 따라 복도로 나갔다. 그가 서류를 펼치며 말을 이었다.

"보호자 서명이 필요해서요. 연명 장치를 거부하신 터라…. 지금 놓아 드린 링거는 그냥 영양젭니다. 요즘 통 음식을 넘기지 못했어요."

잠깐 말을 끊은 그가 다른 서류를 내밀었다. 장례 절차를 상의하려는 거였다.

"빈소를 차리지 말고 곧바로 화장해 달라고…."

여기까지도 이상할 건 없었다. 아버지의 성품으로 충분히 그럴 수 있었다. 그는 말년엔 사람을 거의 만나지 않았고 드물게 오는 문병도 거절했으니까.

"아 참, 그리고…."

박 선생이 병실로 들어가더니 누런 쇼핑백 하나를 들고 나왔다. 아버지의 소지품이었다. 한지로 포장하여 투명 테이프로 꼼꼼하게 감아 둔 네모난 물건과 옷이 들어 있었다. 사각의 납작한 물건은 각 잡힌 모서리로 보아 앨범이거나 액자인 듯했고, 단정히 개어 함께 넣은 색 바랜 옷은 군복이었다. 물건을 받아 들고 어정쩡하게 들여다보는 내게 그가 턱짓을 하며 말했다.

"그걸 입혀 달라고 하셨어요."

화장을 원한 아버지가 자신의 수의를 준비해 놓은 것이었다. 박 선생이 내 표정을 살폈다.

"아 예…, 그렇다면."

내 멋쩍은 얼굴과 무르춤한 반응을 대하고 서 있기가 뭐했던지 그가 한마디를 얹었다.

"아직은 남은 시간이 더 있으니, 어디 가서 잠시 쉬었다 오세요."

응당 자리를 지켜야 했지만 아버지를 위해 당장 할 일이 없다는 점이 나를 더 지치게 했다. 박 선생이 윗니로 아랫입술을 깨물며 손목시계를 들여다보았다. 이번에도 헛걸음인가 싶기도 했지만 죽음을 일상으로 접하는 자의 직관을 내가 넘어서진 못할 것이었다. 나는 병실 안으로 들어가 아버지의 숨소리를 확인하고 슬그머니 돌아 나왔다.

"멀리는 가지 마시고요."

박 선생의 말이 등에 꽂혔다.

주차장으로 돌아가 차 뒷문을 열고 쇼핑백을 넣었다. 밤을 새자면 뱃속이라도 채워 둬야 할 것 같았다. 산 사람은 살아야 하니까. 박 선생이 연락을 주겠지. 어둠이 깔린 병원 마당을 걸어 샛길로 빠져나왔다. 규칙적으로 늘어선 가로등을 일곱까지 세다가 마을 입구에 들어섰다.

이따금씩 이용하던 순댓국밥집이 다행히 열려 있었다.

배를 채우고 나니 긴장이 좀 풀렸다. 병원 주차장으로 돌아온 나는 운전석을 뒤로 잔뜩 밀어 다리를 뻗었다. 착잡했다. 차 안을 뒤져 끊으려던 담배를 찾아 물었다. 룸미러 속으로 쓰러진 쇼핑백이 들어왔다. 그 안에서 낡은 군복 한 자락이 빠져나와 나를 어린 시절로 끌어당겼다.

귀에 못이 박히도록 듣던 혁명가의 이야기가 있었다. 나는 이순신이나 세종대왕을 알기도 전에 아버지가 모셨다는 그 장군의 이야기를 들으며 자랐다. 그가 아버지에게 위인이 될 수 있었던 건 아버지의 성장 배경과도 무관치 않았다. 아버지는 재주 많은 소년이었다. 노래는 물론이고 그림에도 타고난 끼를 발휘했다.

손바닥만 한 액자 하나가 내 어릴 적부터 아버지의 방을 지키고 있었다. 그가 무슨 대회에서 상을 받고 찍은 흑백 사진이었다. 교복 입은 남학생은 수줍은 얼굴이었고 옆에 서서 손끝으로 상패 모서리를 받친 젊은 여자는 미술 교사였다. 아버지는 집에서 혼자 마시기 뭣했는지 당시 중학생이던 내게도 술을 한 잔씩 따라주곤 했는데, 그때마다 안주처럼 챙겨 주는 말이 있었다. 술은 어른한테 배워야지. 이어서 나오는 빤한 대사가 바로 사내란 여자를 잘 만나야 해, 였다. 이상형을 거론하며 그는 자꾸만 흑백 사진 속 여선생을 흘끔거렸다. 아무튼 교사들의 칭찬을 독차지했다는 그의 자랑은 증명된 셈이었다. 그는 미대에 입학했으나 집안 형편이 어려워 학업을 계속할 수 없었다. 고민 끝에 휴학을 하고 운전을 배워 택시 기사가 되었다. 가까스로 등록금을 마련했지만 복학도 하기 전에 징집영장이 날아왔다. 논산 훈련소에서 운전병으로 차출되어 배치받은 곳이 바로 장군의 부대였다. 당시 사단장이던 장군의 지프를 몰게 된 계기였다.

장군과의 인연은 아버지가 제대를 한 뒤에도 이어졌다. 민간인이 되고 답장 없는 안부 편지를 간간이 보내긴 했으나, 막상 장군에게서 연락을 받았을 땐 번개라도 맞은 기분이었다고 했다. 장군이 군복을 벗고 건설부장관을 거쳐 정보기관의 수장에 임명된 직후였다. 아버지는 그의 관용차 대신 사택에서 쓰는 자가용을 몰았고 주로 장군의 부인을 태웠다. 숙식도 장군의 집에서 해결했는데 마당 건너 문간방은 총각 혼자 사용하기에 맞춤이었다. 아버지는 자신의 임무가 오로지 입을 봉하는 것이었다고 했지만 자질구레한 집안일도 그의 몫이었다. 장군을 위해일을 한다는 자부심은 대단했다. 부관이라도 된 듯 그는 장군의 말투뿐 아니라 제스처까지도 닮으려 애를 썼다. 아버지는 장군과 함께 찍은 사진을 지갑 속에 오랫동안 보관했다. 사진을 꺼내 보이며 닮지 않았냐고 묻곤 했는데 그럴 때 아버지는 자못 감격스런 얼굴이었다. 굳이 그렇게 보자면 비슷한 구석이 없지도 않았다. 둘 다 키가 작은 편이었고 쏘아보는 눈빛에 어깨가 넓어 당당한 인상을 풍기긴 했다. 두 남자는 사복 차림이었는데 민간인이 된 이후에도 장군의 총애를 받은 증거라고 했다. 그런데, 그 정도의 포즈는 장군이 다른 부하들에게도 취해 주지 않았을까. 스포츠머리를 한 사진 속 아버지는 조폭 똘마니를 연상시켰고 그의 감격이 좀 과장되어 보였다.

  - 나를 장군이 다시 부른 이유가 뭔지 아니? 사람은 말이다 충성심으로 인정을 받아야 해. 충성이 뭔지 아니? 그건 자기가 존경하는 사람을 닮으려는 노력이지.

  아버지의 지론이었다. 하지만 그를 불러낸 것은 장군의 기억에 박힌 그림 한 장이었는지도 모른다. 운전병 시절, 아버지는 장교들의 연회가 있는 저녁이면 장군을 기다리던 차 안에서 연필과 종이를 꺼내 스케치를 했다. 세 개의 별이 붙은 모자와 챙 아래로 미간이 넓은 이마. 때마침

차에 돌아온 장군이 자신의 초상화를 받아 들고 한참을 들여다보았다. 그 뒤로도 술자리가 잦았고 귀가 길에 종종 노랫소리가 흥얼흥얼 운전석 등받이를 넘어오곤 했다. 어느 날 문득, 자네 이 노래 아나? 일본 가요를 입속에서 굴리던 장군이 아버지에게 던진 질문이었다. 백미러에 비친 두 눈이 게슴츠레 감겨 있었다.

언젠가 나는 병실에서 물리치료를 하던 박 선생에게서 같은 질문을 받았다. 중풍에 이은 치매가 아버지의 영혼을 물어뜯기 시작하던 때였다.

— 혹시 그 노래…, 아세요?

아버지가 깜박거리는 기억 속에서도 어눌한 발음으로 일본 가요를 자주 흥얼거리더란다.

— 벚꽃이 지기 전에 청춘을 바치자는 뜻이라던데…. 군가라기엔 곡조가 슬프고 가요라기엔 가사가 선동적이라, 제가 듣기엔 좀 그랬어요. 아무튼 치매 진행을 늦추려면 기억 중추를 자극해 줄 상대가 필요해요.

나는 멋쩍은 얼굴로 고개만 끄덕였다. 박 선생의 표정이 담담했는데도 자주 찾아와 대화 상대가 되어 드리지 못한 나는 꾸중 듣는 아이처럼 어깨를 옹송그렸다. 아버지가 장군에게서 배웠다는 트로트풍의 가요를 내가 모를 리 없었다. 박 선생은 노래에 얽힌 사연을 이렇게 말했다.

– 아버님께서 장군에게 제목을 물어 보았답니다. 휴가를 나가 테이프를 구해 와서 외워 버렸대요. 장군을 기다리는 차 안에서 반복해서 들었겠죠? 술이 불쾌해진 분을 위해 운전 중에도 자주 불러 드렸답니다.

일어를 전혀 모르는 아버지의 지극정성이 느껴졌다. 아버지는 나에게 장군이 가르쳐 준 노래라고 했지만, 그가 자발적으로 충성심을 발휘한 거라는 생각이 들었다. 무엇이 사실인지는 중요하지 않았다. 어느 쪽이든 믿음이 실리면 진실이 되는 거였다.

아버지는 평행이론을 들먹이며 자신의 신념을 굳혔다.

– 장군은 그날 저녁에 총을 쏘았지. 안중근 의사가 거사한 1909년 10월 26일에서 정확히 70년이 지난 바로 그날이었어. 넌 이게 무엇을 의미하는지 아니? 결코 우발적 사건이 아니라는 증거야.

총성이 울린 날 나는 겨우 두 살이었다. 내게 그날의 기억이 있을 리 없었다. 하지만 아버지는 꾸준하고도 줄기차게 나를 자신의 경험 속으로 끌고 들어갔다. 그러던 아버지가 스테레오 타입 용비어천가의 볼륨을 줄인 것은 내 사춘기 반항 때문이었다. 나는 장군과 안중근의 거사일이 같다는 사실을 신기한 우연으로 여겼을 뿐 아버지의 주장까지는 수용하기 어려웠다. 우리 민족을 압제에서 구하라는 신의 계시였다니. 그런 열변은 예배당 부흥회에서나 어울릴 것 같았다. 머리가 굵어지고 아비가 되고서도 나는 생각을 크게 바꾸지 않았다. 아버지의 믿음을 일견 수긍하면서도 그 만큼의 무게로 의심을 품고 살아 온 것이었다.

작년 10월에 나는 특집 기사를 쓰기 위해 장군의 주변을 뒤진 적이 있었다. 거사가 오직 자유민주주의를 위한 충정이었다면 곳곳에 그의 소신이 필연처럼 배어 있을 거라는 판단 때문이었다. 취재 후에도 나의 의문은 그대로였다. 장군이 야수의 심정으로 유신의 심장을 쏘았다면 어찌하여 심장만 죽이고 몸통은 살려 두었을까. 악랄한 신군부가 이 땅을 지배하도록 방치한 이유를 헤아리기 어려웠다. 장군은 자신의 행동이 가져올 후과를 충분히 예견할 수 있는 위치에 있었다. 세상의 온갖 정보들이 그의 책상 위로 모여들었으므로 당시 군부의 동향을 그가 모를 리 없었다. 안중근이 이토 히로부미를 죽여 제국주의에 경종을 울리려 했다면 장군은 독재자를 죽여 자유민주주의를 살려 내려 했다고 주장하지 않았나. 안중근은 목적을 달성했지만 아버지가 존경해 마지않는 장군의 거사는 의도치 않게 빛고을의 비극으로 이어졌다. 권력을 탐하지 않은 장군의 순수함에 아버지는 변론의 초점을 맞추었고 나는 장군의 무책임한 충동에 반박의 무게를 실었다. 장군은 법정에서 이렇게 말했다. 혁명이란 낡은 질서를 무너뜨리고 새로운 질서를 세우는 일이라고. 그는 거사 직후 자결하지 않은 이유도 진술했다. 혁명을 완수하려면 자신의 역할이 필요했다고. 그렇다면 그는 자신이 주도하여 새 질서를 만들어 낼 치밀한 계획부터 세웠어야 했다. 방해 세력을 제거할 대책이 포함되어야 함은 두 말하면 잔소리다. 그의 신분은 안중근과 달랐고, 거사부터 혁명 완수까지의 촘촘한 계획을 세울 시간도 충분했다. 하여 나는 그가 충동적으로 일을 저질렀다는 의심을 좀처럼 거둘 수 없었다. 신군부는 광주의 혼란을 틈타 그를 서대문 형무소에 매달았다. 죄목은 내란미수죄였다. 차라리 그가 신군부처럼 내란을 일으켰더라면 처형은커녕

거사 후 실권을 쥐고 자신의 목적을 달성했을 것이다.

내가 대학을 졸업한 뒤에도 반복된 부자간 논쟁은 평행선을 그리다 싱겁게 끝이 났다. 예전과 달리 아버지가 중남미 사례와 장군의 최후 진술까지 끌어들였지만 내 귀엔 여전히 변주된 충성 맹세였다. 실인즉 나는 장군을 옹호하는 열변보다 그를 위해 아버지가 왜색 가요를 불렀다는 점이 더 불쾌했다. 하필이면…. 하지만 아버지는 그 노래에 거부감이 없었고 오히려 장군을 신앙처럼 새기는 찬송가로 삼았다.

– 그 시절의 사회 분위기를 감안해 보면….

박 선생이 씁쓸한 미소로 말꼬리를 흐렸다. 그의 말에도 일리는 있었다. 식민지에서 자란 장군이 제대로 부를 줄 아는 유행가가 그뿐이었는지도 몰랐다. 박 선생은 장군과 아버지를 넉넉하게 품고 있었지만 나는 여전히 께름칙한 기분을 떨칠 수 없었다.

장군이 거사를 일으킨 뒤로 아버지는 그 집을 나와 붓을 잡았다. 작업실을 마련할 형편이 못 되었던 그는 공원이나 산책로에 자리를 잡고 지나는 이들의 얼굴을 그려주었다. 대학로 마로니에공원은 그가 자주 파라솔을 펼치던 곳이었다. 찬바람이 불면 공치는 날이 많았다. 고객을 오래 앉혀 둘 수 없었고 겨우 잡은 손님도 그냥 가 버리곤 했다. 다 그려 놓은 얼굴이 마음에 안 든다며 짜증 내는 사람을 달래는 일도 쉽지 않았다. 그림 값을 던지듯 주고는 몇 발자국 걸어가다 자신의 얼굴을 공원 쓰레기통에 쑤셔 넣던 여자를 그는 꽤 오래 기억하고 있었다. 모델처럼 그려 주지 그랬어요, 했더니 아버지는 그렇다고 남의 얼굴을 그려 줄 순 없잖아, 했다. 평생토록 남의 얼굴만 그리는 그가 몹시도 난감한 표정이었다.

해가 지면 아버지는 화려한 타인의 삶으로 날아갔다. 밤무대 모창 가수가 된 거였다. 유명 가수를 세우자니 출연료를 감당할 수 없었던 극장식 술집들이 아버지를 불러냈다. 트로트를 구성지게 부르는 그가 대신 무대에 올랐다. 1980년 가수왕 J의 출현을 잔뜩 기대하는 손님들에게 시간을 끌며 술과 안주를 판 다음 비슷한 음색의 짝퉁을 슬그머니 무대에 올리는 수법이었다. 아버지는 J의 사진을 보며 목소리뿐 아니라 옷차림과 헤어스타일까지 갖춰 나갔다. 제스처는 물론이고 이를 드러내 한쪽 눈을 찡그리는 표정까지도 거울 앞에서 연습했다. 그럴 때면 세상에서 가장 행복한 얼굴이었다. 덧칠하던 옅은 눈썹엔 결국 문신을 새겨 넣었지만 작은 키는 구두 굽만으로는 해결할 수 없었다. 다행히 J의 키를 기억하는 관객이 많지 않았고 아버지를 불러내는 업소의 전화는 한동안 이어졌다. 가짜를 끌어내라며 던진 취객의 술병에 맞아 이마가 터진 이튿날 밤에도 그는 다시 J가 되어 있었다. 하여 두 해 전 중풍을 맞기 전까지도 그는 동네 복지관을 돌며 마이크를 잡았다. 레퍼토리는 여전히 J 메들리였고 막간에 노인들을 앉혀 놓고 초상화를 그려 주기도 했다. 그럭저럭 용돈벌이는 되었다.

아버지는 내게 남들이 가진 가족 모양새를 보여 주지 못한 채 그렇게 늙어 갔다. 내 기억에 엄마는 없었고 학교에서 돌아온 나는 늘 혼자였다. 언젠가 내가 엄마 사진이 왜 없는지 물었는데 아버지는 천장만 멍하니 바라보다 버럭 화를 내며 나가 버렸다. 그 후로 나는 같은 질문을 부러 피했다. 그가 내게 엄마를 만들어 주려고 시도한 적이 있긴 했었다. 하지만 내가 정들만큼 우리 부자와 함께 산 여자는 없었다.

오른손을 뒤로 뻗어 쇼핑백을 앞쪽으로 가져왔다. 한지에 싼 물건을 꺼내 조심스럽게 포장을 뜯자 한 여자가 슬픈 눈으로 나를 바라보았다. 내 사무실 책상 위 컴퓨터 모니터만 한 화폭이 어깨선에서 잘린 동양 여자의 얼굴로 채워져 있었다. 노란 빛이 도는 하얀 꽃 장식을 얹은 검은 머리, 둥근 얼굴과 작고 낮은 코, 가는 목선, 여자의 오른 어깨 위에 앉은 갈색 나비 한 마리까지, 눈에 익은 그림이었다. 말도 많고 탈도 많은 '미인도'가 아버지의 소지품에서 튀어나오다니. 나는 한동안 멍한 눈으로 그림을 바라보다 문득, 액자를 꺼낼 때 한쪽을 뜯어낸 포장지 속을 들여다보았다. 두툼하게 접힌 편지가 흰 봉투 안에서 나를 기다리고 있었다.

아버지는 혀가 굳어 현저히 나빠진 발음을 필담으로 보완하곤 했으나 그마저도 녹록지 않았다. 한 문장을 완성하기 위해 구안와사로 틀어진 뺨에 진땀을 흘리곤 했다.

편지지에 두 줄씩 차지한 굵은 글자가 양면으로 열 장도 더 되었다. 삐뚤빼뚤한 손 글씨는 중풍이 찾아온 뒤로 아직 성한 왼손을 움직여 꾸준히 훈련한 성과였다. 마감 닥친 원고처럼 빠르게 훑어 나가던 나는 돌부리에 걸린 듯 읽기를 멈췄다. 넉 장째였다.

사모님은 조용한 성품이었다. 장성급 부인들에게서 풍기는 권위 의식 같은 건 애당초 없었다. 주위 사람들을 자상하게 챙겨 주곤 해서 유치원이나 초등학교 교사에 어울리겠다는 생각이 들곤 했다. 신변 보호 목적이 아니라면 웬만한 나들이에 자가용을 이용하지도 않는 분이었다. 남에게 일 시키는 것도 싫어해 벽지나 장판에 흠집이 생겨도 당신이 직접 손을 보았다.

사모님을 모시고 여고 동창회에 다녀온 날이었다. 그러니까 그게 장군의 거사가 있기 몇 달 전이었지. 친구한테 받은 생일 선물이라며 내게 그림 한 점을 걸어 달라 하더구나. 사모님이 천장까지 높이 뚫린 아래층 거실에 서서 팔을 올렸다. 가리킨 곳은 난간이 보이는 이층이었다. 나는 장군 부부의 침실과 가까운 복도 벽에 못을 박고 액자를 걸어 드렸다. 우측 하단에 유명 작가의 눈에 익은 서명이 보였다. 계단을 내려와서 어깨를 돌려 흠칫 올려보는데 그림 속 여자와 눈이 마주쳤다. 그 눈빛이 나를 유혹하는 것 같기도 했고 위로하는 듯도 했다. 나는 그 자리에서 석상처럼 굳어져 버렸다. 어디선가 본 듯한, 참 많이도 닮았구나 싶은, 아니 내가 오랫동안 잊지 못하던 여인이 말을 걸어 왔고 나는 이내 사랑에 빠졌다. 엉뚱하게 느껴지겠지만 그런 기분을 달리 표현할 방법을 모르겠구나. 그날 밤나는 한숨도 자지 못하고 열병을 앓았다. 자려고 누우면 가슴이 뛰었고 눈을 감아도 그녀의 얼굴이 천장에서 빙그르 돌았다. 왈칵 욕심이 생기더라. 오직 나 혼자만 그녀를 바라볼 수 있다면….

나는 방문을 걸어 잠그고 묵혀 놓았던 화구를 꺼내 스케치를 시작했다. 그것을 그린 C 화백이 사용했음직한 물감도 어림짐작 가능했으므로 재료를 구하는 건 어렵지 않았다. 짬이 날 때마다 나는 캔버스 앞에 앉았고 밤을 새워 그려 나갔다. 이층으로 향한 계단이 닳도록 오르내리며 그녀를 사진처럼 내 머릿속에 찍었다. 나는 거장의 솜씨를 흉내 내며 날마다 성장했다. 내 붓 끝의 피조물도 복도에 걸린 그녀를 조금씩 닮아 갔다. '가까이 좀 더 가까이'를 좌우명으로 새기며 내 자신에게 채찍을 가했다. 그렇게 꼬박 두 달. 나는 똑같은, 아니 진짜보다 더 진짜 같은 그녀를 탄생시켰다. 내 그림에도 마침내 서명을 할 때가 왔건만…, 나는 그만 붓을 떨어뜨렸다. 그녀가 달라져 있었다. 진품에 비해 생기가 없었고 왠지 슬퍼 보였다. 그녀의 우울한 눈빛이 나를 비웃는 듯했다. 내 눈에만 보이는 진품과의 차이가 뾰족한 통증으로 다가왔다. 며칠 후 이윽고 장군이 나의 결심을 굳혀 주었다.

단 한 컷의 장면이었지만 내겐 일대 사건이었다. 그날은 일요일이었고 나는 이층 복도에 서 있는 장군을 보았다. 아침 장을 보아 온 물건을 사모님께 전달하려고 현관에 들어서던 중이었

지. 평소 집안일에 신경을 쓰지 않던 장군이 그제야 발견한 듯
벽을 뚫어져라 바라보더구나. 장군은 평소에 붓글씨를 즐기며
그림에도 조예가 깊어 그러려니 하는데, 문득 그 얼마 전 나를
난감하게 만들었던 일이 떠오르더구나. 그때 나는 장군의 친
척이 놓고 간 사과 한 상자를 집주소를 찾아 되돌려 주고 와야
했다. 그냥 사과뿐이었는데 그걸 돌려받는 노인의 민망한 눈빛
은 지금도 잊을 수가 없다. 나라의 녹을 먹는 자는 그런 걸 받
아서는 안 된다는 장군의 소신 때문이었지. 나는 그림을 바라
보고 돌아서는 장군의 표정을 읽으려 애썼지만 딱히 답을 얻
지 못했다. 하지만 그 순간부터 나는 초조함을 견딜 수 없었다.
선물을 되돌려 주라는 명령이 언제 떨어질지 몰랐으니까. 나는
나의 뮤즈를 붙잡아야 했다. 거장의 걸작을 좇는 즐거움도 포
기할 수 없었다. 진짜가 사라진다면 내가 그린 짝퉁은 과녁 잃
은 화살처럼 존재의 의미를 상실하는 거였다. 이윽고 나는 원
작자의 서명을 수백 번 연습했고 내 그림 우측 하단에 그대로
그려 넣었다. 다음 날 나는 아무도 없는 틈을 타 그림과 일자
드라이버를 들고 이층으로 올라갔다.

자동차 안이 너무 더웠다. 나는 읽기를 멈추고 히터를
껐다. 편지지 모서리를 붙잡은 손이 떨렸다. 그렇다면 이

것이 진짜란 말인가. 어느새 나는 머릿속에서 그림 값을 되작이고 있었다. 얼마나 받을 수 있을까. 잡지사 운영이 어려워진 뒤로 나는 기사거리만큼 광고라도 따와야 겨우 월급을 챙길 수 있는 처지였다. 아내는 둘째를 낳고 석 달도 못 되어 복직했는데…, 그녀도 욕심이 나지 않을까. 아버지 진술이 맞을 성싶었고 그럴수록 아내의 반응이 궁금해졌다. 나는 내 믿음에 무게를 실으며 C 화백의 한숨 소리를 되새겼다.

　C 화백은 국립현대미술관이 전시한 미인도 앞에서 첫눈에 가짜라고 선언했다. 하지만 미술관은 그들이 초빙한 전문가들을 내세워 그것이 진품임을 주장했다. 이상하게도 원작자의 말은 공염불이 되었다. 하지만 나는 그녀의 말이 맞지 싶었다. 이유는 단순했다. '어떤 주장을 한 사람이 그 주장을 통해 얻을 이익보다 손해가 크다면, 그 주장은 사실일 확률이 높다'고 믿기 때문이었다. 전문 감정사들이 진짜라고 말하는 작품을 두고 원작자가 나서서 굳이 가짜라고 선언하긴 쉽지 않은 법. 그러다 자칫 자신의 다른 작품마저 가짜 시비에 휘말려 그림 값이 곤두박질치지 않겠나. 그럼에도 C 화백은 위작 주장을 굽히지 않았고 급기야 자신의 그림도 못 알아보는 치매 환자

로 몰렸다. 화백은 절망 끝에 한국을 떠났다. 여기까지가 내가 아는 미인도 논쟁의 1라운드였다. 2라운드는 미국에서 작고한 C 화백의 유족이 시동을 걸었다. 유족은 한국에 프랑스 전문가들을 불러들였다. 그들이 세계적 권위와 첨단 분석 기법을 근거로 위작임을 밝혔음에도 미술관 측의 주장은 뒤집히지 않았다. 이윽고 법정에서 진위를 가렸으나 판결마저 미술관 측의 손을 들어 주었다. 가짜로 드러날 경우 국립기관이 받을 타격이 클 것이었다. 사건에 연루된 공무원들도 여럿이었다. 가짜로 세상을 속인 죗값을 감당해야 할 터였다. 미술관 측이 자신들의 미인도를 진품으로 주장하는 가장 강력한 근거는 따로 있었다. 그 작품이 이 나라 핵심 권력자의 소유물이었다는 점이었다. 원작자의 주장마저 과감히 뭉개버린 국립기관의 소장품은 지루한 공방 끝에 마침내 진품이 되었다. 하지만 아버지의 편지는 여전히 결을 달리했다.

나의 여신을 집 밖으로 가지고 나가 나만의 공간에 옮겨 놓았다. 천하를 얻은 기쁨에 어떤 대가도 치를 준비가 되어 있었다. 얼마 지나지 않아 장군이 거사를 했다. 그 다음 날 나는 눈이 가려진 채 차에 태워져 어디론가 끌려갔다. 장군의 집에서 그리 멀지 않은 서울 시내 어디쯤이었는데 사내들이 나를 컴컴한 방안에 밀어 넣었다. 그들이 다짜고짜 내 얼굴에 주먹질을 하고 온몸을 짓밟았다. 내 손가락에 전깃줄을 붙여 놓고 전압을 높여 가며 장군의 재산을 아는 대로 털어놓으라고 하더구나. 시간이 얼마나 지났는지 가늠할 수 없었다. 이윽고 그들이 종이 몇 장을 내밀며 서명을 강요했다. 내가 몰았던 자동차는 물론이고 장롱, 피아노, 냉장고, 텔레비전, 벽에 걸어 둔 서예 작품들과 심지어 볼펜 한 자루까지. 그들은 이미 장군의 집에 있는 모든 물품들을 압수해 놓았더구나. 그들이 내민 서류는 품목별로 가격을 매긴 목록이었다. 한눈에도 그것은 부풀려져 있었다. 그대로라면 장군은 고가품들을 소유한 부정축재자가 되는 것이었다. 이마에서 흘러내린 피로 앞을 볼 수 없는 와중에도 내 눈을 붙잡은 것은 목록에 적힌 '서양화 한 점'이었다. 이층 복도에 내가 걸어 둔 바로 그 그림에도 엄청난 값이 붙어 있었다. 나 같은 사람은 복권이라도 당첨되어야 만져 볼 금액이었다. 나는 혼미한 정신으로 그들이 불러 주는 대로 썼고 찍으라는 곳에 손도장을 찍었다. 돌이켜 보면 그곳에서 나를 지켜 준 건 오로지 그 그림이었다. 나는 모지락스런 매를 맞으면서도 따로 숨겨 둔 나의 여신을 떠올리며 묘한 쾌감을 느꼈다. 옆방에서 한 여자의 비명이 끝없이 들려왔다. 나는 그제야 사모님이 함께 붙잡혀 온 사실을 기억해 냈다.

장군의 집안은 풍비박산되었다. 잠시라도 장군과 고난을 함께 겪었다는 아버지의 자부심은 혼자서 나를 기르는 동안 더욱 강건해졌다. 아득하게 가물거리는 내 기억의 출발점은 산골 생활이었다. 강원도의 할머니에게 맡겨진 나는 초등학교에 입학하기도 전에 서울로 되돌아왔다. 병약했던 할머니가 세상을 떠났기 때문이었다. 이제야 아버지는 유언과도 같은 편지에서 나에게 백일이나 돌 사진, 그리고 엄마의 흔적을 보여 줄 수 없었던 이유를 말하고 있었다.

장군은 혁명을 사전에 준비한 게 틀림없다. 그렇게 믿지 않을 수 없는 증거가 바로 너였다. 총성이 울리기 일주일 전, 장군이 나를 불러 특별한 지시를 했다. 밤늦게 귀가한 뜰에서였고 가을바람이 제법 차가웠다. 그가 따라 들어온 경호원을 돌려보낸 뒤 인사를 하는 내게 가까이 오라는 손짓을 했다. 그에게서 옅은 술 냄새가 났다. 담장 밖에서 넘어온 노란 가로등 빛이 마당의 잔디 위에서 달빛과 버무려져 반사되었다. 그가 내 손에 쪽지 하나를 건네주었다. 그러고는 자신에게 무슨 일이 생기거든 그곳에 가서 마담을 찾아 아이를 데려오라고 했다. 그의 입에서 나온 말은 내겐 언제나 명령으로 다가왔으므로 질문은 하지 않았다. 그날의 명령은 묘하게도 슬펐다. 그가 쪽지를 받는 내 손을 감싸 쥐었다. 손등에 닿은 그의 온기가 너무도 간절해, 나는 비장감마저 느꼈다. 김구 선생한테 특명을 받고 사지로 뛰어든 독립투사가 아마 그런 기분이었을 것이다.

고문을 받은 뒤라 제대로 걸을 수 없었지만 나는 장군이 알려 준 주소를 찾아갔다. 처마가 서로 이마를 맞댄 삼청동 뒷골목이었다. 마당이 넓고 방이 많은 기와집이었는데 한눈에도 평범한 살림집과 달랐다. 한복을 곱게 입은 젊은 여자들이 호기심 어린 눈으로 나를 흘끔거리더구나. 오십대 초반 정도로 보이는 마담에게 쪽지를 보여 주었다. 기다리기라도 한 듯 그녀가 별말 없이 포대기에 쌓인 애기를 천 가방과 함께 건네주었다. 합동수사본부가 접수한 장군의 집으로는 돌아갈 수 없었던 터라 나는 곧바로 횡성행 버스를 탔다. 그리고 하나 더.

이제라도 네게 그걸 알려 줘야 할 것 같구나.

장군이 근무하던 궁정동에서는 대통령의 지시로 연회가 자주 열렸다. 젊은 여자들이 자주 드나들었지. 한 달에 열 번 정도였으니 불려 온 여자들의 숫자도 적지 않았다. 권력자의 눈엔 가수나 배우, 요정 호스티스, 심지어 얼굴에 솜털이 보이는 여대생이 구별되지 않았던 모양이다. 연회에 참석한 남자와 숫자를 맞춰 불러들인 여자 중 관례를 깨고 다시 호출되는 경우가 있었고, 그중 하나가 임신을 했다. 의전과에서 알면 강제로 낙태를 시키곤 했는데, 그녀는 말없이 잠적해 버렸다. 아이를 안고 다시 나타난 그녀가 권력자와의 관계를 흘리고 다녔다. 자신의 신분을 과시하고 싶었던 게지. 의전과에서 받아둔 비밀 유지 각서는 소용없었다.

어느 날 조간신문에 교통사고로 죽은 미녀의 이야기가 일단 기사로 올라왔다. 이십대 여자가 새벽에 자신의 고급 외제 승용차를 몰고 가다 소양호에 빠진 사건이었다. 때마침 그곳을 지나던 목격자가 신고를 했어. 물가에서 잰걸음으로 사라지는 남자를 보았다고도 했지. 경찰이 운전석에 앉은 여자의 시신을 차와 함께 건져 냈다. 기도를 열어 익사의 흔적을 찾으려던 부검의가 목이 졸린 흔적을 발견했다. 교살 후 차에 태워 물속으로 밀어 버린 거였어. 후속 보도가 나왔고 피해자가 권세가의 딸이라는 소문이 돌았지. 아무나 외제 자가용을 탈 수 없던 시절이었으니까. 마침내 한 청년이 자수를 했는데 그의 허술한 진술이 세간의 귀를 더욱 자극했다. 그는 애인의 부정한 행실에 분노했다고 했다. 변심한 그녀가 대단한 뒷배를 과시하면서도 실직 상태였던 자신의 청탁을 들어 주지 않아 화가 났다고도 했다.

너를 서울로 데려오기 전 나는 그 요정을 다시 찾아갔다. 언젠가는 꼭 이런 날이 올 것 같아서였다. 5년이 지났는데도 그 마담이 아직 있더구나. 나는 뒤늦게 용기를 냈다며 너에 관한 일을 물었다. 그녀는 대답 대신 엉뚱하게도 내게 그 당시 신문에 났던 살인 사건을 알고 있는지 되묻더구나.

멍해졌다. 다시 담배 한 개비를 꺼내 호흡을 다듬었다. 어렴풋이 짐작이야 했었지만 구체적 상황까지 받아들이기는 쉽지 않았다. 아버지는 지금 스스로 나를 친자식이 아니라지 않나. 그런데도 내게 재산을 물려주지 못한 것을 미안해했다. 그는 공원에서 남의 얼굴을 그려 나를 대학까지 보내 주었다. 내가 언어 연수를 핑계 삼아 잠시 한국 땅을 떠나 있었던 것도 그가 모멸을 견딘 덕분이었다. 내게 송금해 준 달러는 자신의 정체성을 포기하고 밤무대에서 얻은 대가였다.

장군의 집에 들어갔을 때 아버지는 자신이 이미 출세했다고 믿었나 보았다. 자신을 받아 준 장군을 위해 한 몸 바치기로 결심한 것도 그때부터인 듯했다. 중퇴한 미대에 복학할 계획은 지워 버렸다고 했다. 권력의 주변에 머무는 뿌듯함으로 허전한 마음을 달래지 않았을까. 그는 장군과 함께 처형당한 동지들의 대열에 끼지 못한 사실을 부끄러워했다. 아버지는 그림 곁에 남긴 군복에 대해서도 언급했다.

화장을 시키거라. 다만 네게 부탁할 것은 이 옷을 입혀 달라는 것이다. 장군은 자신의 변호사를 통해 마지막 순간에 군복을 입혀 줄 것을 부탁했다. 하지만 일사천리로 재판을 몰아친 자들은 장부의 마지막 소망조차 들어주지 않았다.

삶의 끝자락에 아버지는 장군의 분신이 되고 싶은 모양이었다. 한때 최고의 경지에 이른 화가를 따라 청춘을 태웠고, 당대를 풍미한 가수를 좇았으며, 평생 남의 얼굴만을 바라본 그가, 마지막으로 닮고 싶은 것은 영원한 군인이고자 했던 장군의 최후였다.

취객들의 야유 사이로 노랫소리가 들려왔다. 얼핏 아버지를 본 것도 같았다. 애써 그려 준 초상화를 찢어 쓰레기통에 버리는 사람들. 그것을 바라보며 억지웃음을 짓던 사내는 군복을 입고 있었다. 눈을 떠 보니 아직 차 안이었다. 한기가 바짝 몸을 조였다. 히터를 꺼둔 채로 잠이 들었나 보았다. 차창 밖으로 눈을 돌렸다. 진눈깨비 날리는 주차장 바닥에 새벽이 퍼렇게 쌓여 있었다. 대시보드에 올려둔 전화기가 마찰음을 냈다.

"들어와 보셔야겠습니다."

박 선생이었다. 서두르는 분위기가 그의 목소리를 타고 건너왔다. 마른세수를 하고 달려간 병실엔 박 선생이 먼저였다. 침대 위에서 아버지가 마지막 힘을 쓰고 있었다. 곧이어 당직 의사를 따라 들어온 간호사가 호흡과 맥박을 체크했다. 거친 숨소리와 함께 좁은 구멍을 힘겹게 빠져나오던 가래 소리가 이내 잦아졌다. 의사가 내 쪽으로 얼굴을 돌리며 턱짓을 했다. 떠나는 분에게 마지막으로 할 말이 있으면 하라는 뜻이었다. 그의 글을 충분히 되새김질하고 들어온 터라 나는 고개를 가로저었다. 의사가 환자의 경동맥을 짚어 보고 눈꺼풀을 벌려 동공을 확인했다. 나는 의사의 손끝을 쫓아 긴 호흡을 몇 차례 내쉬었다. 의사가 청진기로 마지막 진찰을 마치더니 하얀 시트를 환자 머리 위로 끌어올렸다. 환자 스스로 연명 치료를 거부한 터라 의료 행위는 거기서 끝이었다. 냉기가 옆구리를 베고 나가는 느낌이 들었다. 박 선생이 침대 머리맡 낮은 서랍장 안에서 수채화 하나를 꺼내 들었다. 아버지가 영정 사진 대용으로 남긴 유일한 자화상이었다.

장례식장이 가까워 덜 번거로웠다. 염을 마친 장례지도사에게 군복을 내밀자 고개를 갸우뚱했다. 나는 고인의 유언이라는 말과 함께 만 원짜리 두 장을 시신 위에 얹었다. 망자의 노잣돈을 챙긴 그가 고개를 주억거렸다.

관속에 누운 아버지와 영구차를 함께 타고 화장장으로 이동했다. 염화칼슘이 뿌려진 언덕배기를 밟아 정문을 통과했다. 차에서 내리자 칼바람이 덤벼들었다. 잘 꾸며진 마당 건너 콘크리트 건물 위로 뿌연 연기가 솟아올랐다. 싸락눈이 굴뚝 주변에도 날렸다. 관리실 직원에게 사망진단서를 보여 주며 예약 상황을 재확인했다. 한나절만 더 기다리면 된다는 말을 듣고 아내에게 전화를 했다.

달려온 아내에게 아버지의 편지를 내밀었다. 아내가 대기실 구석자리에 앉아 귀퉁이 쪽으로 몸을 돌려 천천히 읽어 내려갔다. 나는 아내의 표정을 곁눈으로 살폈다. 그녀도 나처럼 중간쯤에서 한 템포 멈췄다. 고개를 들어 천장을 바라보는 그녀의 눈에 물기가 괴었다. 그녀가 코맹맹이 소리로 나를 나무랐다. 자신을 병원으로 불러내지 않은 것이 섭섭한 모양이었다. 나는 턱짓으로 멋쩍게 대꾸했다. 마저 읽어 보라고. 거기서부터는 이른바 출생의 비밀이었다.

마침내 아내가 편지를 접으며 내 얼굴을 응시했다. 계면쩍은 분위기가 불편했다. 나는 입꼬리를 들어올렸다.

"장군의 아들을 보는 기분이 어때?"

"여기 그런 말이 없는데요?"

아내가 입을 삐쭉이며 대꾸했다.

"혁명가의 며느리 된 기분이 어떠신가?"

"그렇게 믿고 싶어요?"

내가 독재자의 자식일지도 모르지만 솔직히 그 줄에 서고 싶진 않았다. 자신의 정보기관에서 저지른 결과에 대한 책임감이 장군을 짓눌렀을 터, 아이가 누구의 자식이건 그는 자신의 심복에게 맡겨 불미스런 소문을 잠재우려 하지 않았을까. 아내가 한 마디를 더 보탰다.

"좋은 쪽으로 생각하세요. 진실이란 어차피 믿는 자의 것이니까요."

나는 문득, 충성심도 그런 게 아닐까 싶었다. 각자의 신념이 자가발전하며 증폭되는…. 실인즉 한동안 나는 아버지가 내게 뭔가를 숨기고 있다는 의심을 거두지 않았었다. 장군에게서 각별한 은혜를 입었나. 그렇지 않고서야…. 하지만 아버지는 그런 걸 묻는 나를 어린애같이 맑은 눈으로 바라볼 뿐이었다.

"기억 안 나요? 새로 담은 열무김치 싸 들고 아버님께 다녀온 날."

아내가 시아버지를 대하는 자신의 진심을 이야기하려는 거였다. 밥만 축내던 내가 시사 잡지사 면접을 보고 온 날이니 그게 벌써 삼 년 전이었나. 그날 밤 나는 아내에게 격려도, 그렇다고 딱히 불만도 아닌 말을 퉁명스럽게 던졌다.

ㅡ너무 그러지 않아도 된다구, 아직 팔팔하신데 알아서 잘 사시겠지 뭐, 안 그래?

괜스레 아내에게 짐을 지우는 것 같아 가슴 한쪽이 무거워지던 참이었다. 말없이 내 얼굴을 빤히 들여다보던 아내가 긴 숨을 쉬었다. 그 후로 한동안 나는 대화를 시작하기 전 그녀의 심중을 먼저 헤아려 보곤 했었다.

"전에 당신이 이렇게 말했죠? 아버님이 평생토록 장군에게 충성하는 이유를 도저히 모르겠다고."

멋쩍은 시선을 허공에 던지며 이어질 자답을 기다렸다.

"안중근 의사가 당신에게 사탕 한 개라도 주던가요? 꼭 개인적으로 뭘 받아야만 그런 마음이 든다면 그건 거래지 충정이 아니에요."

사실, 진실, 신뢰, 의리, 충성, 이런 단어들이 머릿속을 마구 휘젓고 다녔다. 성질 급한 자의 우발적 행동인가 계획적 거사인가에 대한 부자간 해묵은 논쟁이 불현듯 무의미하게 느껴졌다. 양쪽 다 서로를 밀어낼 만한 논거들을 충분히 댈 수 있을 터였다. 대학 시절 동아리에서 현대사를 놓고 토론을 벌이던 아내의 말이 불쑥 떠올랐다. '그럼에도 불구하고 우리는 그에게 빚을 지고 있다'고 했던가. 설령 장군이 현실감 부족한 돈키호테였다 해도 지독했던 유신의 먹구름을 걷어준 건 이론의 여지가 없었다.

아내의 눈길이 내가 들고 있는 쇼핑백에 머물렀다. 나는 액자를 꺼내 그림을 보여 주었다. 설명은 불필요했고 아내는 미동도 없이 그림 속 여인을 들여다보았다.

"그러니까 이게 현대 미술사를 바로잡아 줄 물증이라는 거죠?"

새로운 사료가 나오면 기어이 달려가서 확인하던 그녀는 여전히 역사학도였다. 힘을 잔뜩 줘 오므린 그녀의 입술에서 나는 눈을 떼지 못했다. 귀한 예술품이잖아요, 라는 말이 먼저 튀어나올 것 같았다. 실인즉 그런 기대가 슬그머니 내 안에서 꿈틀거렸다. 비비크림을 아껴 바른 아내의 푸석한 얼굴이 확대되어 다가왔다. 속물적 계산이 아니더라도 사료에 대한 애착이 유난히도 강한 그녀가 보존할 명분부터 생각하지 않을까.

"글쎄, 그게…."

나는 하마터면 화제를 그림 값으로 돌릴 뻔했다. 입속이 칼칼했다. 아내에게 느끼던 부채감이 슬그머니 목구멍을 조였다. 잔머리를 굴려 보았다. 편지를 감추고 그림은 아버지가 받은 선물이라고 우긴다면 남들이 믿어 줄까. 강직했던 장군이 자신의 아내를 꾸짖었고 동창생 친구에게 되돌려 주기 민망했던 그녀가 내 아버지더러 가져도 좋다고 했다면? 하지만 이 시나리오도 그다지 매력이 없었다. 그 뒤로도 그림이 이층에 걸려 있었던 정황을 설명하기도 군색했다. 자칫 C 화백 꼴로 나 또한 미친놈 되기 십상이었다. 믿음으로 채우지 못할 사실은 바람 빠진 기구처럼 무용하고도 위험한 진실이 될 것이었다.

한동안 꿈쩍도 않던 아내가 불쑥 말을 꺼냈다.

"그런데…."

그녀의 좁혀진 미간에 고민이 잔뜩 묻어 있었다.

"그런데?"

그녀의 말을 되받았다. 한참을 머뭇거린 뒤였다.

"이걸로 뭘 할 수 있죠? 진품은 이미 미술관에 있다는데…."

"……."

아내가 내 눈을 찬찬히 들여다보았다. 내게 세상을 향해 진실 게임을 해 볼 거냐고 묻고 있었다. 아니면 영원히 물건을 숨겨 두거나….

C 화백은 이미 고인이 되었으므로 진위를 확인해 줄 것은 아버지의 편지뿐이었다. 그것은 절도죄의 또 다른 자

백이 될 터. 물건을 공개하는 순간 세상의 믿음이 나를 둘 중 하나로 정해 줄 것이었다. 사기꾼 아니면 장물아비. 뒷골이 지끈거렸다. 아내가 슬며시 다가와 내 손을 잡았다. 그러고는 천천히 고개를 저었다. 판단이 빠른 그녀가 먼저 마음을 정한 것 같았다. 불현듯 묘한 자부심이 내 가슴 한구석을 뚫고 올라왔다. 아버지의 역작이 진품으로 받들어진 마당에 굳이 자식이 나서 세간의 믿음을 뒤집어야 하나. 까짓것, 누구의 이름이 새겨진들.

편지 속에서 아버지는 '미안하다, 네게 남겨 줄 게 이것뿐이구나'라고 했지만 아무래도 내 몫은 아닌 듯했다. 백 번을 양보하여, 사람들이 박수를 보내 준다 해도 아버지가 평생을 두고 사랑한 여인을 내가 가질 수는 없는 노릇이었다.

소각로가 열렸다. 회색 유니폼의 직원이 내게 함께 태울 것이 있는지 물었다. 나는 들고 있던 쇼핑백에서 그림을 꺼냈다. 아내가 고개를 끄덕거렸다. 관 위에 그림을 올렸다. 레일을 타고 관이 안으로 들어갔다. 군복을 입은 아버지가 장군이 되어 떠나고 있었다. 동행자는 그의 오랜 연인이었다.

집으로 들고 갈 초상화 안에서 아버지가 빙긋이 웃었다. 나는 혁명가의 얼굴을 가슴에 안았다. 〈끝〉

전환 시대

입에서 긴 숨이 빠져나올 때마다
별들이 자꾸만 뒤로 도망쳤다.

전환 시대

"**빈**민 주거 대책 세워라! 공약을 지켜라!"

리더로 보이는 사내가 발판 위에서 외쳤다. 마이크를 씹어 삼킬 기세였다. 구호들이 쉴 새 없이 날아들었다.

"마빡에 피도 안 마른 놈들이 뭘 안다고 대들고 나서, 나라에서 하는 일을…."

나는 마른 허공에 종주먹을 쑤셔댔다. 아무나 들어도 좋았다.

"저쪽에 빨간 모자 쓰고 계신 어르신들이 피땀으로 이룩한 나랍니다. 대책 없는 재개발 사업에서 건져 냅시다."

이번엔 머리에 붉은 띠를 두른 자였다. 마이크를 건네

받은 그가 우리 쪽으로 손을 흔들었다. 나는 눈살을 잔뜩 찌푸렸다. 나이대접하는 비아냥이 역겨웠다. 나라에서 하는 일을 사사건건 물고 늘어지는, 같은 하늘 아래에서 숨 쉴 수 없는 종자들 아닌가. 그들의 구호도 내겐 먼 나라 이야기였다. 날선 감정들이 싸움닭처럼 서로를 할퀴며 시청 앞 광장으로 쏟아져 나왔다. 씩씩거리던 나는 대형 스피커 옆의 피켓을 향해 삿대질을 했다.

"저놈들 들고 있는 거 보여? 저기에 오줌이라도 갈겨 줘야 오늘 밤 잠을 잘 것 같아."

"어이 병식이! 그러다 진짜로 풍 맞는 수가 있어. 그만하고 그거나 받으러 가세."

창우의 말에 나는 움찔했다. 작년 이맘때 우측 팔다리로 마비 증상이 스쳐 간 악몽이 떠올랐다. 그땐 정말 아찔했었다.

"목쉰다고 소리도 안 지르는 주제에 무슨 낯짝으로 봉투는 꼬박꼬박 챙겨."

창우가 바람 빠지는 소리로 피식 웃으며 내 팔을 잡아 당겼다. 그는 나보다 키가 반 자나 모자라고 살집이 없다.

위로 째진 눈꼬리에 빠른 하관, 어디 가도 밥은 굶지 않을 관상이다. 공인중개사 자격증을 빌려 떴다방으로 재미 본 걸 은근히 자랑하지만 그것도 흘러간 얘기다. 부동산 경기가 한창일 때 돈 만진 인간들이 어디 한 둘인가.

"저 빨갱이 놈들을 그냥 놔두고 밥이 들어가?"

달아오른 열기를 식히며 한마디 쏘아붙이자 창우가 한 쪽 눈을 찡긋했다. 주름이 깊게 파인 그의 눈가로 장난기가 배어 나왔다.

"그런다고 저놈들이 사상을 바꿀 것 같아? 발 시려 죽겠어! 빨리 가서 줄이나 서자니깐. 우리는 그저 뜨끈한 국밥에 쐬주나 한잔하는 게 애국이여."

프라자 호텔에서 소공동으로 흐르는 뒷골목에는 이미 긴 줄이 늘어서 있었다. 칼바람이 면상을 쪼아댔다.

"늙은 놈들 데려다 부려 먹고 찬바람까지 쐬게 만드는구먼. 에이 우라질!"

구시렁거리는 내 어깨를 창우가 달래듯 두드렸다.

"허어 그 친구 참 말 많네. 여기라도 아니면 우리 같은 삭정이를 누가 불러나 줄 것 같아?"

한 달 만에 시위 현장을 다시 찾았다. 구호는 다들 거기서 거기였다. 얼마 전부터 창우가 나오지 않으니 국밥 먹자고 잡아 끌어 줄 사람도 없었다. 당당하게 오늘의 임무를 마무리한 나는 노인회 총무에게서 봉투를 챙기자마자 시청역을 향했다. 4호선으로 갈아타고 안산역 출구로 올라와 한참을 두리번거렸다.

중심 상가는 새해를 맞은 청춘들로 북적거렸고 외국인 노동자로 보이는 사람들도 적잖이 섞여 있었다. 그 사이에서 코가 헤진 운동화를 신은 초로의 여자가 전단지를 나눠 주고 있었다. 파마머리가 엉성하게 풀려 있는 게 미장원 갈 때가 한참 지난 듯했다. 추위에 오그린 탓인지 추리닝 상의를 걸친 어깨가 더 좁아 보였다. 한심한 여편네 같으니라구. 털모자라도 쓰고 나올 일이지. 중얼거리며 다가서자 짙은 화장으로 나이를 숨긴 여자가 눈을 동그랗게 떴다.

"여기 있는 건 어떻게 알았수?"
"관심이 있으면 다 알게 되는 거야."

반가움을 숨기지 못하는 그녀의 눈빛에서 처음 만났을 때의 옹색한 수줍음이 빠져나왔다.

그곳은 단풍을 막 입기 시작한 수리산이었다. 자가용이 없는 나에겐 역에서 내리면 곧바로 등산로가 시작되는 그 산이 안성맞춤이었다. 일흔 줄에 들어선 내게 전철은 무료라서 좋았다. 내 나이에 등산은 좀 무리라는 염려도 없진 않았지만 중풍이 무서웠다. 그럴수록 운동에 공을 들여 혈압을 조절하는 게 가장 저렴한 건강법이었다. 자주 길동무를 해 준 창우 덕에 심심찮아 좋았는데 감기로 쿨럭대던 그가 고개를 젓는 바람에 그날은 별수 없이 나홀로 산행이 되었다. 터벅터벅 내려오는 하산길이 청승맞기도 했지만 그런대로 풀꽃들이 적적함을 달래줬다. 중턱쯤에 이르자 못 보던 여자가 웃으며 다가왔다.

　"오늘은 어찌 혼자세요?"

　우리를 먼발치에서 자주 지켜보았던 눈치였다.

　"글쎄, 뭐 그렇게 됐수다."

　심심하던 차에 잘됐다 싶었다. 오십대의 꼬리쯤일까. 키가 작고 화장기 짙은 여자는 사근사근했다. 첫날부터 그녀가 나를 오라버니로 불렀다.

　"저 아래 대폿집에 들러 하산주라도…."

헛기침을 섞어 용기를 냈다. 거의 다 내려왔을 때쯤이었다. 여자가 기다렸다는 듯 배낭을 벗어 빠끔히 열어 보였다. 막걸리 병이 들어 있었다. 그녀가 배낭에서 돗자리를 꺼내 바닥에 깔았다. 등산로를 스무 발짝쯤 벗어난 후미진 곳이었다. 굵은 나무둥치와 덤불 뒤라 사람들의 눈길을 피하기에 적당했다. 얼큰해지자 여자는 속내를 꺼내 놓으며 근처 여관으로 가자고 했다. 당혹스러웠지만 내색은 하지 않았다. 오랜만에 맡아 본 분내에 마음이 동하던 터였다. 취기를 핑계 삼아 회포를 풀고 싶었다. 선불이라는 말에 큰맘 먹고 만 원짜리 석 장을 꺼냈다.

그날 이후 단골이 된 나는 이름은 알아 뭐하냐고 손사래를 치는 그녀를 그저 정 마담으로 부르기로 했다. 그래야 좀 더 정이 들 것 같다고 농을 쳤다. 내친김에 나는 매주 수요일을 아예 산행 날로 정했다. 은근히 창우의 감기가 더디 낫기를 바랐다. 여자는 운동 기구가 있는 등산로 초입 공터에서 기다리다 나를 맞이했다. 그녀는 안산역에서 전철을 타고 수리산까지 온다고 했다. 그 뒤로도 열 번은 더 만났지만 일을 마친 여자는 돈을 챙기기 무섭게 자리를 떴다. 첫 만남은 뒷맛이 씁쓸했지만 두 번째부터는 그저 그러려니 했다. 어딜 그리 바삐 가느냐고 내가 물은 적이 있었다. 여자가 배낭을 열어 보였다. 또 다른 막걸리 병 뒤로 전단지 뭉치가 있었다.

"그거 이리 줘 봐."

한 움큼을 낚아챘다. 여자가 어깨를 비틀어 거부한 것도 잠시, 나는 그녀 곁에서 전단지를 함께 나눠 주고 있었다. 마지못해 받는 사람과 길바닥의 오물을 피하듯 몸을 틀어 스치는 사람들이 있었다. 손을 바삐 놀리던 여자가 물었다.

"오늘은 무슨 바람이 불었수? 갑자기 보약이라도 자셨나? 지난 수요일엔 안 보이던데…."

"쓸데없는 소리 말고 내일 시간 좀 내 봐. 병원에 좀 같이 가 보자고. 핸드폰이라도 하나 장만해, 이 여편네야. 내가 꼭 여기까지 찾아와야 되겠어? 정 마담 때문에 내가 얼마나 망신당했는지 알기나 해?"

일주일 전부터 소변이 자주 마렵고 끝이 따끔거렸다. 나이 들면서 가뜩이나 가늘어진 소변 줄기가 두 줄로 되더니 누런 고름이 나오기 시작했다. 공원 화장실에서도 누가 볼 새라 소변기 앞에 바투 서서 힘을 주고 나면 금세 다시 마련됐다. 일부러 집에서 떨어진 사당동으로 나가 비뇨기과를 찾았다. 직장 다니는 아들에게 얹힌 건강보험이 있었지만 다른 사람 이름으로 접수했다. 기록이 남으면 행여 며느리가 알게 될까 은근히 신경 쓰였다. 의사는 여자에게는 증상이 잘 나타나지 않는 병이라고 했다. 하지만 부부가 함께 치료를 받아야 하니 사모님을 꼭 모시고 오라고 강조했다.

삼십대 후반쯤 될까. 아들놈 또래 의사 앞에서 점잖게 넥타이를 맨 채 아랫도리를 드러내 서 있으려니 얼굴이 화끈거리고 진땀이 났다. 대대 병력을 호령하던 전직 육군 소령의 체모가 영 말이 아니었다. 의사가 일회용 비닐 장갑을 끼더니 성기 끝을 눌러 가며 아프냐고 물었다. 밖에서 재미를 보시려면 꼭 콘돔을 사용하라는 훈계도 잊지 않았다. 대기실 프런트 뒤에 선 간호사 앞에서 나는 천장을 올려다보며 헛기침을 했다. 결국 주사 한 방에 8만 원이나 물고 병원을 나서며 애꿎은 간판에 눈을 흘기며 가래를 돋우었다. '퉷! 우라질 년.' 하지만 그것도 잠시, 여자의 얼굴이 떠오르자 미운 마음이 가라앉았다. 만남이 반복되면서 정이 든 건지도. 가끔은 손수 만들어 왔다며 배낭에서 김밥을 꺼냈고, 내 주머니 사정이 허락하지 않는 날에도 나중에 달라며 여자는 시간을 내줬다. '내가 외상 오입이나 할 놈으로 보여!' 큰소리를 쳤지만 말꼬리에 힘이 없었다. 매달 대출 이자를 내고 나면 쥐꼬리만큼 남는 군인연금으로 한 달을 빠듯하게 버티는 탓이었다.

5년차 진급에 실패하면서 계급 정년에 걸렸다. 군복을 벗고 나와 퇴직금을 털어 강남에 프랜차이즈 커피 전문점을 차렸다. 자리만 좋으면 전문 지식이나 특별한 기술이 없어도 되었다. 사장님 소리를 들으며 돈 귀한 줄 모르던 시절도 잠시, 외환 위기 난리 통에 다 엎고 말았다. 이젠 아들 내외와 같이 사는 스물네 평짜리 아파트 하나가 달랑 남았다. 퇴직금의 절반을 연금으로 지급하는 제도가 없었더라면 더 비루한 노후가 될 뻔했다.

자궁암으로 아내가 떠난 지도 4년이 되어 간다. 주변에서 서둘러 주는 바람에 몇 차례 맞선을 보긴 했다. 번듯한 집이 있고 직장 튼튼한 자식도 있는데 뭘 망설이냐고 권하는 사람들이 은근히 고마웠다. 하지만 몇 번의 만남은 번번이 실망으로 끝났다. 나이가 비슷하면 건강에 문제가 있어 보였고, 좀 젊다 싶으면 아직 짝을 찾아 주지 못한 자식이 있었다. 그중 첫인상이 마음에 들어 몇 차례의 데이트로 이어진 여자는 내 앞에서 딸의 혼수 비용을 걱정했다. 나와의 결혼 조건이었다. 의붓아비도 부몬데 그 정도는 당연한 건지도. 하지만 얼마냐가 문제였다. 어림잡아도 몇 천은 쉽게 들어 갈 터, 내 형편으론 어림없었다. 나는 더 이상 선을 보지 않기로 했다. 다만 '며느리 눈치 보며 한집에서 계속 그렇게 살 거냐'라는 어설픈 충고만 주위에서 들리지 않기를 바랐다.

얼마 전에도 아들 내외가 다투는 소리를 들었다. 며느리는 시아버지가 집을 사 주는 줄 알고 시집왔다며 따지고 들었다.

"그러니까 따로 방을 얻어 드리자고. 아버님과 낮에 집에 함께 있는 게 불편하단 말이야."

"이게 누구 집인데 아버지를 쫓아내, 나간다면 우리가 나가야지."

"우리가 나가면, 요즘 이만한 아파트 전세금이 얼만 줄 알기나 해? 아버님은 혼자니까 방 한 칸이면 되잖아."

"이 바보야, 집을 달라고 하면 이 아파트에 남아 있는 빚도 떠안는 거야. 이자는 매월 어떻게 감당할 건데? 가만히 있으면 알아서 갚아 주실 것이고 언젠가는 우리 집이 될 텐데."

내가 천덕꾸러기가 되었구먼. 얼마 전 사건을 떠올리며 마른 침을 삼켰다.

코가 찡찡하고 미열이 오르는 감기 기운에 외출을 삼간 날이었다. 아들이 출근한 뒤라 낮 시간을 며느리와 단 둘이 지냈다. 결혼 3년차, 그동안 딱 한 번 임신에 성공한 며느리는 두 달 만에 유산을 하고 말았다. 일이 힘들어 그런가 싶었지만 학원 강사를 그만 두고 들어앉은 뒤에도 별 무소식이었다. 며느리는 거실 바닥에 엎드려 걸레질하던 중이었다. 소파에 앉아 있는 내 시야에 며느리의 움직임이 촘촘히 들어왔다. 매일 아침 혈압 약은 먹지만 지병이랄 것도 없고 마음만은 혈기 왕성한 내 눈앞에 젊은 여자의 엉덩이가 어른거렸다. 나도 모르게 아랫도리가 묵직해졌다. 레깅스를 입은 뒤태가 잘 발달된 근육의 모양까지 드러냈다. 요가를 즐기는 몸매가 매끈했고 출산 경험 없는 허리가 가늘었다. 나는 얼굴이 후끈 달아올랐다. 때마침 자세를 바꾼 며느리의 헐렁한 티셔츠 안으로 우윳빛 젖가슴이 덜렁거렸다. 딱 밥공기만 한 것이 두 손으로 쥐기에 적당했다. 흔들리는 아래쪽으로 분홍빛 젖꼭지가 얼핏 나타났다 사라졌다. 나는 혀를 내밀어 입술을 축였다. 그 순간 며느리와 정면으로 눈이 마주쳤다. 헛기침을 하

며 급히 TV 리모컨을 찾는 척했지만 이미 늦었다. 며느리
도 얼굴이 빨개졌다. 나는 곧바로 일어나 병원에 간다며
주섬주섬 옷을 걸쳤다. 현관에서 배웅하는 며느리의 시
선을 피하며 아직 두 달이나 남은 시어머니 제삿날을 기
억하는지 물었다. 뜬금없이 그런 걸 들먹인다고 시아버지
가 근엄하게 보이겠나. 어색한 공기가 현관에 그대로 머물
렀다. 그날 이후로는 몸살 기운이 있어도 아침 식전에 집
을 나선다. 아들 내외는 요즘 부쩍 부부싸움이 늘었다.
그럴 때마다 나는 속이 더부룩하다.

"내일 거기로 나갈게요."

전단지가 떨어지자 정 마담이 손을 털며 일어났다. 약
속 장소는 비뇨기과가 가까운 사당역으로 정했다. 다짐
은 받아 뒀지만 집에 간다고 돌아선 여자가 왠지 못 미더
웠다. 나는 지하철 입구로 내려가다 말고 돌아서서 그녀
의 뒤를 밟기 시작했다. 집이라도 알아 둘 심산이었다. 그
녀가 마을버스 종점을 지나 산동네 언덕으로 한참을 올
라갔다. 반 시간쯤 걸었을까. 듬성듬성한 가로등이 희끄
무레 깜박거리는 동네가 나타났다. 다행히 보름달이 밝았

다. 찬바람이 제법 부는 날씨임에도 끙끙대며 언덕을 오른 이마에 송골송골 땀이 맺혔다. 정 마담은 미행을 눈치채지 못하는 것 같았다. 그 시간이면 골목 어귀엔 취객이 드나드는 호프집이라도 열려 있을 법한데 구멍가게 하나 보이지 않았다. 무너진 담장들이 을씨년스러웠다. 자세히 들여다보니 여기저기 가게들이 유리 파편 널린 채 비어 있었다. 전봇대에 매달려 찢겨 나간 현수막이 밤바람에 몸을 뒤척였다. 나는 그곳이 철거 중인 재개발 지역임을 그제야 알아보았다.

여자가 다가구 주택 대문을 열고 안으로 들어갔다. 듬성듬성 떨어져 나간 타일과 빗물로 얼룩진 벽에 눌어붙은 이끼가 달그림자에 숨었다. 골목 끝에서 다가온 가로등 불빛과 달빛이 뒤엉켜 시멘트 블록 낡은 담장 위로 내려앉았다. 능선을 따라 박힌 유리 조각들이 별처럼 반짝였다. 나는 담장에 기대 주위를 살폈다.

"아이를 온종일 눕혀 두고 어딜 그렇게 쏘다니능겨, 동사무소에서 시설에 맡기라는디 왜 실데없이 고집을 피워. 그건 그렇구 오늘도 주인 여자 다녀갔어. 보증금도 다 까먹었는디 언제 방 뺄 거냐고 닦달하더만. 이제 우리 둘만

남았으니께."

푸념 섞인 쉰 목소리의 여자는 옆방 세입자인 듯했다.

"그 인간만 찾으면…."

힘없이 기어들어 가던 정 마담의 목소리가 더 이상 이어지지 않았다. 계단을 내려가는 발소리가 잠깐 들리더니 땅바닥에 맞닿은 창문에 전깃불이 들어왔다. 쇠막대기를 촘촘히 세워 만든 녹슨 대문 틈새로 불빛이 새어 나왔다. 저 나이에 아이는 뭐고 그 인간은 또 누군가. 잠시의 혼란을 뒤로하고 지형지물을 살폈다. 이 정도면 다시 찾을 수 있을 것이다.

담배 한 개비를 다 태울 때쯤 그 방에 불이 꺼지고 사람이 나오는 발소리가 들렸다. 나는 대문 기둥 뒤로 몸을 바짝 붙였다. 정 마담이 화장품 상자처럼 생긴 각진 손가방을 들고 밖으로 나왔다. 싸구려 향수 냄새가 사람보다 먼저 담을 타고 기어 나왔다. 내 손목시계의 야광 바늘이 밤 열한 시를 한참이나 넘기고 있었다. 궁금증이 발동했다. 나는 집만 알아 두려던 마음을 고쳐먹고 다시 그녀 뒤로 따라붙었다. 언덕을 내려온 그녀가 LED 등 환한 편의점 안으로 들어갔다. 나는 건너편 골목 어둑한 모서리에 몸을 숨겼다. 가게 안이 훤히 들여다보였다. 정 마담이 계산대에 올려 놓은 물건은 몇 개의 캔 맥주와 물휴지였다. 그녀가 종종걸음으로 안산역을 지나더니 한참을 더 걸어 고속도로변에 이르렀다.

이미 자정이 넘은 시각, 이윽고 트럭 몇 대가 주차된 졸음 쉼터가 나타났다. 캄캄한 어둠 속에 고속도로를 빠르게 달리는 자동차의 소음이 멀리서 개 짖는 소리와 엉켜 들었다. 여자가 그중 맨 뒤의 트럭으로 다가가 노크를 했다. 바퀴 사이로 여자의 다리가 보였다. 운전사와 몇 마디를 주고받던 여자의 다리가 그 다음 차로 옮겨 갔다. 이번에도 창문 열린 운전석 밑에서 몇 마디를 나누는가 싶더니 반대편 조수석 문이 벌컥 열렸다. 나는 좀 더 가까이 다가가 트럭 뒤로 몸을 숨겼다. 여자가 들어간 지 5분쯤 흘렀을까. 차 안에서 고양이 울음을 닮은 소리가 새어 나왔다. 그리고 다시 마디가 턱턱 잘리는 여자의 숨소리…. 잠시 후 그녀가 내리더니 머리와 옷매무새를 고쳤다. 길섶으로 내려가 잠깐 쪼그려 앉은 여자는 다리를 펴자마자 또 다른 트럭으로 다가갔다. 빌어먹을…. 그제야 상황을 눈치 챈 나는 자꾸만 허방을 짚으려는 다리를 추슬러 돌아섰다. 내 입에서 긴 숨이 빠져나올 때마다 별들이 자꾸만 뒤로 도망쳤다. 집이 멀었다.

주말을 피한 등산은 번잡하지 않아 좋았다. 2월 말의 수리산은 겨울을 겨우 빠져나오는 중이었다. 곧 봄이라지만 쌀쌀한 바람이 얼굴로 덤벼들었다. 듬성듬성 눈 덮인 수암봉 계곡엔 얼음이 미끄러웠다. 숨을 헐떡거리며 정 마담과 병원을 함께 다닌 날을 세어 보았다. 다행히 그녀는 의료 보호 대상자였다. 나도 내친김에 용기를 내어 보험카드를 내밀었다. 부부가 아닌 것을 알린 셈이었지만 돈을 아끼는 효과 앞에서 어색함을 접었다. 그녀에 대한 원망이 수리산 계곡의 얼음과 함께 녹고 있었다. 동병상련은 이럴 때 쓰는 말이지 싶었다. 두 사람 모두 완치 판정을 받고 난 뒤라 뾰족한 바위 모서리에 무릎이 쓸려도 아프지 않았다. 하산 길에 어김없이 정 마담이 기다리고 있었다.

"왜 굳이 병원에 데리고 갔어요? 안 보면 그만일 텐데."
"어험, 오늘은 어째 술이 더 당기는구먼."

우리는 습관처럼 모텔로 들어갔다. 샤워 끝에 타월을 감고 나오는 여자의 몸이 딱 한 줌이었다. 내 앞에 앉은 여자는 자꾸만 발을 타월 끝으로 덮었다. 그녀의 작은 발에 고생이 덕지덕지 붙어 있었다. 발바닥 앞쪽 굳은살이 두꺼웠고 엄지발가락이 검지 쪽으로 심하게 꺾인 무지외반증이었다. 빠진 뒤에 새로 돋은 듯한 발톱이 뭉툭했다. 그녀의 갈라진 뒤꿈치가 이불에 닿을 때마다 모래 밟는 소리가 났다. 저 발로 어지간히 걸어 다닌 게로군. 문득 그녀의 발가락들 위로 빨간 매니큐어를 바른 며느리의 발톱이 겹쳐 보였다. 거실 TV에서 요가 프로그램을 보며 동작을 따라하던 며느리의 쭉 뻗은 다리 끝에는 언제나 매니큐어 바른 발톱이 보석처럼 반짝였다. 손을 뻗어 여자의 거친 발을 당겼다. 내가 주무르기 시작하자 잔주름 많은 눈 밑이 슬며시 달아올랐다. 문득 그녀의 얼굴이 곱상하다는 느낌이 들었다. 막걸리를 한 잔씩 나눠 마신 뒤라 그런지도.

"이런 일 그만두고 나하고 합치면 안 되겠어? 며느리도 내가 살림 차려 나가길 원하는데."

"영감님 말씀은 고맙지만…."

눈을 내리깔고 그녀가 천천히 고개를 저었다. 영감이라니. 죽은 마누라가 환생이라도 한 것인가. 술기운인지도 몰랐다. 나도 깊이 생각한 제안은 아니었다. 솔직히 말하면 막연한 기대를 던져 놓고 속절없이 여자의 반응을 확인하고 싶었다. 막상 그녀가 보따리를 싸들고 나온다면 내 쪽에서 오히려 당황스러울지도 몰랐다. 방 한 칸 얻을 돈도 없는데. 그렁그렁한 눈으로 나를 바라보던 여자는 말없이 내 샅으로 얼굴을 묻었다. 가슴 언저리에서 뜨거운 것이 올라왔다. 그녀가 애무를 시작했다. 전에는 느껴보지 못했던 특별함이었다. 야릇하고 부드러웠다. 얼마 전까지만 해도 이런 서비스에는 그녀가 웃돈을 먼저 요구했을 터였다. 나는 눈을 감았다.

문득 며느리의 뒤태가 떠올랐다. 스타킹처럼 몸에 착 달라붙는 검정 레깅스는 단이 짧아 종아리가 반 이상 드러났다. 하얀 발목이 병목처럼 가늘었다. 아킬레스건 양쪽으로 패인 우물이 보기 좋았다. 쭉 뻗은 다리 위로 올라가다 양 허벅지 사이 깊은 곳에서 상상의 시선을 멈췄다. 도리질을 하며 눈을 떴다. 그림 속의 산해진미보다 손에 쥔 보리개떡 하나가 귀한 법. 어느새 정 마담의 분내가 나를 신혼 시절로 끌고 들어갔다. 동동구루무를 아껴 바르던 아내에게도 그런 향기가 있었다.

구름 위를 떠돌던 나는 이내 자세를 바꿔 여자 속으로

깊숙이 들어갔다. 병원을 다니느라 오랜만이었다. 나는 더 이상 참지 못하고 몸을 떨었다. 해 떨어지기 직전의 황금색 빛줄기가 창틀을 타고 커튼 사이로 끼어들었다. 내 가슴에 얼굴을 묻은 여자의 귀 밑으로 흰 터럭들이 보였다. 납작하게 늘어진 젖가슴과 흘러내린 하복부의 살가죽은 청춘이 빠져나간 자리들이었다. 윤기 잃은 여자의 둔부에 내 손이 한참을 머물렀다. 언젠가부터 그녀는 일을 마치고 내가 내미는 돈을 받지 않으려 했다. 억지로 쥐어 주면 그녀는 한동안 방바닥만 내려다보았다.

"전에 그랬지? 그걸 끼우지 않고 하는 남자는 나쁘라고. 그런데 어떻게 된 거야?"

뒤늦은 질문이었다. 병원 다닐 적에도 궁금증을 참아가며 묻지 않았던…. 여자가 고개를 떨어뜨렸다. 그녀는 대답 대신 엉뚱하게도 창우의 안부를 물었다. 그녀의 턱 밑에 눈물이 매달리는가 싶더니 눅눅한 요에 물기가 배어들었다.

"죄송해요."

악착같이 돈을 챙기던 모습은 온데간데없고 데친 나물

처럼 풀이 죽어 있었다.

"그냥 받은 손님이 나 말고 또 누가 있어?"

두 손을 잡고 여자를 달래며 재우쳐 물었다. 기어들어
가는 목소리로 그녀가 입을 열었다.

"임대 주택 입주권을 구해 준다기에….'

"누가?"

그녀가 대답을 마치기도 전에 퍼뜩 떠오르는 얼굴이 있
었다. '창우로군. 그놈이 병을….' 여자는 그를 만나지 못
해 애를 태우고 있었다. 그도 나처럼 정 마담의 단골이었
다. 눈치 없는 나만 모르고 있었으니. 여자에게도 사업상
의 비밀은 있는 것이고, 단골은 단 한 명이어야 한다는 것
도 우스운 이야기다. 독점할 거면 아예 거두어야지. 수컷
으로서 그럴 만한 능력이 못 되는 것이 비참할 뿐. 더 들
어 보니 그것만이 문제가 아니었다. 철거를 코앞에 둔 집
에서 쫓겨날 처지에 놓인 정 마담이 그동안 모아 둔 돈을
그놈에게 몽땅 건네준 것이었다. 정을 나눌 때마다 남들
보다 만 원짜리 한 장을 더 얹어 줬다는 그놈이 듬직해 보
였을 것이다. 갑자기 목구멍에서 신물이 올라왔다. '쳐 죽

일 놈, 잡히기만 해 봐라.' 날짜를 꼽아 보았다. 그가 애국노인회에 얼굴을 보이지 않은 지도 벌써 달포가 지나고 있었다.

다음 날부터 나는 마음을 다잡고 창우를 수소문했다. 매일 아침 노인회 사무실로 출근하다시피한 지 한 달이 되어 갈 무렵, 창우를 찾는다는 사람과 마주쳤다. 전직 중학교 선생을 하던 자였다. 그 역시 창우를 통해 상가에 투자했다며 그럴 듯한 계약서를 꺼냈다. 그 사람 못 봤냐고 묻는 그의 얼굴이 말간 두부처럼 부은 듯 창백했다. 옆에서 듣던 어깨 구부정한 늙다리가 불쑥 끼어들었다. 평소 창우와 잘 어울려 다니던 자였다.

"그 친구라면 찾지도 말어. 건축업 하던 아들놈이 부도 내서 쫓기고 있다더라고. 그때가 작년 11월이었지 아마. 이번 일만 잘 끝나면 부자간에 중국으로 떠날 거라던데."

갑자기 다리에서 힘이 빠져나갔다. 창우가 여러 사람으로부터 돈을 훑어 아들을 구하고 멀리 사라진 게 틀림없었다.

수리산 아래서 다시 정 마담이 기다리고 있었다. 나는

우물쭈물하다 말을 꺼내지 못하고 모텔로 따라 들어갔다. 화장이 지워지면 안 된다며 대충 헹구고 나온 여자의 어깨가 유난히 좁아 보였다. 그녀의 손을 잡았다. 억지로 웃으려 해도 웃을 수가 없었다.

"오늘은 몸이 안 좋네. 나가서 소주나 한잔 하세."

한 병을 마저 비울 때까지도 나는 좀처럼 용기가 나지 않았다. 지갑을 꺼내 계산을 하고 나오다가 여자의 마른 손에 5만 원짜리 지폐 한 장을 쥐어 주고 돌아섰다. 그녀가 자꾸만 말을 시키며 따라왔다.

"어여 가."

손짓으로 쫓아 보내려는데 갑자기 그녀가 눈물을 글썽이며 매달렸다.

"영감 이제 날 안 볼 거요?"
"안 보긴 왜 안 봐. 이 어리석은 여편네야!"

나는 오전에 집을 나와 습관처럼 애국노인회부터 들렀다. 집에서 도보로 10분이면 닿는 근린공원 한 구석을 차지한 2층 건물 안으로 들어갔다. 개구리복을 입은 남자들이 빨간 모자를 쓰고 바로 옆 해병전우회 사무실을 분주히 들락거렸다. 무슨 행사가 있는 모양이었다. 시위가 없는 날이라 노인회 사무실은 총무 혼자 지키고 있었다. 창우는 여전히 나타나지 않았다. 나는 조간신문을 펼쳐 들고 억지로 시간을 밀어내다 공짜 커피 한 잔 얻어 마시고 나왔다. 중심 상가 방향으로 십여 분을 걸어 백화점에 들어갔다.

오전임에도 화장품 코너 앞에 여자들이 모여 있었다. 나는 엄지손가락만 한 빨간 유리병 하나를 집어 들었다. 한참을 두리번거린 뒤였다. 앳돼 보이는 여종업원은 누가 쓸 거냐, 바를 곳이 손가락이냐 발가락이냐, 피부색이 밝은지 어두운지 주저리주저리 물었다. 쑥스럽고 성가셨다. 쇼핑 나온 여자들의 눈을 피해 얼른 값을 치르고 나왔다.

물오른 수리산에 산복숭아가 먼저 봄을 알렸다. 병아리 부리 같은 연두색 이파리들이 부풀기 시작한 가지에 달리기 시작했고, 성급한 도화(桃花)들은 연분홍 잔치를 벌이고 있었다. 좁은 등산로에 떨어진 꽃 하나가 발끝에 밟혔다. 문득 그 위로 정 마담의 얼굴이 겹쳤다. 나는 바지 주머니에 손을 넣어 아침에 산 물건을 조몰락거렸다. 춘화

(春花)에 달뜬 목줄기로 미열이 올라왔다. 서두른 하산 길에 그녀가 보이지 않았다. 오늘은 선물도 있는데…. 언제나 수요일 이맘때면 싸구려 등산복에 막걸리와 안주거리가 든 배낭을 메고 자리를 지키던 그녀였다. 느닷없는 바람이 얼굴을 덮치나 싶더니 냉기가 명치끝으로 파고들었다. 그날 자초지종을 말해 주지 말았어야 했나. 그렇다고 모르는 척하자니, 그녀가 한 없이 놈을 기다릴 것 아닌가. 갑자기 오한이 느껴졌다. 발을 재개 놀렸다.

안산역에 내려 기억을 더듬었다. 밤에 와 본 곳이라 찾기가 쉽지 않았다. 동네는 온통 폐허였다. 언덕을 오르는 내내 성한 구석이라고는 찾아볼 수 없었다. 담벼락마다 빨간 스프레이로 휘갈긴 글씨가 난무했다. 대부분의 구호는 '결사반대'로 끝나고 있었다. 권리금 한 푼 못 건지고 쫓겨난 소규모 점주들의 절규가 들리는 듯했다. 부서진 담장 안마당에 쓰레기만 잔뜩 쌓여 있는 다가구 주택들을 지나니 70년대 풍 집들이 나타났다. 화장실을 마당에 둔 낡은 집들이 버려진 암자처럼 금 가고 빛바랜 기왓장을 이고 있었다. 기와 틈새에서 문득 기억 한 가닥이 풀려나왔다.

비만 오면 방안으로 떨어지는 빗물을 받기 위해 세숫대

야와 양은냄비, 색색의 플라스틱 바가지 등 온갖 그릇들을 내놓았었다. 갓 태어난 아들놈이 감기라도 들세라 전전긍긍하던 신혼 방의 풍경. 전근이 잦은 장교 생활을 말없이 견뎌 주던 아내가 그곳에 있었다. 나는 이윽고 그날 밤의 골목을 찾아냈다. 죽은 아내의 얼굴 위로 시아버지가 집을 나가 주길 바라는 며느리가 겹쳐질 때쯤이었다.

보상이 끝난 집과 그렇지 못한 집은 구별이 쉬웠다. 정 마담이 사는 집처럼 세입자가 버티는 곳은 부순 흔적이 없었다. 이미 보상을 받은 집은 방안이 훤히 들여다보이도록 벽이 허물어져 있거나 지붕에 구멍이 뚫린 채였다. 대문과 담장엔 빨간 페인트로 X 표가 그어져 있었다. 사람이 더 이상 살 수 없도록 하는 조치려니. 정 마담의 다가구 주택 바로 이웃도 이미 보상을 받고 나간 듯했다. 누군가 갖다 버린 쓰레기 더미가 먼저 방문객을 맞이했다. 마당에는 녹슨 냉장고가 입을 크게 벌린 채 쓰러져 있고 그 옆으로 부서진 가구들이 아무렇게나 뒹굴었다. 가구들 틈에서 바닥에 떨어진 사각형 액자가 시야에 들어왔다. 마루에서 방문으로 들어가는 위쪽 어디쯤에 걸려 있었음직한 흑백 사진. 액자 속 얼굴엔 깨진 유리 조각이 박혀 있고. 내 나이 또래로 보이는 사진 속 남자는 분명이 집의 가장이었거나 누군가의 아버지였을 터, 나는 고개를 외로 꼬아 마른세수를 했다.

그날 밤 몸을 숨기던 담장 옆 대문으로 다가섰다. 유리 조각 위로 별빛이 반사되던 담장은 한 쪽 귀퉁이가 무너져 있었다. 헛기침을 몇 번 하고 나서 열려 있는 대문을 두드렸다. 그날 밤의 쉰 목소리가 녹슨 대문 틈으로 빠져나왔다. 인기척을 붙잡고 안으로 들어섰다. 가슴께가 늘어진 회색 티셔츠 밑으로 옆구리 살집이 삐져나온 여자가 자다 일어난 듯 눈동자에 힘을 모았다. 환갑을 갓 넘겼을까, 손가락을 오그려 헝클어진 뒷머리를 긁어 내리던 그녀가 처진 눈꺼풀을 치뜨며 위아래로 나를 훑었다.

"어디서 오셨수?"

잠시 꾸물거렸다. 정 마담과 어떤 사이라고 말하기도 뭣했다. 생각해 보니 그녀에 대해 별로 아는 것이 없었다. 이름뿐 아니라 정확한 나이도 몰랐다. 아니, 일부러 물어보지 않았다. 과거는 또 알아 뭐하나. 그녀가 무슨 이야기 끝에 부산에서 여고를 다녔다는 말은 자랑처럼 했었다. 도박을 일삼던 남편의 병수발을 하다 혼자되었다고 했다. 집 나간 딸이 하나 있고. 나의 눈길이 지하방 쪽으로 향하자 여자가 혀를 찼다.

"쯧쯧, 부산댁을 찾으시는구면. 지난주에 번개탄 피우고 아이랑 함께 갔시유. 딸년이 죽일 년이지. 병신 자식 맡겨 두고 코빼기도 안 보였으니. 지지리도 복 없는 여편네가 쌔빠지게 고생만 하더니. 아이고, 내 팔자야. 내가 무슨 죄로 험한 꼴을 보는지 원."

그녀는 답답하던 차에 잘 됐다는 듯 넋두리를 풀어 놓았다.

"갸가 날 때부터 뇌성마비였디야. 열세 살이라는디. 말귀도 못 알아 묵고 누워서 겨우 눈만 깜박거리드라고."

"……"

그녀는 자신이 그동안 정 마담을 얼마나 돌봐 줬는지 한참을 설명했다. 그러다 느닷없이 화제를 바꿨다. 어디서 주워들었는지 정부의 부동산 정책에 대해 주저리주저리 비판을 쏟아냈다.

"셋방 사는 우리 같은 사람들도 임대 주택에 들어가게 해 준다고 했었는디. 아따, 대통령 선거 때 공약으로 터억 허구 내걸리니께 부산댁도 잔뜩 부풀었제. 나라에서 그 약속만 지켜 줬어도 엉뚱한 놈한테 당하진 않았을 낀디…. 그 뒤로 경기가 곤두박질치니께 재개발이고 나발이고 시방 동네마다 난리도 아니유. 여그 집주인덜두 허자커니 말자 커니 두 패로 갈려가꼬 날만 새면 싸워유. 개발해서 그놈의 새 아파트로 들어가 봐야 빚만 늘어난다 그거여."

그녀의 하소연이 끝나기 전에 나는 자리를 털고 일어났다. 대문을 열고 골목을 돌아 나오려는데 담장을 타고 분내가 훅 다가왔다. 코끝이 시리고 눈이 침침해졌다. '불쌍한 년…' 나는 옷소매로 눈 밑을 훔치며 누가 볼 새라 걸음을 서둘렀다.

시청 앞 광장은 여느 때처럼 시위대로 북적거렸다. 농성장으로 사용하는 천막들이 광장 입구부터 들어차 있었다. 스피커 소음이 각다귀로 날아들었다. 여러 곳에서 온 사람들의 주장은 아직도 제각각이었다. 무슨 자동차 공장에서 나왔다는 노동자들이 큰 깃발 아래 모여 웅성거리고 있었다. 빨간 조끼들이 점령한 자리가 양귀비 꽃밭 같았다. 그들의 주장을 내가 알아듣기에는 여전히 벅찼다. 하얀 천막 지붕이 광장 구석에서 햇빛을 반사시켰다. 그 안에서 색을 맞춘 점퍼들이 서성거렸다. 야당 사람들이었다. 얼핏 낯익은 얼굴들은 TV로 자주 보던 국회의원들이었다.

"어이, 병식이! 오랜만일세. 며칠 안 보이더니 어디 아프기라도 했던 건가?"

애국노인회 회원들이 손을 흔들며 아는 척을 했다. 나는 그들의 시선을 뒤통수로 흘리며 대열에서 멀어졌다. 하얀 천을 감은 막대기 두 개를 겨드랑이에 끼고 광장 한가운데로 걸어 나갔다. 플라자 호텔 테라스에서 깃발들이 바람을 탔다. 바삭한 봄볕 아래 몸을 뒤트는 태극기가 눈을 찔렀다. 뜬금없이 코끝이 시큰거렸다. 연병장에서 애국가를 부를 때도 그랬었다. 나는 불현듯 가슴이 먹먹해지곤 했었다. 비장감이었던가. 지금이 꼭 그 느낌이다.

웃통을 벗고 맨살을 드러냈다. 이윽고 주변이 웅성거리기 시작했다. 바람 끝이 차가웠다. 노인회 회원들이 우르르 뛰어나와 나를 둥글게 에워쌌다. 금테 두른 모자에 꽂힌 배지들이 늙다리들의 주름진 이마에서 유난히 반짝거렸다. 호기심 가득한 눈들 틈을 뚫고 총무가 잰걸음으로 다가왔다.

"혼자 뭐하는 거여 시방!"

신경질적으로 소리를 지르며 그가 내 손목을 낚아챘다.

"이거 놔! 쥐뿔도 모르면서….."

총무를 뿌리친 나는 들고 있던 막대기를 휘둘러 주변을 물리쳤다. 공기가 험악해졌다. 다른 단체의 사람들도 끼어들었다. 어느새 카메라가 무리의 틈새를 비집고 들어왔다. 농성장 주변을 어슬렁거리며 한 건을 노리던 기자일 것이다. 카메라 렌즈와 눈이 마주친 늙다리들이 슬금슬금 물러섰다. 순식간에 늘어난 렌즈들이 나를 노려보았다. 타닥타닥, 장작에 불이 붙듯 여기저기서 셔터 누르는 소리가 들렸다. 이때다. 나는 양손에 움켜쥔 두 개의 막대기를 펼쳐 올렸다. 밤을 새워 새겨 넣은 글자들이 바람을 탔다. 어금니를 악물고 뜨거운 기운을 끌어올렸다.

"빈민 주거 대책 세워라. 공약을 지켜라. 사기꾼 대통령은 물러가라."

난생처음 외쳐 보는 저항이 허공을 갈랐다. 목구멍이 찢어져도 좋았다. 〈끝〉

륜향(輪香)

2016년 〈불교신문〉 신춘 문예 당선작

목숨 가진 것의 살냄새가 내 콧구멍 안에서 꿈틀
거렸다.

륜향(輪香)

바람이 느리게 불었다. 풀이파리들이 덤불 사이로 드러누웠다 천천히 일어섰다. 해가 서쪽으로 기울었으나 아직 저녁의 서늘함은 느껴지지 않았다. 6월 말의 학의천을 감싸는 눅눅한 공기가 긴 가뭄 끝 장마를 예고하고 있었다. 팔뚝만 한 잉어들이 천천히 물살을 가르며 다리 밑 어둑한 곳으로 모여들었다. 불룩하게 배를 내밀어 올린 무지개다리는 천변 양쪽의 산책로를 이어 주고 있었다. 먼발치에서 백로 한 마리가 물속을 노려보았다. 낚아채기엔 잉어의 몸피가 부담스러울 것이었다. 새가 큼지막한 날개를 한차례 펼쳤다. 흰 가운을 휘둘러 입는 실험실 연구원의 동작이 눈앞에 스쳤다. 나는 머리를 흔들어 뜬금없는 영상을 털었다. 새의 겨드랑이에서 빠져나온 깃털 하나가 완만한 미소를 그리며 바람 위에 올라앉았다. 한쪽 다리만을 물속에 담근 새는 다시 명상에 잠긴 듯 정물로 굳었다. 머리에서 미끄러진 곡선이 새의 어깨를 타고 휘어져 내려와 물속으로 빨려들었다. 병목이 긴 조선백자를 수면 위에 세워 놓은 모습, 반짝거리는 물비늘은 동양화의 배경으로 충분했다. 사위가 비현실적으로 다가왔다. 여기가 도심을 적시고 지나가는 냇물이 맞나. 풀 깎는 기계음을 듣지 못했다면 백일몽으로 착각할 법도 했다. 그 소리는 베어진 풀잎의 단면에서 빠져나온 초록 비린내와 버무려져 다리를 건너왔다. 다리 위로 올라서자 맞은편 아파트 창문에 반사된 누런빛이 내 동공 안으로 들어왔다. 시선을 내리자 빛이 엷어지면서 붉게 변했다. 나는 그 자리에 멈춰 섰다. y자 형태의 물길이 시야에 잡혔다. 학의 날개바람에 끌려온 학의천이 안양천에 이르러 이윽고 몸을 섞는 자리였다. 극락정토의 뜻을 새긴 안양(安養) 땅에는 감로수가 흘러야 제격이었다. 물살이라도 급하면 속이 좀 후련해질 텐데…. 가슴속에서 똬리를 틀던 지루한 싸움이 가르마를 타지 못한 채 흙탕물처럼 뒤섞였다. 내 넋두리를 들어 줄 사람은 이미 정해져 있었다.

방문 의사를 알렸을 때, 병구 형은 기다렸다는 듯 반가워했지만 그가 목소리를 고음으로 바꿔 너스레를 칠수록 나는 죄인이 된 느낌이었다. 형이 3년 전에 회사를 때려치우고 시작한 도예 공방 개업식에 가 보지 못한 탓도 있었다. 그 뒤로도 몇 번인가 통화는 했지만 바쁘다는 핑계를 댔다. 오랜만에 형에게 전화를 걸었을 때 나는 돈 떼먹은 놈처럼 주눅이 들었다. 웃음 섞인 그의 호탕한 목소리 때문만은 아니었다. 나는 제대하여 복학한 뒤에도 공부에 취미를 붙이지 못했다. 내가 비실거릴 때마다 형은 멘토 역을 자임했다. 생물학과가 적성에 맞지 않는다고 투정을 부리자 형은 내게 컴퓨터 기술을 제대로 익히라고 충고했다. 따로 익히고 말고 할 게 없었다. 어차피 밥 먹고 노는 게 그거였으므로. 덕분에 대학원에 진학하여 생체 인식 기술을 공부했다. 그래봐야 대학원은 지방대 출신에게 취업 스펙을 쌓기 위한 도피처에 불과했다. 괜찮으니 하고 싶은 공부를 더 해 보라는 아버지의 목소리엔 힘이 없었다.

7급으로 퇴임한 전직 공무원의 빠듯한 연금에 숟가락을 얹을 수는 없었다. 반복된 입사 지원이 이어졌지만 어디서도 연락은 없었다. 만화방과 피시방을 맴돌던 나를 건져 준 사람이 바로 병구 형이었다. 자기가 다니던 제약

회사에 아로마테라피 제품을 생산하는 부서가 생겼다고
했다. 그 회사는 오히려 치약이나 화장품 같은 의약외품
으로 불황 타개의 돌파구를 찾는 모양이었다.

"IT 기술 가진 생물학 전공자가 어디 흔하냐. 잔말 말고
원서 내. 전망 있는 회사니까."

복음이었다. 전화를 끊고 나서 휴대폰에 뜬 형의 사진
을 바라보았다. 가슴에 뜨거운 것이 고였다. 고등학교 2
년 선배인 형이 까마득히 높아 보였다. 턱밑에 매달린 살
주머니에 까만 수염이 빽빽하고 오크통같이 튀어나온 형
의 배는 고등학교 시절 이후 변함이 없다. 아담한 키에 단
이 올라간 헐렁 바지를 걸친 우스꽝스런 외모도 그대로
다. 하지만 달마대사 같은 짙은 눈썹엔 카리스마가 박혀
있다. 눈썹 밑을 바짝 추격하는 깊고 아늑한 눈길은 그가
얼마나 진지한 인간인지 설명해 준다.

형은 화학과를 졸업했다. 그 회사가 형의 첫 직장이었
다. 전공을 얼마나 살렸는지는 알 수 없지만 형은 경비원
까지 합해 봐야 50명도 안 되는 회사를 10년도 넘게 다
녔다. 그가 팀장이 되어 개발한 프로젝트가 히트를 쳤고
회사는 그의 아로마테라피 제품으로 재미를 보았다.

그는 회사를 다니면서도 도예에 빠져 있었다. 퇴근 후에는 언제나 공방으로 향했다. 회식에 자주 빠지는 이유였다. 흙을 만질 때 그는 무아지경에 빠져든다고 했다. 그렇다고 그가 제 발로 회사를 나온 이유가 그의 유일한 취미 때문이랄 수는 없었다. 줄기차게 이어지는 회사의 신상품 개발 요구에 숨이 막혔단다.

향수는 원래 유행에 살고 바람에 죽는다. 소비자는 계절마다 새로운 대안을 요구한다. 회사는 소비자에게 새로운 효능에 대한 기대를 심어 주고 냄새와 상품명을 바꿔 가며 장단을 맞춰야 했다. 냄새로 병을 치유하는 건 어차피 한계가 있었다. 같은 제품이 오래 사용될 수 없는 이유였다.

먹는 수면제를 대신해 줄 아로마 향은 쉽사리 발견되지 않았다. 부서 통폐합(統廢合) 소문이 나돌 무렵 형은 회사를 그만두었다. 며칠 전 형에게 뜬금없이 연락을 한 것도, 당시 그가 느꼈을 고통이 문득 내 가슴 언저리를 파고들었기 때문이었다. 아니, 좀 더 솔직하게 말하자면, 그런 공감의 포장지 속에 숨겨둔 얄팍한 기대가 있었다. 변비처럼 막혀 버린 나의 프로젝트에 선임자의 축적된 노하우가 관장약이 될지도….

대학 시절, 같은 캠퍼스에 다니던 나를 만나면 형은 언제나 짜장면을 사줬다. 그는 식성도 좋아 나무젓가락을 쪼개기 전에 허리띠부터 풀었다. 후각 신경이 유난히 예민한 나는 꼬부라진 면발보다 랩을 뜯어 내는 순간 훅 올라오던 춘장의 냄새를 먼저 기억한다. 못 본 지 3년 만에 새삼스럽게 나는 그의 자장면이 먹고 싶어진 것이다.

　천변 산책로를 빠져나와 언덕길로 올라섰다. 병구 형이 가르쳐 준 신축 아파트 단지 입구가 보였다. 그가 나를 기다리는 도예 공방은 아파트 단지 내 상가의 지하였다. 병구 형 말로는 6·25 전까지만 해도 후백제 시대에 지어진 제법 큰 절이 이 동네에 있었단다. 그러니까 아파트가 들어선 자리가 한때 절터였던가 보았다.

　침침한 복도 끝에서 형의 공방을 발견했다. 출입문에 걸린 '전생(前生)도예'라는 간판이 딱 손바닥만 했다.

　"밥은 먹었냐?"

　첫 마디였다.

　"밥 생각 없어."

　"짜장면 시켜 주랴?"

오랜만에 먹는 짜장면에 가슴이 먹먹해졌다. 고량주를 소주잔에 거푸 따라 마시며 군만두를 으적으적 씹었다.

요즘 회사 굴러가는 사정을 대충 털어놓았다. 취기에 약간의 과장도 덧붙여졌다.

"야이 빙신 새꺄. 너라도 잘 버텨야 할 거 아니냐."

형은 진심으로 마음 아파하는 것 같았다.

"버틴다고 나를 사장 시켜 줄 것도 아니고 그 회사에 뼈 묻을 일 있나 뭐."

"제수씨 홑몸이 아니라며."

갑자기 술기운이 확 날아갔다. 무자식이 상팔자라는 나의 믿음에 그녀도 합의를 해 준 줄 알았다. 아니었다. 내년이면 마흔, 언제 잘릴지 모르는 신세에 아빠라니. 자신이 없었다. 6주째라고 했다. 아내는 들떠 있었다. 일곱 살이나 많은 나를 만나 남몰래 공을 들인 결과려니 했다. 그녀는 쇼핑에 열을 올리고 있다. 태어날 아이를 위한 물건들이 늘어나고 책꽂이의 빈 공간은 육아 관련 도서로 채워진다. 우리 부부가 기르는 강아지 효리는 슬슬 아내의 관심 밖으로 밀려나고 있었다. 그럴수록 녀석은 내 품으로 파고든다. 녀석이 내 코를 핥았다. 쉰내가 싫지 않았다. 양팔 사이에서 꼬물거리는 조그만 생명체를 꼬옥 껴안았다.

"애고 내 새끼."

아내의 흘긴 눈이 내 뒤통수를 간질거렸다. 그녀가 이젠 학습지 교사도 그만둘 태세다. 부어오르는 발을 구두에 억지로 꿰며 아파트 동 사이를 뛰어다니기가 쉬운 일은 아닐 것이다. 그녀의 넉넉해진 몸무게가 내게로 옮겨와 허리춤에 매달렸다.

"지울까?"

빈말인 줄 알고 있었다. 희번덕 돌려 뜨는 그녀의 눈동자에서 본심을 보았다.

"네가 엄마 맞니?"

나도 본심은 아니었다. 스스로 판단해 행동으로 옮겨주길 바랐을 뿐. 아내와 다투고 나면 병구 형의 동그란 얼굴이 쑥스럽게 떠올랐다.

아내는 한때 병구 형의 부하 직원이었다. 형이 사귀어보라고 했을 때 그녀의 세련된 매너가 눈길을 끌었다. 예

쁜 얼굴은 아니었지만 회식 후 함께 들어간 모텔에서 나
는 그녀의 체취에 홀렸다. 화장품이나 샴푸 냄새와는 달
랐다. 원시의 생명력이 그녀의 땀내에 섞여 있었다. 거부
할 수 없었다. 불 꺼진 모텔 방의 어둠보다 짙은 생머리와
깊은 골짜기를 타고 내리는 물비린내를 기억한다. 병구 형
이 회사를 나간 다음 날 팀이 해체되었다. 영업부로 재배
치된 그녀는 슬며시 사직서를 냈다. 결혼식을 올리고 해
가 바뀐 뒤였다. 내가 먼저 던질 걸 그랬나, 아쉬운 마음
을 억누르고 있을 때 사장의 호출이 있었다. 사장은 내가
아직 쓸모 있는 존재임을 일깨웠다. 동요하지 말고 신제품
개발에 동참해 달라. 부탁과 명령의 중간쯤에 사장의 눈
빛이 걸려 있었다. 사장은 작년에도 자사의 아로마 제품
이 시장에서 소멸되는 것을 맥없이 지켜봐야 했다. 뒤늦
게 출시된 대기업의 유사품에 밀린 탓이었다. 먹이사슬의
한 귀퉁이에서 먹힌 자의 귓불이 벌겋게 달아올랐다. 특
허를 도둑맞은 거야. 그의 고함이 회의실 유리창에 부딪
쳐 공허하게 부서져 내렸다. 그는 주먹으로 탁자를 내리
치며 이를 갈았다. 다시 시작한 아로마 프로젝트에 나의
IT 기술이 접목되길 원했다.

"너도 이거 해 볼래? 괜찮은 취미야. 주무르다 보면 걱정이 사라지지. 흐흐."

갑자기 곰팡이 핀 벽지 냄새와 옛 무덤 속 같은 차고 습한 흙내가 훅 끼쳐왔다. 형한테서 나는 냄새였다. 그것은 형의 신비로움을 증폭시켰다. 범상치 않은 아우라가 형의 둥그런 몸을 둥글게 감싸고 있었다. 그것을 나는 홀아비 냄새라고 놀렸다. 총각으로 늙어가는 형이 딱하기도 했으나 그의 자유가 부럽기도 했다. 자유는 내게 자신감과 동의어였다. 입사 후 부서 배치를 해 주는 형의 모습엔 자신감이 넘쳐흘렀다. 그는 엄지손가락을 올리며 선배들에게 내 후각을 치켜세웠다. 이 자식 개코야. 자신이 맡은 아로마 개발팀에 적임자라는 의미였다. 나는 우쭐해졌다. 드디어 내 코가 제 값을 해 줄 것 같았다. 나는 열과 성을 다했다. 형이 회사를 떠난 뒤에도 나는 살아남아야 했다. 그리고 인정받고 싶었다. 때마침 기발한 아이디어가 내 심장을 마구 주물러대기 시작했다. 뉴욕으로 출장 갔던 동료가 가져온 선물이 내 눈으로 성큼 들어왔다. A사에서 만든 그 전구는 빛의 색을 자유자재로 섞어 원하는 색상을 만들어냈다. 수천 가지 조명이 그 자리에서 연출되었다. 스마트폰 어플과 연동되는 방식이라 화면의 무지개 그림 위로 손가락만 움직이면 실내 분위기를 언제든 바꿀 수 있었다. 인터넷과 연결하면 와이파이 안테나와 교신하여 원거리 작동도 가능했다. 나는 제안서를 올렸다. 빨강 파랑 녹색의 삼원색을 적당한 비율로 섞어 원하는 빛을 만들 듯, 향기 또한 그럴 것이다. 멋진 가설이었다. 제안은 곧 채택되었다. 그러나 기본이 되는 향의 원액을 찾아 내는 일이 문제였다. 수백 번의 실험이 실패로 끝났다. 하지만 나는 그것을 실패라 부르지 않았다. 실패하는 이유를 더 많이 알게 되었으니 성공 확률은 상대적으로 더 높아진 것 아니겠나. 오너의 기대와 연구비도 아직 남아 있었다. 2년 동안의 허무를 딛고 나는 드디어 어떤 향기로든 바꿀 수 있는 원액을 만들었다. 이제 그것을 어떻게 합성하면 순식간에 원하는 향기로 피워 낼 수 있는지만 알면 되었다. 다시 지루한 실험이 반복됐다. 나는 서서히 지쳐 갔다.

"형, 이거 돈 돼?"
"밥은 먹지."

형은 내 눈을 한참동안 들여다보았다.

"온 김에 구경이나 하고 가라."

작업 테이블 위엔 물기 머금은 흙덩이들만 퍼질러 놓은 소똥처럼 놓여 있었다. 두꺼운 베니어합판에 각목 네 개를 대충 박아 만든 작업대의 모양새가 형의 솜씨다웠다. 테이블 주변으로 낮 동안 동네 여자들과 그들이 데려온 꼬맹이들이 엉덩이를 붙이고 있었을 동그란 플라스틱 의자들이 보였다. 그것들을 지나 구석으로 몇 발자국 옮겼다. 장독만 한 전기 가마가 보였다. 벽에 붙은 선반 위에서는 소품들이 마르는 중이었다. 조만간 유약을 입혀 구워 낼 물건들이었다. 정말 이런 걸로 밥이 될까 궁금했지만 형의 둥그런 얼굴엔 자신감이 묻어 있었다. 후광이 보이진 않았으나 그걸 득도한 자의 행복이라고 부른다면 반박하긴 어려울 것 같았다. 형이 선반을 벽 쪽으로 밀었다. 벽이 묵직하게 회전하며 뒤로 밀렸다. 공부방만 한 공간이 동굴처럼 나타났다. 푸르스름한 불빛이 창문 없는 지하방의 어둠을 힘겹게 쫓아냈다. 천정에 붙은 전등은 화장실에나 달려 있을 법한 20와트 전구였고 바닥은 그냥 흙이었다. 시야가 어둠에 적응하자 방의 중앙에 놓인 물레가 나타났다. 요즘의 전기 물레가 아니었다. 통나무를 깎아 만든, 그야말로 사극에서나 볼 수 있는 물건이었다. 그걸 돌리자면 발로 원통을 비스듬히 차야 했다. 타임머신을 타고 옛날로 되돌아간 기분이었다. 지하상가의 복도는 잊어도 좋을 만큼 사위가 적요했다. 오기 전에 형이 전화로 해 준 말이 생각났다. 이 근처가 옛날에 도자기를 굽던 가마터였대. 땅을 파면 아직도 사금파리들이 나와. 승려들이 절간에서 쓰는 그릇들을 직접 만들었나 보았다. 고층 아파트와 절터가 엉뚱한 조합인 듯했지만 호기심은 접기로 했다. 형이 물레 앞에 놓인 통나무 걸상 위로 올라앉아 시범을 보였다. 그가 오른 발로 아랫부분을 찼다. 물레가 돌기 시작했다. 중심에 놓인 수박만 한 흙덩이에 물을 축여 가며 천천히 쓰다듬었다. 흙이 뾰족하게 올라갔다가 윗부분을 사선으로 밀면 다시 뭉툭하게 내려오곤 했다. 그런 동작이 열 번쯤 반복됐다. 반죽이 완성된 흙덩이는 원뿔 형태가 되었다. 그는 윗부분을 두 손으로 쥐듯이 감싸면서 두 엄지손톱을 중심부에 맞대고 위에서 아래로 천천히 밀어 넣었다. 그가 양손을 벌리자 형태가 갖춰지기 시작했다. 고르게 반죽된 회갈색 흙이 넓적한 대접으로 거듭나고 있었다. 모든 생명은 흙에서 나온다고 그가 말했다. 새삼스러울 것도 없는 주장이 그럴듯하게 들렸다. 그의 지나치게 진지한 표정에 머쓱했지만 다양한 형태가 흙에서 태어나는 건 눈으로 확인할 수 있었다.

"형태가 존재를 지배하지."

그는 거창한 의미 부여를 멈추지 않았다. 하지만 지금 내가 처한 삶의 형태가 나의 존재 가치를 규정하는 것만은 틀림없었다.

"해 볼래?"

형이 비워 준 자리에 기꺼이 앉았다.

"내가 문 열기 전까지 나오지 마라. 오늘 해 보고 할 만하다 싶거든 자주 와라. 나도 너 같은 조교가 필요하거든. 교육비는 반으로 깎아 줄게, 너니까."

형이 나가고 묵직하게 문이 닫혔다. '너니까'라는 마지막 말이 벽에 부딪치며 동굴 속처럼 여러 번 울렸다. 냉기가 뒷목으로 스며들었다. 갇힌 자의 공포가 목덜미의 솜털 사이로 기어 다녔다. 침을 꼴깍 삼키고 마음을 다잡았다. 형이 하던 식으로 흙을 쓰다듬었다. 아무거라도 좋으니 그릇을 하나 만들고 싶었다. 물레를 찼다. 원뿔 형태가 쉽지 않았지만 손바닥에 전달되는 촉촉하고 부드러운 감촉은 만족스러웠다. 오감은 서로 통한다더니, 촉각의 예민함이 후각으로 옮겨졌다. 콧구멍으로 들어온 흙냄새가 내 몸의 실핏줄을 타고 돈다고 느꼈을 때였다. 문득 온몸이 불에 덴 듯 뜨거웠다. 고량주 탓인가 싶었으나 취기와는 달랐다. 내 몸이 어딘가로 옮겨지고 있었다. 청소기의 긴 파이프 속으로 빨려 들어가는 느낌이었다. 박동이 빨라지고 심장이 곧 터질 것 같았다. 잠시 후, 토굴에서 빠져나온 듯 갑자기 사위가 밝아졌다. 주위를 둘러보았다. 대숲으로 에워싸인 공터였다. 당장이라도 검객이 시퍼런 칼을 겨누고 튀어나올 듯 서걱대는 숲에서 서늘한 바람이 빠져나왔다. 눈을 들어올렸다. 대숲 뒤를 병풍처럼 둘러싼 수직의 절벽이 아스라이 높았다. 창처럼 뾰족한 바위산 끝에 구름이 꿰어 있었다. 대낮의 하얀 달덩이가 구름 사이로 얼굴을 반쯤 내밀었다. 어딘가에서 돌 틈을 돌아 흐르는 개울물 소리가 들려왔다. 바투 다가온 바위 그늘이 기다란 황토 무덤 위에 누워 있었다. 조금 전에 내가 빠져나온 그곳은 도자기 굽는 가마였다. 그 속을 내가 어떻게 걸어 나왔는지는 알 수 없었다. 불이 꺼져 있었지만 아직 열기가 홧홧하게 느껴졌다. 머리와 수염이 하얗게 센 초로의 사내가 가마에서 구워진 도자기를 꺼내고 있었다. 거대한 짐승의 그을린 입을 벌려 하얀 이빨을 하나씩 뽑아내는 것 같았다. 그는 나의 접근을 전혀 눈치채지 못했고 나 역시 그를 방해하고 싶지 않았다. 그의 눈엔 내가 보이지 않는 것도 같았다. 그의 몸에서 탄내와 쉰내가 섞여 풍겨 왔다. 흙과 검댕으로 얼룩진 사내의 삼베옷 등줄기가 땀으로 축축했다. 그에게 몇 걸음 더 다가갔다. 그 순간, 심장이 쑥 빠져나가는 놀라움과 흥분이 달려들었다. 눈에 익은 모습, 그는 바로 나였다. 마르고 각진 턱에 희멀건 얼굴, 내가 틀림없었다. 이마와 목에 주름이 많은 그가 나보다 스무 살은 더 먹어 보였으므로 동시간대의 유체 이탈이랄 수도 없었다. 말하자면, 나는 몇 백 년쯤 거슬러 나의 전생을 훔쳐보고 있었다. 그는 손에 들고 있는 도자기들을 돌려 가며 살펴보다 나무망치로 두들기곤 했다. 깨진 그릇들이 한쪽 구덩이로 던져졌다. 찌푸린 표정으로 보아 그가 원하는 작품이 없는 것 같았다. 그때 동료로 보이는 작달막한 사내가 다가왔다. 짙은 눈썹에 구레나룻이 얼굴의 반을 차지한 그도 눈에 익었다.

"그래 봐야 왜놈들 좋은 일만 시켜 주는 건데 뭘 그리자세히 봐."

구레나룻이 핀잔을 놓았다.

"지난 번 물건이 성에 차지 않는 모양이던데…."

도자기를 꼼꼼히 살펴보던 사내의 입에서 긴 숨이 빠져
나왔다.

"우리가 이곳에 끌려온 뒤로 성주(城主)놈 눈만 높여
놓았지 뭔가."

"이번에도 제대로 된 것을 내놓지 못하면 내 목을 내놓
으라더군."

"소용없네. 귀신이 감탄할 물건을 만들어 주면 그놈이
만족할 것 같은가. 그래 봐야 조만간 더 나은 걸 빚어 내
야 할 걸세."

또 다시 청명한 망치 소리가 텅 빈 가마 속을 훑고 들어
갔다. 참나무 숯에서 나오는 건조한 탄내가 나의 비강에
도달했다. 내 몸에서 다시 열기가 느껴졌다. 향 타는 냄
새에 눈을 떴다. 물레가 있던 방이었다. 병구 형이 상기된
얼굴로 웃고 있었다.

"인도에서 가져온 침향(沈香)으로 만든 건데 어떠냐?"

"어떻긴 뭘, 내게 마약이라도 먹인 거야?"

"네가 못 돌아 올까 봐 걱정했어."

형은 내 손에 열쇠 하나를 쥐어 줬다.

"아무 때나 와서 흙냄새를 맡아라. 감각의 문이 열리면 세상이 달리 보이는 법이니까. 그런데 말이야…, 난 네 열정이 부럽다."

내가 눈썹을 세우자 형은 한숨 끝에 떫은 입맛을 다셨다.

"그 문은 너 같은 사람에게만 열려. 뜨거운 소망을 품은 인간 말이야."

알쏭달쏭했지만 이번에도 그가 나의 멘토가 되어 줄 거라는 확신이 들었다.

회사 일이 손에 잡히지 않았다. 그날 본 전생의 내가 머릿속에서 망치질을 했다. 나는 하루에도 수십 번씩 내 손으로 빚은 도자기를 깨뜨렸다. 상상의 그릇이 깨질 때마다 내 가슴에도 균열이 생겼다. 그러던 중에도 우리 팀의 아로마 프로젝트는 거의 완성 단계에 와 있었다. 우리는 잉크젯 프린터 방식을 벤치마킹했다. 세 가지 원액이 컬러 프린터의 카트리지에서 컴퓨터가 지시하는 대로 섞이는 작동 원리였다. 우리가 개발한 화학 물질이 짜맞춰 놓은 공식대로 뿜어져 나가게만 하면 되었다.

내 후각이 뾰족하게 날을 세웠다. 눈만 감으면 아카시아와 프리지아의 하얗고 노란 입자들이 나비처럼 떠다녔다. 바닷가의 그림이 나오면 갯내음이 나도록 섞이고 꽃밭이 나오면 꽃향기를 풍기는 공식, 그것을 명령어로 만들었다. 그걸 스마트폰 앱으로 바꿔 명령 체계를 세워 주는 건 별로 어려운 기술이 아니었다.

빛이 보였다. 사장은 서둘러 특허 신청을 했다. 내 손을 떠난 기술은 결국 회사 소유가 되었다. 사장은 부장을 시켜 우리 팀원들을 룸살롱으로 초대했다. 짧은 천 조각을 골반에 걸친 여자들이 내 코앞에 젖가슴을 내밀었다. 진한 화장품 냄새가 탄소에 훈제된 코냑의 향을 몰상식하게 희석시켰다. 부장의 정성 어린 배려로 2차를 나갔다. 나는 아침이면 기억할 수 없는 여자의 몸속에 특허에 대한 집착을 사정해 버렸다. 다음 날 병구 형은 아무 말 없이 내 손을 잡았다.

"미련을 버려. 이번 프로젝트가 상품화에 성공하면 더 큰 압력이 닥칠 거야."

경고였다. 스마트폰으로 일일이 향료를 조종하는 수준을 말하는 게 아니었다. 카트리지를 부착한 TV가 그림에 어울리는 향기를 자동으로 뿜는 기술, 바로 그것을 회사가 요구할 거라는 뜻이었다. 그거야말로 대형 프로젝트였다. 화면에는 꽃 그림만 뜨지 않을 건 빤한 일. 범죄 영화에서 희생자의 시신이 하수도에서 발견된다면 시청자는 유기물이 썩어 가는 냄새를 맡을 것이다. 아마도 그땐 요리 프로그램이 상종가를 칠 것이라는 생각이 들었다. 코로 맛보는 요리가 될 테니. 세상은 그렇게 가고 있었다. 기술력이란 멈추면 쓰러지는 자전거처럼 앞으로만 달린다. 내가 개발하지 않아도 누군가는 연구실에서 오늘도 밤을 새울 것이다.

"이용당하다 버려지고 싶지 않거든 네 삶의 형태를 스스로 잘 정해야 해."

형이 꾹꾹 눌러 강조했다. 이번엔 그 뜻을 조금 더 알 것 같았다. 굳이 내가 일회용품이 되어야 할 이유는 없었다.

상품화 단계 직전, 최종 테스트에서 브레이크가 걸렸다. 정상이 보일 때쯤이었다. 시제품 테스트에 참가한 일반인들의 반응이 회를 반복할수록 부정적으로 굳어졌다. 향기가 왠지 부자연스럽다는 것이었다. 인공 조미료를 잔뜩 넣은 찌개 맛 같다고 했다. 말하자면 소비자들은 원시가 살아 있는 천연의 향을 그리워했다. 바나나 우유에서 나오는 냄새가 아닌, 막 껍질을 깐 바나나의 향기를 원했다. 나는 그들이 그렇게 느낄 수 있는 원액을 다시 찾아내야 했다. 소비자 반응에 대한 최종 보고서를 받아 들었다. 지난 3년의 노력이 움켜쥔 손가락 사이로 빠져나가고 있었다. 이럴 때일수록 초심으로 돌아가라는 격려가 내겐 잔인했다. 퇴근길 차 안에서 운전대를 끌어안고 혼자 울었다. 살아 있는 향기…. 절실한 열망이 내 심장 속에서 야생마의 발굽 소리를 냈다. 회사의 프로젝트는 이미 내 관심의 중심축을 벗어나고 있었다. 나는 기어이 감각의 문을 열고 싶었다. 병구 형의 조교? 아니, 나는 뭐라도 할 용의가 있었다. 그 향기를 찾아낼 수만 있다면, 그 무엇을 바쳐서라도….

그날 밤 집을 나섰다. 이 밤중에 어딜 가느냐는 아내의 질문에는 대답하지 않았다. 전생도예의 문을 열었다. 그곳은 이미 나의 해방구였다. 형이 퇴근한 빈 작업실이 허허로웠다. 벽을 밀어 물레가 기다리는 방으로 곧장 들어갔다. 형의 침향에 불을 붙였다. 시간 여행 가이드가 되어 줄 터였다. 흙덩이를 올려 놓고 물을 적셔 가며 물레를 찼다. 물레가 돌고 내 손바닥에 흙의 부드러운 감촉이 달라붙었다. 태고의 흙내가 내 몸 안으로 스며들었다. 빗방울이 마른 마당을 두드릴 때 올라오는 비린내 같은 거였다. 그것은 모든 생명을 싹 틔우는 냄새였다.

몸이 후끈 달아오르고 나는 다시 긴 터널을 통과하여 장작을 넣는 구멍을 빠져나왔다. 이번에도 나를 닮은 사내가 망치로 도자기를 깨고 있었다. 산목숨을 자른 듯 쪼개진 파편들이 날카로운 금속성을 질러댔다. 맞은편에 서서 흙을 밟아 반죽하던 구레나룻이 끼어들었다.

"이봐 그렇게 다 깨 버리면 뭘 내놓을 거야?"

"파괴가 두려우면 어찌 걸작을 만들겠나."

"그걸 만들어 뭐하려고. 감춰뒀다 발견되는 날엔 목이 열 개라도 모자랄 걸."

나는 도공의 마음을 읽을 수 있었다. 그가 미간을 세울 때마다 그의 갈등이 내게 날것으로 전달되었다. 최고의 예술품을 만들고 싶은 욕망과 그걸 만들면 자신에게 불행이 닥칠 거라는 예감, 그 사이에서 그는 줄타기를 하고 있었다. 최고품이란 일생에 단 한 번만 나오는 것이므로 그 후에도 그런 물건들을 지속해 만들어 내지 못하면 목숨을 내놓아야 한다. 최악의 상황에서 단 한 번 사용될지 모르는 그 능력, 그것이 형태를 갖추는 순간 불행은 시작된다. 그럼에도 그는 기어이 자신의 걸작을 두 눈으로 보고 싶었다. 나는 깨지는 도자기의 단면에서 튕겨져 나온 흙냄새를 맡았다. 불속에서 태어난 목숨이 온기를 내주고 죽어 가는 냄새였다.

집으로 돌아온 나는 냉장고를 열었다. 새벽 세 시였다. 당근, 양파, 고추, 감자, 대파, 마늘, 자를 수 있는 것을 모두 꺼냈다. 식칼을 들었다. 당근을 자른 단면에 코를 찔렀다. 역시 당근 주스에서 나던 냄새와는 달랐다. 이번엔 양파를 두 쪽으로 베었다. 강렬했다. 눈물이 났다. 효리가 재채기를 하며 주위를 맴돌았다. 마늘의 단면은 내 욕망에 더욱 거칠게 저항했다. 고추를 베었다. 청양고추의 매운 향이 후각을 할퀴었다. 잘린 감자에서 나온 즙이 뽀얗게 작은 방울로 맺혔다. 내가 흘리는 식은땀처럼. 이번에는 계란을 깨뜨렸다. 껍질을 깨지 않고는 칼이 안으로 들어갈 수 없었고, 칼을 안으로 들여 보내지 않고는 생명을 감지할 수 없었다. 코끝에 노른자가 걸쭉하게 들어붙었다. 상큼한 비린내, 어린 목숨의 젖내였다. 나는 잘 갈린 칼날과 효리를 번갈아 쳐다보았다. 느닷없는 충동이 일었다. 몸서리를 쳤다.

다음 날 점심시간, 새싹비빔밥을 주문했다. 갓 돋아난 싹들이 어금니 사이에서 으깨졌다. 씹을 때마다 톡톡 터지는 감촉과 함께 상큼한 물기가 배어 나왔다. 어릴수록 생명의 향이 강했다. 덜 익은 감이 가지를 꽉 붙잡고 있듯이 덜 떨어진 놈들일수록 저마다의 시원(始原)에 집착한다. 원시의 냄새가 드디어 손에 잡힐 듯했다. 견디기 힘든 욕구에 진저리를 쳤다. 퇴근 후 꽃가게에 들러 장미 백 송이를 샀다. 아직 덜 벌어진 봉오리들이었다. 오랜만에 아내가 잇몸을 드러내 웃었다. 임신 5개월째, 볼록해진 배를 내밀고 뒤늦은 축하를 받는 표정이 나빠 보이지 않았다. 나도 모르게 자꾸만 아내의 배에 눈이 갔다. 잠들 수 없었다. 확실하게 짚이지 않는 욕망이 악몽처럼 목을 조여 왔다. 아내가 잠들자 나는 다시 냉장고에서 야채들을 꺼내 자르기 시작했다. 파괴는 창조의 다른 이름이었다.

집을 짓는 행위도 결국 나무를 베고 돌을 깨고 땅을 파헤
치는 파괴로 시작된다. 소나무를 잘라 보지 않고 어찌 송
진의 파릇하고 눅진한 단내를 알겠는가. 문득 붉은 장미
가 떠올랐다. 더 이상 미룰 순 없다. 가슴속에 달궈진 쇳
덩이가 식기 전에…. 아내가 거실 화분에 꽂아 둔 장미꽃
다발을 뽑아 물기를 털고 쇼핑백에 담았다. 옷을 갈아입
었다. 효리가 자다 일어나 따라 나왔다. 바라던 바였다.
망설임의 고통을 줄여 준 녀석이 갸륵했다. 꼬리치는 녀
석을 점퍼 안에 숨겨 넣고 차에 시동을 걸었다. 늦게 시작
된 장맛비가 퍼붓듯 쏟아졌다. 전생도예 안은 눅눅하고
괴괴한 공기로 가득 차 있었다. 나는 작업실을 뒤져 칼과
절구로 쓸 만한 그릇을 찾았다. 흙덩이를 자를 때 쓰는
칼을 숫돌에 갈기 시작했다. 효리는 나와 시선이 마주칠
때마다 꼬리를 흔들었다. 얼굴의 반쯤이나 차지하는 검
고 동그란 눈이 맑았다. 나는 날선 칼끝으로 장미꽃을 가
지에서 떼어 내 낱낱이 베어 가며 냄새를 맡았다. 꽃잎이
피처럼 붉었다. 목숨 가진 것의 살냄새가 내 콧구멍 안에
서 꿈틀거렸다. 이번에는 세숫대야만 한 절구 속에 꽃 뭉
치를 넣고 빻았다. 붉은 액즙이 흘렀다. 나는 거기에 다시
코를 박았다. 거울에 비친 얼굴이 붉었다. 이번에는 효리

를 붙잡아 절구 안에 눌러 넣었다. 동물과 식물의 경계는 무의미했다. 다리와 뿌리의 차이일 뿐. 미토콘드리아와 엽록소의 구별이 산목숨을 차별하진 않았다. 살아 있는 모든 것을 베어 보지 않고는 견딜 수 없었다. 충동질이 심장을 찔러 댔다. 심장 소리가 고막에 부딪쳤다. 효리가 내 손등을 핥았다. 나는 잠시 머뭇거렸다. 침 묻은 손등에서 식초 냄새가 올라왔다. 메스꺼웠다. 냉장고를 열어 술을 찾았다. 고량주가 반 병쯤 남아 있었다. 위벽을 타고 내려가는 자극이 나의 집념을 예각으로 깎아 세웠다. 무딘 칼질은 고통만 가중시키는 법. 결심을 다져 다시 의식을 거행했다. 칼끝이 뱃가죽에 닿았다. 그 순간, 무자식의 공백을 채워 주던 효리의 영상들이 나의 축축해진 안구를 빠르게 스쳐 갔다. 이를 악물었다. 생명의 향, 오직 그것을 찾을 수만 있다면…. 나는 세속의 두려움과 근심을 베어 냈다. 산목숨이 내지르는 날선 고음들이 벽을 향해 탁구공처럼 튕겨나갔다. 감각의 제단에 바쳐진 목숨이 경계를 넘을 때 뿜어 내는 저항이었다. 날카로운 금속이 표피를 통과하자 거기서도 붉은 액즙이 흘렀다. 갈라진 틈새에서 태고의 온기가 뭉글뭉글 빠져나왔다. 가늘고 짧은 사지를 나뭇가지처럼 바르르 떨어 만들어 낸 진폭이 주변의 공기압을 높였다. 작업실 공간이 풍선마냥 부풀어 오르더니 이내 그 팽창이 가라앉았다. 산 것에서 나오는 비린내는 모두 비슷했다.

물레가 있는 방으로 들어갔다. 아늑했다. 다행히 핏발 선 광기가 그곳까지는 따라오지 못했다. 침향에 불을 붙였다. 쏘는 듯한 단내가 들숨을 쫓아 들어왔다. 물레를 돌려 흙을 쓰다듬었다. 전생을 향해 뻗은 길이 보였다. 눈을 감고 정신을 집중했다. 몸이 작아지는 느낌과 동시에 나는 다시 좁은 통로로 빨려 들어갔다. 토굴을 빠져나오자 가마의 입구에 도공이 웅크리고 앉아 있었다. 모닥불 연기가 보름달을 쫓아 오르는 밤, 하늘에 뜬 달덩이가 도공의 품속에서도 흰 빛을 뿜고 있었다. 바닥에 앉은 여인의 둔부처럼 펑퍼짐한 원형의 하단부에서 완만한 곡선으로 뽑아 올린 병목이 좁고 길었다. 나는 학의천에서 보았던 바로 그 새를 떠올렸다. 순백의 표면에 서린 긴장이 푸르스름하게 빛났다. 양각으로 도드라진 댓잎들이 깃털처럼 허공을 날고 용 한 마리가 몸을 비틀어 보름달을 향해 대숲을 빠져나오고 있었다. 도공은 그것을 갓난아기처럼 보듬어 쓰다듬었다. 어린것의 피부 위에 그가 코를 대고 눈을 감았다. 배냇냄새에 취한 듯했다. 그의 두 눈에서 흘러내린 물기가 달빛에 반사되었다. 그가 도자기를 바닥에 내려놓았다. 사내가 천천히 움직였다. 달빛을 모으듯 그가 온몸으로 허공에 곡선을 그렸다. 학춤이었다. 손끝을 어깨 위로 뻗어 올릴 때마다 무릎도 위를 향했다. 무아경의 시간이 흐르고, 동작을 멈춘 그가 엎드려 큰절을 했다. 그의 흰머리가 도자기를 향해 있었다. 숨소리도 들리지 않았다. 땀에 전 베적삼을 달그림자가 핥고 지나갔다. 이윽고 그가 망치를 들었다. 파편이 깨져 날아가는 소리가 호탕한 웃음에 섞여 달빛 아래로 퍼져 나갔다.

온몸이 뜨거웠다. 목구멍 속까지 홧홧하고 매캐했다. 눈꺼풀을 가까스로 들어올렸다. 침향 연기 속에서 사위가 모습을 드러냈다. 병구 형이 벌어진 앞니를 드러내 웃고 있었다. 나는 놀라움과 반가움을 누르며 형의 손에 이끌려 밀실을 나왔다. 깨끗이 치워진 작업대 위에서 두 개의 술잔이 우리를 기다리고 있었다.

"자 자. 자축하자구."

만면에 홍조를 띤 그의 목소리가 떨렸다. 감격스런 표정이었다.

"뭐얼?"

"임마 우리가 드디어 해 냈잖아. 실험에 성공했다구."

머릿속에서 도자기 깨지는 소리가 들렸다. 형의 실험이 나를 통해 객관적 필연으로 옷을 갈아입는 중이었다. 한 번은 우연이지만 반복적 성공은 필연을 의미했다. 나의 절실함과 열정을 빌려 감각의 문을 연 그가, 드디어 윤회의 틈새로 스며드는 향기를 개발한 것이었다. 매콤한 향내가 목구멍에서 울컥 빠져나왔다. 단내 묻은 형의 목소리가 상가 출입구까지 내 뒤를 따라 나왔다. '네가 못 돌아 올까 봐 걱정했어.' 하필 그 순간 왜 그 목소리가 생각났을까. 그러니까 나는 깨어나지 못할 수도 있었다. 어깨가 저절로 떨렸다. 빗방울이 소름 돋은 팔뚝을 타고 흘렀다. 비라도 흠뻑 맞고 싶었다. 차는 내일 가져갈게. 내가 손사래를 치자 형이 우산을 주려다 말고 고개를 숙이며 돌아섰다. 얼핏, 그의 눈에서 물기를 보았다. 그리고 무슨 말을 들은 것도 같았다. '미안하다'였나 '고맙다'였나. 학의천을 끼고 걷기 시작했다. 무지개다리를 건널 때 나는 시간의 힘을 생각했다. 그것은 전생의 뿌리로 현생의 꽃을 피워 내는 윤회의 향기였다. 한없이 걸었다. 구두가 질컥질컥 빗물을 게워냈다. 세 시간 후 양재동에 당도했다.

체중이 쭉 빠지고 몸피가 절반쯤 줄어든 느낌이었다. 발바닥이 쓰렸다. 물집이 터진 모양이었다. 새벽이 퍼렇게 어깨 위로 내려앉았다. 아내가 깨어 있었다. 한밤중에 어딜 갔었냐고 물었다. 먼 여행을 다녀왔다고 속으로만 말했다. 그녀가 강아지를 찾았다. 나는 못 봤다고 했다. 아내의 불러오는 배가 내 눈을 찔렀다. 익숙한 비린내가 혹 다가왔으나 억누를 수 있었다. 감로수 바람으로 학처럼 날아와 시큰하게 콧날을 스쳐 간 효리 덕분이었다. 샤워를 하고 출근을 서둘렀다.

회사에 도착하자마자 사직서를 제출했다. 회사 일은 잊기로 했다. 영혼의 향기, 생명의 냄새를 만드는 기술을 익혔으므로 그거면 되었다. 홀가분했다. 밖으로 나오자 주차장 옆 마당에서 잔디 깎는 기계가 돌아가고 있었다. 살아 있는 몸에서 나온 풀냄새가 향긋했다. 낮달이 관악산 위로 희미한 얼굴을 드러냈다. 학의 깃털 같은 구름 뒤에서 병구 형이 웃고 있었다. 아로마테라피스트의 짜장면이 와락 당겼다. 〈끝〉

륜향(輪香)

미노타우로스 사냥꾼

2016년 〈광남일보〉 신춘 문예 당선작

그러니 매화 향기에 눈물을 흘리는 강에게는 권력을 향한 탐욕과 생명을 짓밟는 잔인함이 추하게 보일 만도 했다.

미노타우로스 사냥꾼

그가 안 보이는 게 오히려 이상했다. 박은 소들을 겨누던 가늠자에서 눈을 떼고 어깨를 돌렸다

"형님, 강 씨 못 보셨수?"

이장이 시큰둥하게 고개를 저었다. 대단한 구경거리라도 되는 양, 소 돼지가 죽어 나가는 농장마다 찾아다니며 지켜보던 강이었다. 오늘이 이장네 마무리 작업 날인데….

작년 여름 마을에 들어온 강은 어수선한 첫 겨울을 보내고 있다. 살처분이 몰고 온 분위기 탓이다. 박은 이장과 담장 하나 사이로 이웃이었고, 강 또한 박의 집 바로 옆에 거처를 잡았다. 이천 읍내에 산다는 그의 딸이 혼자된 아

버지를 가까이서 돌봐드릴 요량으로 구한 집이었다. 거기 살던 노부부가 아들을 따라 서울로 합치는 바람에 비어 있었는데, 때마침 찾아온 강의 딸이 헐값에 세를 얻었다. 외풍이 심한 벽이며 낡은 지붕들은 강이 고쳐서 사는 조건이었다.

"경운기를 빌려 달라더니 새벽부터 어디 멀리 갔나?"

"농사짓는 사람도 아닌데 그걸 뭐에 쓰려고요?"

"그 속을 내가 알겠나, 자네가 알겠나."

"……."

"또 아픈 거 아녀? 대충 일 끝내고 건너가 봐."

"같이 가 봅시다."

"난 좀 쉴라네, 피곤하고 심란해서…."

이장의 양쪽 흰자위에 실핏줄이 도드라져 보였다. 밤새 눈을 붙이지 못했는지 푸석한 얼굴이었다. 궂은일로 잔뼈가 굵은 그도 연일 이어지는 작업에 지친 것 같았다. 오늘따라 박의 눈엔 쉰셋인 자신보다 세 살 위인 이장이 열 살은 더 먹어 보인다.

"그나마 형님은 다행인 줄 아쇼. 아랫마을은 겨우 절반 건졌다는데."

이장이 눈꼬리에 주름을 잡았다.

"거기야 균이 발견되었으니 어쩔 수 없는 노릇이지
만…."

꼬리를 감추는 말끝에 불평과 원망이 묻어 있었다. 그
는 노인들뿐인 이 마을에서 10년 넘게 청년회장직을 맡
아 보다가 등 떠밀려 이장이 되었다. 벌써 3년이 지난 일
이니, 박이 이천 읍내의 동물병원을 폐업하던 봄이었다.
그때도 겨우내 구제역 살처분에 동원되던 끝에 수의사 노
릇을 청산했다. 차마 못할 짓 같아서였다.

소들이 서로의 틈새를 비집고 들이받았다. 우리 안이
더 좁아 보였다. 목표물이 자꾸만 박의 시선을 비켜 갔다.
이번에도 노란 날개 달린 주사 바늘이 우사 안쪽 벽에 맞
고 소똥 위로 떨어졌다. 밖에서 털털거리는 기계음이 점
점 커지다가 잠잠해지더니 기침소리가 마당을 건너왔다.
강이 돌아온 모양이었다. 잠시 후, 눈살을 찌푸리는 그가
시야에 들어왔다. 축사 출입문 옆, 담장 대신 줄지어 세워
둔 장독대 뒤는 그가 아침마다 햇볕 바라기를 하는 자리
다. 핏기 없는 얼굴로 밭은기침을 할 때마다 왼손에 쥔 연

필이 흔들린다. 장독 뚜껑에 올려 놓은 스케치북 위에서 강의 손놀림이 바쁘다. 박은 이내 얼굴을 돌려 가늠자에 다시 시선을 꽂았다. 강이 무엇을 그리는지 짐작이야 하지만 관심을 둘 겨를이 없다. 화가가 늘 하는 일이려니….

인력들이 돈사로 몰려간 뒤로 비명 소리가 끊이지 않는다. 50미터 이상 떨어진 거리에서도 몽둥이와 삽날로 돼지를 패대는 소리가 들린다. 이쪽에서도 눈치 빠른 황소가 눈알을 뙤록이며 앞발을 들어올렸다. 돈사 앞 배추밭을 파서 비닐 막을 깔아 놓은 구덩이는 하늘을 향해 아가리를 쩍 벌리고 있었다. 집채 하나가 들어갈 깊이였다. 포클레인 삽날에 찍혀 떨어진 것들을 흔적도 없이 삼켜 버릴 구멍 밑이 아스라했다. 네발 달린 짐승은 한번 미끄러지면 그걸로 끝이다.

줄을 세워 몰아가지만 눈치 빠른 몇은 대열을 이탈한다. 주로 나이 든 놈들이다. 매질의 대상은 그놈들일 것이다. 돼지는 피하 지방층이 두꺼워 주사를 놓는 데 애를 먹는다. 주사약 값을 아끼고 층층이 쌓아 흙을 뿌려 가며 산 채로 묻어 버릴 좋은 핑계다. 묵은 분뇨 냄새가 콧속을 후비듯 파고들었다. 박은 문득 피 냄새를 맡은 것 같았다. 메스꺼웠다. 그는 머리를 흔들어 묵은 기억을 털어 냈

다. 키 낮은 철문 위에 팔꿈치를 올려 조준하던 박은 총
신을 내리고 허리를 폈다. 어차피 마취 총으로 해결될 문
제는 아니었다. 답답한 마음에 해 보는 것일 뿐, 오백 마
리도 넘는 소들에게 한 방에 9천 원씩이나 하는 주사용
총알을 쓸 예산도 없었다. 살처분 명령에 손을 놓아 버린
축사 꼴이 파장한 장터다. 돈사 앞 채소밭에서 시커먼 비
닐 조각들이 떠나지 못한 철새처럼 푸드득거린다. 찬바람
에 반쯤 찢겨 나간 비닐하우스가 그 옆에서 맥없이 몸을
뒤튼다.

"박 원장! 그만두소!"

몇 발짝 떨어져 지켜보던 이장이 다가왔다. 차마 제 손
으로는 못 하겠다던 그였다. 그의 미간에 깊은 주름이 잡
혀 있었다.

"휴우…."

이장의 벌어진 앞니 사이로 진한 니코틴 냄새가 빠져나
왔다. 담뱃값 인상 때 끊었다더니, 어지간히 속이 타는 모
양이었다. 그도 그럴 것이, 구제역이 발견된 곳으로부터
반경 500미터 안쪽이라는 이유만으로 이장은 멀쩡한 소

들을 죽여야 하는 처지였다. 이른바 예방 조치였다. 아직 감염되지 않았으니 시세대로 보상해 준다는 국가 시책도 그의 미간을 펴 주진 못했다. 하마터면 강이 몰고 나갔던 경운기도 매몰 목록에 오를 뻔했다. 균이 발견되면 농장에 있는 물건은 쇠못 하나까지도 파묻어야 했으니. 부농의 꿈이 눈앞에서 사라지고 있었다. 축사를 지을 때 진 농협 빚은 아직 절반도 갚지 못한 상태였다.

"일이나 합시다. 피한다고 될 일도 아니고."

박의 재촉에 이장이 마지못해 우사 안으로 발을 담갔다. 날뛰던 소들이 온순해졌다. 멀리 도망치던 놈들도 그에게 머리를 들이밀었다. 먹이를 받아먹던 습관이었다.

"진작 잡아 줄 것이지."

박의 대거리에 이장은 말없이 코뚜레를 잡은 손에 힘을 줬다. 박이 꼬리를 들어 올렸다. 항문 근처의 얇은 피부에서 정맥을 찾아 주사 바늘을 찔러 넣었다. 근육 이완제였다. 소들이 무릎을 꺾기까지는 일 분이 채 걸리지 않았다. 바늘이 가죽을 뚫고 들어갈 때마다 이장이 얼굴을 외로 꼬았다. 그의 입가에 허옇게 버캐가 끼어 있었다.

박은 마취제를 생략한 채 염화석시닐콜린을 주사했다. 마음이 편치 않았다. 그건 안락사가 아니니까. 소가 저항할 수 없게 만들 뿐. 그렇게 하면 운반이 쉽긴 해도 의식 있는 상태에서 심장마비로 죽어 가는 것이라 고통이 뇌에 그대로 전달된다. 가뜩이나 미간을 세우는 이장에게 그런 설명까지는 하지 않았다. 그걸 알려 주더라도 마취제를 구입해 이중으로 작업할 여유가 있을 리 없다.

이번에도 둔탁한 소리가 들렸다. 시멘트 바닥에 암소가 머리부터 박으며 큰 덩치를 부려 놓는다. 이장은 고개를 돌려 지붕 밑 열린 틈으로 시선을 옮겼다. 그의 눈길을 따라가던 박의 시야에 멀찌감치 마을의 초입을 지나는 움직임이 들어왔다. 검정색 승용차 석 대가 정자나무 곁을 꺾어 돌아 언덕 위 골프장으로 향하고 있었다.

"아침부터 세월 좋구먼."

이장이 혼잣말처럼 운을 떼었다.

"누군지 몰라서 그래요?"
"그 인간들을 내가 알아 뭐하게."

이장이 그걸 모를 리 없을 터, 박은 슬그머니 대화의 꼬리를 삼켰다. 화요일 아침이면 어김없이 나타난다는 그의 신분은 캐디의 입을 통해 알게 됐지만 박은 그를 가까이서 본 적이 없다. 성수기에도 그는 언제나 앞뒤로 한 팀씩을 비워 두고 라운딩을 했다. 경호상의 이유였다.

이장이 턱을 옆으로 돌리며 구시렁거렸다. 그래도 그이가 다스릴 때가 경제가 성장되어 살기가 좋았다는 둥, 무슨 교육대를 만들어 깡패들을 혼내 줬다는 둥…. 부지런히 연필을 움직이던 강이 스케치북을 탁 접었다. 이장의 목소리를 듣기라도 한 듯 그가 혀를 털었다.

실향민 집안인 이장과 남쪽에서 올라왔다는 강은 자주 언쟁을 했다. 지난 화요일 오후에도 강은 퉷 소리가 나게 가래를 돋우어 뱉었다. 더러운 놈! 그의 검지 끝이 골프장에서 빠져나오는 검은 세단을 향해 있었다.

"자네도 다니지 않나?"

갑자기 생각났다는 듯 이장이 박에게 눈을 맞췄다. 좁은 바닥에서 소문이 그의 귀를 비켜 갈 리 없었다. 박은 얼굴을 돌려 헛기침을 하며 주사기에 다시 약을 넣었다.

지역 유지들과 어울려 치던 골프는 박에게도 중독성이 있었다. 동물병원을 정리한 뒤로 그린피는 근처에서 송아지 출산이나 도우며 벌어 볼 셈이었다. 그럼에도 살처분 작업만은 피하고 싶었다. 일단 작업이 시작되면 공중(公衆) 수의사나 동물을 다룰 줄 모르는 외부 인력들만으로는 어림없는 일이었다. 아무튼 소나기는 피하고 보는 게 상책이었다.

박은 슬그머니 마을을 빠져나가 따뜻한 태국쯤에서 겨울을 나고 돌아올 궁리를 하고 있었다. 앞마당 매화가 봉오리를 열기 시작하면서 박의 걱정이 사그라들던 참에 뜬금없이 꽃샘추위가 구제역을 몰고 올 줄이야. 뒤통수를 얻어맞은 기분이었다.

내 소들은 자네가 꼭 처리해 줘야겠어. 허리를 꺾는 보건소장의 신신당부도 거절했던 박의 발목을 이번엔 삼십 년 지기인 이장이 잡았다. 처음엔 외지인을 소 닭 보듯 하던 이장이었다. 그가 태도를 바꾼 것은 박이 수의학과를 졸업했다는 사실을 알고부터였다. 편리한 현실 앞에서 사사로운 감정은 사그라지게 마련이었다.

갑자기 송아지가 울기 시작했다. 주사를 맞고도 삼분 가까이 버티던 어미가 쓰러졌다. 길어야 일분인 다른 소에 비해 젖을 물린 암소는 시간이 많이 걸렸다. 빨던 젖꼭지가 입에서 빠져나가자 송아지는 쓰러진 어미의 복부에 주둥이를 다시 묻었다. 어쩔 도리가 없었다. 그렇다고 송아지부터 죽였다간 결사적으로 달려드는 어미 소에게 무슨 봉변을 당할지 모르니까.

"후우, 나도 죽어서 좋은 데 가긴 다 틀렸어."

말없이 소의 눈을 가리며 머리를 붙잡던 이장의 탄식이었다. 자식 앞에 용빼는 재주 없긴 짐승이나 사람이나 별반 다를 것도 없었다. 딸자식을 돌보느라 눈을 편히 못 감은 아버지와, 남편의 심기를 살피며 노심초사하던 어머니가 박의 가슴 언저리를 묵직하게 누르고 들어왔다. 그 일만 아니었어도….

당시 고3이었던 박은 도청 사수대에 자원했다. 교련복을 입고 카빈 소총을 어깨에 걸고 있는 자신이 독립투사보다 더 자랑스러웠다. 도청 건물 안에서 150명의 인원이 무장한 채로 농성을 했다. 닷새를 버텨내자 음식이 떨어지고 부상자들에게 필요한 약품도 없었다. 밖에서 들리는 총소리와 군부의 무력 진압 경고 방송이 공포감을 증폭시켰다. 때마침 지도급 대학생들이 긴급회의 결과를 발표했다. 버틸 상황이 못 되니 떠날 사람은 떠나도 좋다는 취지였다.

먼저 나간 자들은 이 도시를 탈출하여 우리의 참상을 외부에 알려라. 박은 빠져나갈 명분을 놓치지 않았다. 동지들을 두고 떠나는 죄책감이 한결 누그러졌다. 그날 절반 이상이 바리케이드 밖으로 나왔다. 박도 잠시의 갈등을 뒤로하고 밤길을 헤쳐 집으로 향했다. 가족에 대한 걱정이 우선이었다. 대문을 두드려도 반응이 없자 담장을 넘었다. 밤늦게 친구들과 어울리다 입에서 술내가 날 때쯤이면 아버지의 눈을 피하느라 익숙해진 행동이었다.

어둠속에서 바람을 타는 총소리와 대로변의 긴장이 그림자처럼 마당으로 따라 들어왔다. 거실을 통해 그의 방까지 들어가는데도 인기척이 없었다. 잠시 후 안방에서 무슨 소리가 난 것 같았다. 고양이 소리 같기도 하고 신음소리 같기도 했다. 그 순간, 예리한 면도날이 허리께를 베고 지나가는 느낌이 들었다. 문을 열어젖힌 안방에 부모가 있었다. 뒤로 맞댄 두 개의 식탁 의자에 부부가 등을 대고 앉은 모습이었다. 등받이엔 손목을, 의자의 앞다리엔 발목을 이삿짐에나 붙이는 녹색 테이프로 묶어 놓은 상태였다. 입에도 테이프가 붙어 있었다.

지친 듯 숨을 고르는 부모로부터 들은 이야기는 충격이었다. 가슴속에 품었던 의협심과 사명감이 한순간에 녹

아내렸다. 세상도 변했는데 우리 같이 나눠 먹고 삽시다. 대로변에서 한 블록 떨어진 골목 안쪽의 마당 깊은 단독 주택에 느닷없이 들어온 그들의 일성이었다. 동네 총각들 같기도 해서 물 좀 마시자는 요구에 어머니가 대문을 열어 준 뒤였다. 총을 들고 복면을 썼지만 그저 시위대의 모습이려니. 아버지는 장하다는 말도 잊지 않았다. 마당에 들어와 강도로 돌변한 그들이 서랍과 장롱을 뒤졌다. 돈이 될 만한 것들은 쓸어 담듯 들고 나갔단다. 주먹을 쥔 민주 시민들과 라디오에서 나오는 폭도들이 박의 머릿속에서 시계추처럼 움직이다 서로 엉켜들었다. 가슴에서 흙탕물이 일었다.

시위 대열에 끼어들었다는 대학생 누이가 귀가한 것은 그로부터 이틀이 지난 뒤였다. 골목까지 쫓아온 군인들에게 끌려가는 걸 보았다는 이웃이 있었다. 누이의 티셔츠는 가슴 아래로 찢겨 있었고 베이지색 면바지에는 핏자국이 묻어 있었다. 그녀는 어기적거리며 힘든 걸음을 옮겼다. 부어오른 뺨엔 혁대로 맞은 듯한 두 줄이 선명했다. 분노와 허탈이 교대로 박의 가슴을 훑고 지나갔다. 애국심이 있던 자리엔 넋을 놓아 버린 누이가 들어와 앉았고 그녀를 기약 없이 돌봐야 하는 현실만이 부려 놓은 짐짝처럼 가족 앞에 놓여 있었다.

누이는 잠을 자지 못했고 스스로를 방안에 가두더니 이윽고 정신병원을 들락거리기 시작했다. 박의 가족은 고향을 떠나 연고 없는 경기도 이천 땅에 자리를 잡았다. 그게 벌써 30년도 더 지난 일이다. 누이는 갇혀 있던 병원의 화장실 천장 수도관에 자신을 매달았다. 오십이 넘도록 짝을 만나지 못한 딸자식 걱정을 술로 달래던 아버지가 세상을 하직한 직후였다.

"이봐, 강 형! 몸 생각 좀 해야지. 그만 들어가."

그가 못 들은 척 미동도 없었다. 3월로 들어섰지만 이틀 전 내린 눈이 그의 앞마당에 피어난 매화를 덮고 있었다. 반쯤 녹은 눈의 반질반질한 표면에 아침볕이 반사됐다. 그 틈으로 빨간 꽃잎이 핏방울처럼 도드라졌다.

"추워, 그만 들어가."

박이 다가가 강의 어깨를 재우쳐 흔들자 그가 속삭이듯 말을 이었다.

"자다가 불려 나온 거야."

그러니까 꿈속으로 날아온 꽃향기에 홀려 홑겹 티셔츠 한 장만 걸친 채 뛰어나왔다는 거였다. 아래는 덜렁 팬티뿐, 찬바람에 언 다리가 보랏빛이었다. 종아리의 상처가 보였다. 강의 눈가에 물기가 배어 있었다.

"오늘은 이걸 그려야겠어."

강이 배시시 웃었다. 막 쪼개 놓은 차돌의 단면 같았던 첫인상은 더 이상 찾아볼 수 없었다.

박과 갑장인 강에게는 처음부터 특별한 구석이 있었다. 강은 박이 미처 예상하지도 못한 한마디로 화제를 마무리 짓곤 했다. 파란 불꽃이 이글거리는 눈빛이었다. 무릎이 튀어나온 하늘색 추리닝 바지에 어수룩한 말투와는 결이 다른 힘이 있었다. 그것은 보이지 않는 깊이에서 끌어올리는 카리스마 같은 거였다. 거무튀튀한 피부와 사각 턱은 깊이 파인 입가 주름과 조화를 이뤄 그를 고집스러워 보이게 했다.

그는 오른쪽 팔다리를 제대로 쓰지 못해 왼손으로 지팡이를 짚고 몇 보를 걸은 다음 허리를 뒤로 자주 꺾었다. 살집 없는 몸에 키가 껑충한 강은 애주가였다. 아침부터 불콰한 얼굴로 술내를 풍기곤 했다. 몇 잔에도 갈지자걸음을 보였지만 그렇다고 술주정을 한 적은 없었다. 누룩을 제 손으로 빚어 술을 담그는 솜씨도 일품인 데다 술독을 여는 날엔 사람들을 불러 모으는 넉넉한 품도 있었다.

그가 옆집에 들어오고 한 달이 조금 못 되었을 때였다. 집들이라는 걸 했다. 외톨이로 사는 데 익숙해졌다는 그도 토박이들끼리 뭉치는 농촌에서 버티자면 통과의례를 피하긴 힘든 노릇이었을 터. 낡아 빠진 집에 생기가 돌고 있었다. 벽지를 바꾸듯 여기저기 벽에 그림을 그려 놓기도 하고 마당에는 폐가 나빠지기 전에 만들었다는 조각품도 두어 군데 자리를 잡았다.

미켈란젤로의 피에타처럼 생긴 석상이 먼저 박의 눈에 띄었다. 중장비로 끌어내려 앞마당 매화나무 아래에 내려놓을 때부터 눈여겨보았던 물건이었다. 마리아의 품에 안겨 있어야 할 예수가 없었다. 비어 있는 품안에 누구나 안길 수 있도록 만든 작품이었다.

"나는 머리보다 몸뚱이를 믿는 인간이라서…."

강이 툭, 한마디를 던졌다. '눈으로만 보세요'라는 조각전 경고문에 익숙한 박이 잠시 망설일 때였다.

"아름다움은 감각의 세계에만 존재하지요."

만져 보고 보듬고 싶은 그리움이 몸으로 육화되었을 거라는 강의 부연 설명이 오랫동안 박의 귓바퀴를 이명증처럼 맴돌았다.

"이제 망치질은 안 합니다."

돌가루를 마셔야 하는 조각 작업을 그만둔 뒤로 강은 회화에 집중하는 것 같았다. 그가 툇마루에 내놓은 그림들도 이상하긴 마찬가지였다. 여자의 음부만을 확대하여 원색으로 화려하게 묘사한 작품들이 여럿이었다. 소음순은 싱싱한 꽃잎처럼 촉촉했고 그 시원의 깊이에서 당장이라도 윙 하고 꿀벌이 날아오를 것 같았다. 젖가슴도 하나만을 따로 떼어 내 곧 벌어질 꽃봉오리처럼 그려 놓았다. 박의 호기심을 눈치 챘다는 듯 그가 말을 이었다.

"전체를 조망하다 보니 부분의 아름다움도 새싹처럼 돋아나더군요."

알쏭달쏭했지만 넓은 눈을 가지라는 뜻 같긴 했다.

"나는 옳고 그름을 기준으로 세상을 보지 않아요. 그저 아름다운 것과 추한 것이 있을 뿐."

그의 세상 보는 눈이 남다른 것 같긴 했지만 미술에 문

외한인 박에게는 먼 나라 이야기였다. 파장 분위기에서 강이 박의 어깨를 잡았다. 예닐곱 둘러앉았던 노인들이 돌아간 직후였다.

"담도 없고 몇 걸음이면 갈 텐데 서두를 필요 있겠소."

그의 눈길이 장님처럼 아득했다. 혼자 두고 나오기엔 묘한 죄책감 같은 것이 박을 사로잡았다. 강이 이 마을에 첫발을 담그던 날, 그의 딸이 얼굴에 홍조를 띠며 어렵게 꺼내던 부탁이 있었다.

"폐암으로 투병 중이세요. 아직까지는 항암 치료를 잘 이겨 내고 있지만, 진통제와 수면제가 없으면 견디지 못해요. 오래전에 얻은 골병으로…. 무슨 일이 생기거든 전화 좀…."

연락처를 적어 주던 그녀는 내친김에 한 가지 부탁을 더 했다.

"시간 날 때마다 아버지랑 읍내 목욕탕에 다녀오시면 안 될까요?"

돌이 갓 지난 아기를 업고 군내 버스를 타고 들어온 그녀가 화장기 없는 얼굴을 주억거리며 꺼낸 말이었다. 자가용을 굴릴 형편은 못 되는 듯했다. 그녀가 내민 손에는 만 원짜리 몇 장이 들려 있었지만 박은 넣어 두라고 했다.

일 순배가 더 돌고, 취기에 사투리가 섞여 들었다.

"함경도 출신들이 여러 집인갑소 잉."

이장네를 두고 하는 말이었다.

"글쎄요…. 그런 데 별로 신경을 안 쓰고 살다 보니."

하루에도 몇 번씩 얼굴들을 마주치는 마을에서 행여 패가 나뉠까 걱정스러웠다. 박이 머뭇거리자 강이 턱을 올리며 재우쳐 물었다.

"혹시 고향이…."

상대의 의중을 떠보는 듯, 말끝을 반음쯤 살짝 내렸다 올리는 박의 남도식 어투가 반가웠던 모양이었다. 허를 찔린 기분이었다. 갑자기 가슴이 먹먹해지며 답답한 느낌이 밀려왔다.

첫날 나눈 인사로 서로 이름과 나이 정도는 알고 있었지만 그 이상 개인사를 섞을 생각은 없던 터였다. 고삐 풀린 강의 억양이 박의 귓속을 후벼댔다. 박은 눈을 내리깔았다. 강의 오른쪽 종아리 뒤 함몰된 상처가 박의 눈을 찔렀다. 작고 단단한 물체가 앞쪽을 향해 사선으로 뚫고 지나간 자국, 항문처럼 거뭇하게 주름져 들어간 구멍이었다. 순간, 피융 하는 소리를 들은 것도 같았다. 박은 머리를 흔들었다. 기억을 떼어 내는 게 쉽지 않았다. 그가 평생토록 진통제를 먹으며 지팡이를 짚고 다니는 이유가 짐작되었다. 강이 헛기침을 하며 꺼내던 말을 도로 집어넣었다. 잠시 침묵이 흘렀다.

"읍내에 좋은 목욕탕이 들어섰더라고. 아침 물이 깨끗하겠지?"

얼결에 박의 입에서 나온 반말이었다. 박은 던지듯 약속을 잡으며 주섬주섬 신발을 꿰었다.

이른 아침부터 강이 매화에 코를 대고 킁킁거린 지 족히 한 시간은 되었다.

"이러다 얼어 죽으면 아름다움이 다 무슨 소용인가."

"박 형, 나는 개처럼 살다 갈라네. 개는 어제 짖어댄 것을 후회하지 않고 내일 먹을 것을 걱정하지 않지. 이제 때가 되지 않았나."

"허허, 별 쓸데없는 소리를 듣겠구먼."

박은 그를 부축해 방안으로 들어갔다. 그리던 그림이 벽에 비스듬히 세워져 있었다. 그를 눕히고 커튼을 열어 젖히자 그림 속 윤곽이 눈에 들어왔다. 그는 살처분당하는 소를 그리는 중이었다. 선글라스에 얼룩덜룩한 군복의 사내가 언덕 위에서 축사를 바라보고 있었다. 지휘봉을 쥔 것으로 보아 명령하는 자인 듯했다. 가까이서 보니 사람 몸통에 황소 머리였다. 안쪽으로 흰 두 개의 뿔이 갈아 놓은 듯 날카로웠다. 인육을 즐겨 먹었다는 그리스 신화 속 난폭한 괴물을 멀찌감치 숨기듯 그려 놓은 이유를 알 것도 같았다.

사내가 들고 있는 지휘봉의 끝은 구덩이를 향해 있었다. 그쪽으로 줄지어 끌려가는 돼지들의 얼굴은 사람이었다. 불현듯 TV 화면에서 자주 보았던 영상들이 해파리처럼 떠올라 반투명으로 그림을 덮었다.

박의 망막에서 오래된 그림자가 걸어 나왔다. 팬티 한 장만 걸친 채 포승줄에 엮여 끌려 나오던 사람들이 있었다. 백주에 대로에서 내리찍던 발길질과 곤봉. 폭도로 불리던 그들의 겁먹은 눈. 사명감 뒤로 두려움을 숨겼을 뿐, 다가오는 적에게 총 한 방 쏘지 못할 순한 눈동자들이었다. 민주주의가 피를 먹고 자란다는 이야기도 그들과는 무관한 구호였다.

박은 얼굴을 찌푸렸다. 그림 아래쪽에서 등을 보인 남자가 자신일 터, 주사기를 들고 있는 걸로 보아 틀림없었다. 죽어가는 순간에도 송아지에게 젖을 물리는 암소의 얼굴 부분엔 섬세한 붓질 자국이 있었다. 암소의 눈에서 떨어지는 눈물 위로 빛이 동그랗게 반사되었다.

"이런 걸 왜 그리나? 자넨 아름다운 것만 그린다면서."

"잘 보라고, 소를 붙잡고 있는 사내와 저 어미 소의 표정이 닮지 않았나. 그들은 지금 같은 마음일 걸세. 내 눈에는 그게 아름다워."

소의 얼굴을 껴안고 물기 어린 눈으로 먼 산을 바라보는 이는 이장이었다. 의외였다. 통성명을 한 뒤부터 강과 줄곧 옥신각신하는 이장인데…. 아침에 같은 수탉의 알람을 듣는 것 말고는 닮은 점이라곤 없어 보이는 두 사람. 문득 그들의 틈을 좁혀 놓은 엉뚱한 사건이 뇌의 주름 사이에서 빠져나와 그림 속으로 빨려 들어갔다.

강이 집수리를 대충 끝내고 가을도 깊어졌지만 마을 노인들은 여전히 강을 데면데면하게 대했다. 노인정을 들락거리던 강이 드디어 고스톱 판에 끼어들었다. 이장의 늙은 아버지와 말을 튼 효과였다. 점당 100원짜리를 치던 노인들의 주머니에 돈이 떨어지자 강의 머릿속에 치기가 번뜩였나 보았다. 강은 지폐를 그려 노인들에게 선물했다. 노인들도 강의 그림이라는 걸 모르지 않았지만 신기해하며 진짜 화폐처럼 자신들의 쌈짓돈에 섞어 판을 돌렸다. 그중엔 누런 오만 원 권도 있었는데 강은 이장의 아버지에게 한 장을 따로 드렸다. 돈 그림들이 너덜너덜해질 때쯤, 팔십 넘은 나이에도 목에서 쇳소리가 나는 이장의 아버지가 면사무소 앞 장터 나들이를 했다. 그의 손엔 강의 그림이 들려 있었다. 어스름해진 파장의 좌판에 앉아 거나하게 막걸리를 마시고 거슬러 받은 잔돈으로 그는 택시까지 불러 타고 마을로 돌아왔다.

　다음 날 아침, 이장이 경찰서로부터 호출을 받았다. 대폿집 여자의 신고로 경로를 추적한 형사는 강을 쉽게 찾아 냈다. 지폐 위조 혐의였다. 애초에 위조를 할 생각이었으면 싸구려 칼라 복사기라도 동원했겠지만 그는 미세한 선까지 모두 손으로 그려 가며 색칠도 했으니 말 그대로 회화 작품을 만든 셈이었다. A4 용지를 오려 양면으로 한 장을 완성하는 데 이틀씩 공을 들였지만 자세히 들여다보면 손 그림이라는 걸 누구나 알 수 있었다. 더구나 신사

임당의 인자한 얼굴이 들어갈 자리에 그는 닭이나 쥐를 그려 넣기도 했다. 한 다리만 건너면 호형호제하는 지역사회에서 노인의 실수는 슬그머니 유야무야되었다. 술집 주인에게 곱빼기로 배상하는 조건이었다. 위조지폐를 직접 유통시킨 것도 아니라서 강 역시 혐의를 벗었다. 하지만 조사 과정에서 곤혹스런 과거가 그를 괴롭혔다. 국가 전복을 기도하다 복역했다는 그는 정권이 여러 차례 바뀌었음에도 여전히 자유롭지 못한 것 같았다. 그가 풀려 나온 날 이장이 술자리를 만들었다.

"아버지 때문에 고생하셨는데…."

이장이 쑥스러운 웃음을 던졌다. 깎지 못한 턱수염에 흰 털이 반쯤 섞이고 눈곱 낀 모습이었지만 강의 표정은 밝았다. 강이 큰 키를 세워 침을 튀기며 열을 올렸다. 자신의 새로운 실험이 성공했다는 것이었다.

"진정 아름다운 건 우리의 믿음이지요. 화폐란 그 믿음을 먹고 사는 생물입니다. 사회적 신뢰를 잃는 순간 휴지조각이 되는 거요."

그의 주먹이 허공에서 망치질을 했다. 그러고 보면 적

어도 노인정 안에서는 강의 그림이 구성원 간 합의와 신뢰를 바탕으로 화폐 역할을 톡톡히 한 셈이었다. 그 뜻을 아는지 모르는지 노인들은 여전히 구제역과 떨어지는 소 값을 걱정하며 술잔을 돌렸다.

며칠 뒤, 이장이 읍내 목욕탕에 따라왔다. 세 남자는 서로의 등을 밀었다. 옳고 그름의 분별이 사라진 욕탕에서 강의 불거진 갈비뼈와 앙상한 어깨만이 눈에 밟혔다. 탈의실로 나오자마자 강이 쓰러졌다. 멈추지 않는 기침에 그가 가슴을 움켜쥐며 몸부림쳤다. 거무죽죽한 피가 입에서 쓸려 나왔다. 앰뷸런스를 불러 위기는 넘겼으나 박과 이장은 마주보며 고개를 좌우로 저었다.

박은 자리에 강을 눕히고 이불을 덮어주며 아랫목에 손을 넣었다. 바닥에 온기가 남아 있었다. 핏기가 돌아온 강의 얼굴을 일별하고 방문을 뒤로 닫았다. 문득, 중요한 물건을 잃어 버린 느낌이었다. 세상엔 오로지 미추(美醜)가 있을 뿐이라…. 결국, 미를 발견하여 오늘 이 시간 그것을 사랑하다 사라지면 되는 것이었다. 그러니 매화 향기에 눈물을 흘리는 강에게는 권력을 향한 탐욕과 생명을 짓밟는 잔인함이 추하게 보일 만도 했다.

눈이 순한 구성원들의 합의와 신뢰를 짓이겨 버린 자,

이제는 유유히 골프장으로 들어가는 그 인간을 향해 침을 뱉는 심정을 알 것도 같았다. 해장국이 간절했다. 허허로운 속이 숙취 탓만은 아닌 듯싶었다. 몇 달 전만 해도 하루의 왕진 일정을 빼곡히 수첩에 적어 넣던 아침이었다. 요즘은 새 생명을 위해 수의사를 불러 주는 전화는 없다. 농가마다 어떻게 죽일까를 궁리할 뿐.

수입이 줄자 아내는 억눌러 왔던 불만을 터뜨리기 시작했다. 재산만 나눠 주면 집을 나가 혼자 살겠다고 한다. 그도 그럴 것이, 시누이 뒤치다꺼리가 끝난 뒤에도 중풍으로 거동이 힘들어진 시어머니가 며느리의 손길을 기다리고 있었다. 지칠 만도 했다. 며칠 전부터는 어머니가 아내를 죽은 딸의 이름으로 부른단다. 이번엔 치매였다. 가슴이 덜컹 내려앉았다.

외동딸도 대학을 졸업하자마자 집을 나갔다. 딸은 취직하더니 사귀던 남자와 동거를 시작했다. 아비의 반대는 소용없었다. 다 큰 자식이 제 갈 길을 가는 것일 뿐, 뭐라 말릴 계제도 아니었다. 아내는 오히려 병객이 줄을 잇는 집구석에 자식을 붙잡아 두려는 이유가 뭐냐고 따지고 들었다. 문득 묵직한 외로움이 젖은 외투처럼 박의 어깨를 둘러쌌다. 세상에 눈을 감고 돈맛을 즐기며 소시민으로 살아온 죗값인가…. 잊고 지내던 부채감이 명치를 찌르고 들어왔다.

구덩이의 흙을 뚫고 나오는 비명이 멈춘 지 보름쯤, 헐레벌떡 달려온 이장이 박의 손부터 잡아 끌었다. 입맛 없는 아침밥을 뜨던 참이었다.

"가 보면 알아."

읍내 병실에 누워 있는 강의 몰골은 처참했다. 오른쪽 눈은 심하게 부어오르고 멍이 들어 광대뼈 아래까지 먹빛이었다. 그가 왼쪽 눈으로 힘겹게 웃고 있었다.

"그 인간이 추해서 두고 볼 수가 없었어."

말이 새는 느낌이 들었다. 강이 입을 벌렸을 때 그의 앞니가 부러진 것을 비로소 알았다.

"빨대로 물 마시기 좋겠지?"

강의 농담에 박은 웃을 수 없었다. 병원에 따라온 경찰서 지구대 소장은 양측이 서로 없던 일로 합의했으니 돌아가겠다고 했다. 박과 이장은 그를 붙잡고 전날 벌어진 자초지종을 들었다.

대낮부터 취기에 젖어 있던 강이 이장의 경운기를 몰고 나간 것은 해가 기운을 잃고 누렇게 바랠 때쯤이었다. 경운기가 길어진 그림자를 매연처럼 끌며 시멘트 포장도로로 들어섰다. 골프장 정문을 바라보고 200여 미터쯤, 경운기를 세워 놓고 길을 막았다. 싣고 간 소똥을 길 위에 뿌려 놓고 강은 길섶 농수로에 숨었다. 봄볕의 온기가 쑥내 묻은 바람결에 스며 있었다. 이윽고 골프장을 빠져나온 검은 승용차 석대가 경운기 앞에 멈춰 섰다. 주변에 사람이 보이지 않자 어깨 벌어진 사내들이 승용차에서 하나 둘 내렸다. 코를 쥔 사내들이 기웃거리며 주위를 살폈다. 지루했는지 가운데 승용차의 뒷문을 열고 늙은 사내가 나왔다. 그때였다.

"에라, 이 더러운 놈!"

강이 절룩거리며 달려 들었다. 왼손에 지팡이가 들려 있었다. 휘청, 강이 중심을 잃고 넘어졌다. 오른다리가 허방을 디딘 탓이었다. 기어갔다. 손을 뻗으면 지팡이 끝이 목표물에 닿을 것도 같았다. 뒤차에서 나온 젊은 사내가 강의 등을 차 바닥에 쓰러뜨렸다. 그는 고꾸라진 강의 목덜미를 구둣발로 밟았다. 강의 얼굴이 소똥에 처박혔다.

끄응, 신음소리를 들은 사내는 구두 밑창을 강의 어깨에
문질러 닦았다. 그 사이 또 다른 사내가 앞차의 트렁크를
열어 골프채를 꺼내 휘둘렀다.

"싱겁게 끝난 테러 사건이죠 뭐. 하마터면 골치 좀 아플
뻔 했는데…, 피해자가 처벌을 원치 않으니 다행이죠."

병원을 나가던 지구대 소장이 멋쩍은 표정으로 말했다.
그들의 폭력은 정당방위였고 목숨만 붙어 있는 강이 가
해자였다.

이틀 후, 강을 집으로 옮긴 것은 그의 고집 때문이었다.
지금 퇴원하면 안 된다는 의사의 지시는 소용이 없었다.
그는 딸의 전화번호를 누르는 박에게도 손사래를 쳤다.
산소 호흡 장치를 코밑에 붙이고 돌아온 강의 몸에 열이
심했다. 밭은기침과 각혈을 반복하는 그의 눈에서 초점이
사라지고 있었다. 바로 눕지도 못했다. 골프채로 맞은 뒷
머리의 함몰 상처가 깊었다. 핏기 빠진 얼굴에 피멍 든 눈
으로 그가 다시 빙긋이 웃었다.

"어차피 갈 때가 됐는데 뭘."

그러잖아도 병원을 나올 때 처방전을 내밀며 의사가 박

에게 해 준 말이 있었다. 며칠 넘기지 못할 거라는. 혀를 차던 이장이 슬그머니 방문을 열고 나갔다. 고개를 가슴에 묻은 박은 긴 숨을 토해 냈다.

강이 자다 깨다를 반복하며 밤새 뒤척였다. 35년 전으로 돌아가 꿈을 꾸는지도 몰랐다. 밤이 길었다. 이불에서 빠져나온 강의 종아리가 박의 시야를 비집고 들어왔다. 근육이 말라 버린 그곳은 고서(古書)의 표지처럼 부스러질 듯 허연 각질로 덮여 있었다. 박은 자라처럼 목을 움츠렸다. 그리고는 팔을 엇갈려 양어깨의 소름을 쓰다듬어 내렸다. 해묵은 부채감의 뿌리가 강의 다리에 닿아 있었다. 박은 두 손으로 강의 발목을 잡아 슬그머니 이불 속으로 밀어 넣었다. 강의 눈 주위로 부어오른 피부가 금방이라도 찢어질 듯 얇았다. 투명해진 강의 피부 아래로 스르르, 다른 얼굴이 끼어들었다. 박 자신이었다. 진저리를 쳤다. 그날 도청을 빠져나오지 않았더라면….

새벽이 파랗게 창문을 타고 넘어왔다. 누워 있던 강이 손을 뻗어 윗목에 세워둔 항아리를 가리켰다. 술병이었다. 박은 강의 허리에 베개를 받쳐 상체를 일으켜 세웠다. 통증이 몰려드는 모양이었다. 찡그리는 것으로 보아 진통제도 그를 외면하는 듯했다. 아름다움의 상징이던 몸이 안으로 가시 돋친 갑옷이 되어 그를 옭아매고 있었다. 항암 치료로 듬성듬성 빠진 반백의 머리칼이 축축했다. 온몸에 식은땀이었다. 박은 코발트빛 대나무 문양이 새겨진 백자의 긴 목을 쥐었다.

"그래, 건배 하세. 더 늦기 전에…."

안주는 없었다.

"박 형. 목욕탕…, 정말 고마웠어."

반쯤 뜬 강의 눈에 물기가 고여 있었다. 이번에도 강이 입꼬리로만 웃었다.

"그거 갖고 있지? 소에게 놓아 주던…."

침묵이 똬리를 틀었다. 박은 대답 없이 술을 따랐다. 온종일 비워 둔 위벽에서 찌르르한 자극이 느껴졌다. 다른 때 같으면 환자에게 술을 권하지 않았을 것이나 말릴 이유가 딱히 떠오르지 않았다. 양은 사발에 두 잔씩을 거푸 주고받았다. 석 잔째, 강의 목울대가 다시 오르내리는가 싶더니 잔을 잡은 손이 아래로 툭 떨어졌다. 방바닥에 술이 흐르고 그의 호흡이 가팔라졌다. 양끝으로 먹빛을 먹은 형광등의 흐릿한 불빛이 엎질러진 액체 위로 내려앉았다. 깔아 놓은 요의 귀퉁이가 누릿하게 젖어 들었다. 박은 옆으로 쓰러진 강의 어깨 위로 이불을 끌어올렸다.

긴장과 피로가 덤벼들었다. 박은 벽에 등을 기대고 눈을 감았다. 멀리서 들리던 아우성이 점점 가까워진다. 송아지 울음소리. 젖을 물리던 암소가 박을 향해 돌진해 온다. 다리를 떨며 버티던 암소가 입에 거품을 물고 노려본다. 자세히 보니 사람의 얼굴이다. 누이였다. 그녀의 젖은 눈동자에 핏발이 서 있다. 누군가 그녀의 심장을 향해 총을 겨누고 있다. 군복 입은 사내다. 뿔 달린 머리를 끄덕이며 그가 비릿한 웃음을 흘린다. 방문이 열린다. 누가 들어오는 것 같다. 지폐 위조 혐의로 조사를 받고 나온 뒤 열변을 토하던 강이다. 상처 없는 얼굴에 수염을 길렀다. 티를 버리고 옥에 집중하소. 그가 속삭인다. 숨을 쉴 땐 호(呼)가 먼저야, 흡(吸)이 아니고. 가진 자의 눈엔 아름다움이 보이지 않는 법, 모두 비워서 참을 수 없을 만큼 가벼운 존재가 되면 비로소 자신을 오브제로 던지는 거지. 행동은 그럴 때 나오는 거야.

강을 똑바로 바라볼 수 없었다. 말짱 살아 있다는 이유만으로도 부끄럽기에 충분했다. 날 보내 줘 제발. 우리 둘 중 하나는 가야 해. 강이 귓속에 숨결을 불어넣듯 속삭인다. 박은 소스라치듯 어깨를 끌어올리며 눈을 떴다.

강은 악몽을 꾸는지 감은 눈을 자주 찡그렸다. 신음소리가 방바닥에 깔렸다. 그가 쥐어짜듯 몸을 비틀었다. 그의 혼이 감각의 통로를 빠져나오는 게 쉽지 않아 보였다. 지루하게 가다 서기를 반복하던 시간이 박의 가슴속으로 들어와 끝동만 남은 심지 위의 불꽃처럼 파닥거렸다. 박은 눈꺼풀을 힘껏 밀어 올렸다. 피멍 든 강의 얼굴을 뚫을 듯 지켜보았다. 박은 얼핏, 무슨 소리를 들은 것 같았다. 불어난 계곡의 물길 아래로 구르는 바위, 그것이 쪼개지는 소리 같기도 하고 깊은 땅속 어느 구덩이에서 지표를 뚫고 나오는 함성으로 들리기도 했다. 아니, 차라리 거룩한 명령이겠지 싶었다.

심장이 쫓기듯 발길질을 해 대더니 좀처럼 가라앉지 않았다. 앓는 소리에 털을 바짝 세워 웅크리던 박은 이윽고 방구석을 털고 나섰다. 눈 밑이 달아오르고 두 손바닥이 축축했다. 박은 어금니를 깨물었다. 마당으로 나가 승용차에서 휴대용 약품 상자를 꺼내 되돌아왔다. 강의 코밑에 붙어 있던 호스가 보이지 않았다. 푸르스름한 얼굴이었다. 토막토막 뱉어 내는 기침 섞인 숨소리가 가래 사이를 빠져나와 방안을 가득 채우고 있었다.

박은 강의 손을 감싸 쥐었다. 화가의 손이 거칠다는 생각을 했다. 가죽만 남은 팔뚝을 물끄러미 바라보다 마침내 주사기를 집어 들었다. 마취제였다.

"잠깐이면 돼, 문턱 하나만 넘으면….'

박의 목소리가 겨우 목구멍을 넘었다. 무슨 말인가를 더 하려다 울컥, 말꼬리를 잘라 뱃속으로 밀어 넣었다. 강에게 해 줄 수 있는 일이 이것뿐이라는 생각 때문이었다.

바늘이 정맥을 타고 비스듬히 길을 찾았다. 강의 손끝이 가늘게 떨렸다. 강이 미간에 잠시 주름을 잡는 듯했으나 눈을 뜨진 않았다. 박은 주사기 손잡이에 엄지를 얹어 힘을 주었다. 콧날이 시더니 이내 목구멍이 매캐해졌다. 잠시 후 지혈하던 솜을 떼어 내고 그 자리에 주사 바늘을 다시 꽂았다. 이번에는 근육 이완제였다. 호흡과 심장 박동이 멈출 차례였다. 이윽고 기침이 멎더니 숨소리가 잦아들었다. 강의 얼굴은 오히려 평화로웠다. 거추장스런 허물을 벗어던지고 한껏 가벼워진 강이 미추의 구별이 없는 곳으로 날아오르고 있었다.

강의 머리맡에서 박이 재배(再拜)를 올린 것은 한 시간이 더 지난 후였다. 창문 밖이 환해졌다. 〈끝〉

2017년 제외동포문학상 수상작

텍사스 카우보이

"나는 언제나 노바디였어요.

… 누군가 관심 가져 주는 섬바디가 되고 싶어요."

텍사스 카우보이

긴 하루였다. 바람 끝이 매웠지만 눈은 오지 않았다. 마당을 건너온 그림자가 마구간과 나란한 일꾼들 숙소를 덮었다. 기운 빠진 볕 쪼가리가 헛간 같은 숙소 안을 들여다보다 스르르 사라졌다. 보랏빛 구름을 캔버스처럼 가둔 창틀도 거뭇해졌다. 나혼자 지키는 실내가 썰렁했다. 며칠째 묶어 둔 말들이 콧구멍을 털며 바람소리에 반응했고 그때마다 바닥 때리는 발굽 소리가 건조한 마당에 울렸다. 무쇠 난로에 장작 쪼가리를 던져 넣었다. 잠시 후 난로 윗부분이 달아오르고 물주전자가 들썩거렸다. 지친 몸뚱이를 부린 침상 위로 온기가 올라왔다. 마른 대지를 핥던 회오리바람이 어둠 깔린 마구간 앞마당까지 찾아와 곡성처럼 울었다.

멕시칸 인디오인 내 작업 파트너가 귀가 시간을 넘긴 지도 한참이었다. 어디쯤에서 끼리끼리 술판을 벌이고 있을 거였다. 어수선하게 맞이한 새해가 팽팽한 긴장 속에서 달을 넘기고 있었다. 느닷없는 전염병에 온 마을 가축들이 쓰러졌고 성한 말들은 따로 가둬 두는 바람에 내 일거리만 늘었다. 멀리서 총소리가 바람을 갈랐다. 오늘도 온 몸에 하얀 천을 두른 자들이 치안을 핑계로 마을을 들쑤시며 세를 과시하나 보았다.

헐거워진 나무 문짝이 바닥을 긁는 소리가 들렸다. 말 똥 냄새 묻은 찬바람이 먼저 들어왔다. 누운 채 문 쪽으로 고개만 돌렸다. 지친 근육을 움직이기 싫었다. 검은 실루엣으로 불쑥 찾아온 빌리의 목소리가 달떠 있었다. 그가 출입문 안쪽 벽에 붙은 전등 스위치를 눌렀다. 볼이 발그레했다. 카우보이모자 챙 밑에서 수줍은 미소가 새어나왔다. 나는 고개를 까딱했지만 내심 시큰둥했다. 그나나나 온종일 말똥이나 치우는 신세, 신나는 일이 생길 리 있나.

나 어때요? 그가 롱코트를 벗었다. 무릎까지 올라온 부츠가 검정 싱글 수트에 안 어울린다 싶었지만 그거야 도시 출신 이방인의 시각일 뿐이고. 최대한 멋을 부린 정장이었다. 양 이마를 눌러 각을 잡은 모자가 그럴듯했다. 장가라도 가니? 평소와 다른 차림새에 시답잖은 농담을 건넸다.

누나를 만나려고요. 빌리가 뒷머리를 긁으며 얼굴을 붉혔다. 내가 눈을 동그랗게 뜨자 그가 말을 이었다. 열아홉 살 되는 날이거든요. 세 살 위인 누나, 지니를 불러내 제 성인식 파티를 하겠다는 뜻이었다. 그는 나를 위해 천천히 발음했다. 그의 버릇이기도 했고 이방인을 위한 갸륵한 배려이기도 했다. 내가 톰슨 농장에 첫발을 디딘 날에도 그가 말꼬리를 늘이며 그렇게 다가왔다.

봄볕 그을린 뺨 위로 눈꼬리 치켜올린 미소가 살가웠다. 배고프고 뻘쭘한 저녁이었으므로 반가움에 겨워 고맙기까지 했다. 마을에 동양인이 사는 게 신기했다. 톰슨의 마구간에서 만난 그는 자신을 코리안이라고 소개했다.

빌리는 묻지도 않은 제 나이를 밝혔다. 열일곱이라고. 나이에 비해 몸피가 작았다. 그가 말 잔등에 물을 뿌려가며 내게 작업 요령을 자세히 그리고 천천히 설명했다. 톰슨이 신입 오리엔테이션을 그에게 맡긴 듯했다. 빌리의 턱 끝이 마당 건너 안채의 이층 창문으로 향했다. 톰슨이 게슴츠레한 눈으로 우리를 내려다보고 있었다.

소년의 손이 나이답지 않게 빠르고 능숙했다. 11마리나 되는 말들이 그를 순하게 따랐다. 그가 손등으로 툭 건드리기만 해도 덩치 큰 말들이 다리를 들어 올렸고 그는 손쉽게 굽을 갈았다. 마구를 보관하는 창고를 보여 주다 돌아서더니 그가 개인사를 털어 놓았다. 내게 동류의식 같은 걸 느끼나 보았다. 안 그래도 궁금하던 참이었다.

세 살 때 왔어요… 지니랑 같이… 한국에서…. 입양아였다. 여긴 형제가 일곱이에요. 그들도 나처럼…. 좀 전에 말을 타고 나간 젊은 일꾼들도 톰슨이 입양한 자식들이라는 뜻이었다. 인디오들 사이에 백인도 섞여 있었다. 각자의 방이 톰슨 부부가 사는 안채에 있을 뿐, 그들은 고용된 일꾼들과 다를 게 없어 보였다. 부부가 사내아이들을 입양한 이유가 내 머릿속을 통과했다.

빌리의 사투리가 귀에 익으면서 나는 그의 과거를 조금 더 알게 되었다. 이 집이 두 번째고요. 해밀턴 그 개자식이… 날 데려와서 버렸어요. 파양시켰다는 뜻이었다. 그러니까 열네 살 때였는데…. 빌리가 내 호기심을 건드렸다.

해밀턴? 여기 군수 말이에요. 나는 빌리의 사연에 빨려들었다. 그는 제 이야기를 풀어 놓다가도 떠나온 나라에 대해 자주 물었다. 한국말을 전혀 못 하는 빌리가 나보다 한국에 관심이 많았다. 자라면서 간간이 남매간 한국말을 썼으려니 했지만 눈치 빠른 지니가 먼저 한국어를 버렸나 보았다. 떠나온 나라의 혀 짧은 단어들은 자연스럽게 그들을 떠났을 것이다. 내 자격지심이겠지만 빌리의 질문들이 좀 부담스러웠다. 허리 꺾인 유학의 꿈이 엉뚱한 곳에서 뭉그적대고 있었으므로.

어설픈 효심에 나는 저렴한 선택을 했고 그렇게 들어온 곳이 텍사스의 주도 댈러스였다. 제대하고 3학년으로 복학하려다 멀리뛰기에 성공한 케이스였다. 댈러스여야만 되는 이유가 있었던 것은 아니었다. 서울에서 태어나 자란 내가 적응하기엔 대도시가 무난했다. 굳이 엮어 보자면, 꽤 알려진 대학이 그곳에 있다는 것과 내가 좋아하는 NBA팀 매버릭스의 연고지라는 정도. 젊은 대통령이 대로에서 총 맞고 죽은 곳이라는 건 도착해서야 알았다.

텍사스의 공기를 마신 지 두 해째, 혓바닥에 버터가 좀 발라지나 싶었다. 뜬금없이 걸려 온 아버지의 전화 목소리가 유난히 가늘었다. 웬만하면 들어오너라. 조금만 기다려 주세요, 여기서 성공할래요. 돌아가 봐야 빤한 일, 졸업장도 없는 생물학도를 써 줄 곳이 있을까. 텅 빈 가게에

홀로 앉아 팔다 남은 생맥주를 꼴짝이며 청승 떠는 아버지가 눈앞에 어른거렸다.

　이젠 인수해 줄 작자도 없겠지. 바글거릴 때 넘겼어야 되는데…. 아버지의 볼멘소리가 멀어졌다. 그만 전화를 끊고 싶었다. 여의도에 상륙한 월가의 찬바람이 매서웠고 증권회사에서 밀려난 아버지는 이태원 먹자골목에 배수진을 쳤다. 명예 없는 명예퇴직 후 겨우 붙잡은 목줄이었다. 세계 맥주라는 동그란 간판이 민망했지만 믿는 구석도 없진 않았다. 개업 전에 아버지가 인터넷으로 익힌 닭강정 메뉴가 다섯 평짜리 가게로 손님을 제법 불러들였다. 한동안 그런대로 굴러가나 싶었는데…. 이틀에 한 번 꼴로 나는 아버지의 전화를 받았다. 돌아오거라. 취직 안 되면 조그만 가게라도 내 주마, 집을 줄여서라도…. 전화요금이라도 아끼세요. 인터넷 전화잖니. 그럼 두 달만 생각해 보구요.

　한국에서는 형이나 누나를 이름으로 부르진 않아. 빌리에게 마지못해 가르쳐 준 게 시시껄렁한 한국식 호칭이었다. 그 뒤로 빌리는 지니를 누나라고 불렀다. 내게도 형이라 불러 주었고. 친동생 같은 느낌도 들었다. 잠깐이었지만 그 느낌은 뾰족했다. 많이들 떠났어요. 나도 한국에 가고 싶어요. 그가 한국을 이상향으로 여길까 봐 걱정도 되었다. 거기 가 봐야 홈리스 되기 딱이야, 라는 말이 튀어나올 뻔했다. 내가 돌아가지 않는, 좀 더 우아한 핑계가 필요했지만 얼른 떠오르지 않았다.

학생 비자 소유자가 재등록을 포기하면 두 달 안에 출국해야 했다. 그 후론 불법 체류자 신세. 두 달 동안 나는 여행이라도 실컷 하고 싶었다. 실인즉 큰소리치고 떠나온 서울에서 친구들을 다시 볼 자신이 없었다. 배낭여행자 꼴을 갖추긴 했지만 히치하이킹을 시작한 지 보름도 못 되어 가진 돈이 바닥났다. 주(州)의 경계를 넘어 보기도 전이었다.

텍사스는 넓었다. 하여, 내가 떠나온 나라의 일곱 배나 되는 그 어디쯤에 몸을 숨기기도 좋았다. 개기다 보면 무슨 수가 생기지 않겠나. 여기저기 기웃거리던 나는 이윽고 취업에 성공했다. M 카운티, 전체 인구가 500명도 안 되는 마을이었다. 카운티란 한국으로 따지면 구(區)나 군(郡) 단위쯤 된다. 250개도 넘는 카운티를 가진 텍사스 주엔 인구 백만이 넘는 카운티와 내가 주저앉은 마을처럼 작은 카운티가 섞여 있었다.

우연히 얻어 탄 트럭이 먼지 폴폴 날리는 주유소에 나

를 내려 놓았다. 서부영화에나 나올 법한 촌구석이었다. 누런 구레나룻을 아무렇게나 기른 백인 뚱보가 어슬렁거리며 주유소에 딸린 가게 문을 열고 나왔다. 어깨띠에 걸린 청바지가 기름때를 번들거리며 넉넉한 뱃살을 덮고 있었다. 나를 태우고 온 사내는 뚱보와 몇 마디를 주고받더니 시동을 걸고 사라져 버렸다. 낮부터 마셔 댔는지 맥주병을 쥔 뚱보의 눈 밑이 불그레했다. 그가 누런 이를 드러내며 고개를 까딱거렸다. 제 트럭에 타라는 뜻이었다. 창문을 돌려 내려 아무 데나 가래침을 뱉던 입으로 그가 자랑을 늘어 놓았다. 농장 크기며 수확량이며 소들이 어디서 풀을 뜯는지도. 알아듣기 힘든 남부 악센트였다. 그러더니 내게 이름을 물었다. 박입니다. 그가 악수를 청하며 제 이름도 밝혔다. 톰슨이오. 취업 절차는 그뿐이었다. 저렴한 일자리를 찾는 동양인에게 그는 신분증을 요구하지 않았다.

컨테이너 트럭들이 쌀과 옥수수를 싣고 항구로 가요. 한국으로도 수출한대요. 빌리는 마구를 채우다가도 한국을 화제로 꺼냈다. 마을 어귀로 나가면 곧바로 하이웨이였다. 리오그란데 강을 따라 바다로 뻗은 도로가 뜬금없이 내 향수를 자극했다. 동남쪽으로 흐르는 강은 멕시

코 만에 닿고 한국으로 향하는 배들이 거기서 출발할 것이었다.

요즘은 셰일 가스가 붐이죠. 청년들이 그리로 몰려가요. 여긴 농사지을 사람이 점점 줄어드네요. 빌리가 제법 어른스러웠다. 텍사스에서는 어깨에 헛바람 든 사내들이 여전히 말 잔등에서 우쭐거리며 마초임을 자랑하곤 했다. 열여섯 살만 되면 운전면허증을 딸 수 있고 풋내기들은 그걸 성인 증명서처럼 여겼다. 빌리는 여태 운전면허를 갖지 못한 것을 부끄러워했지만 나 같은 떠돌이를 도울 줄도 아는 멋진 카우보이였다. 승마도 빌리한테 배웠다.

비자는 진작 만료되었고 나는 말 타는 재미로 시간을 견뎠다. 거기서는 누구나 걸을 줄 알면 탈 줄도 알았다. 저물녘 말 잔등에 올라 눈을 좁혀 바라본 하늘이 땅끝에 닿았다. 성긴 구름 뒤에서 붉게 사위는 태양이 새삼스러웠다. 마을 사람들은 거개가 소를 먹이고 옥수수 농사를 지었다. 기계농이었지만 어느 집이나 일손이 달렸다. 그들은 여전히 말을 타고 나가 소를 풀었다.

농장주는 대부분 백인들이었지만 마을엔 멕시코계 원주민들이 더 많았다. 그들은 삼삼오오 몰려다니며 품을 팔다 어디론지 떠나곤 했다. 몇은 내가 있는 톰슨농장에서 겨울을 났다. 친절한 미소도 잠시뿐 사람들은 제각각 일에 묻혀 살았다. 양계장을 함께 가진 농장주도 더러 있었다. 여름에 수확한 옥수수는 그대로 닭 모이가 되었다. 농약 뿌리는 경비행기 아래로 펼쳐진 옥수수 밭은 차라리 바다였다. 그 중심에 다운타운이 있었다. 그나마 군에서 가장 큰 동네였다. 대개의 M 카운티 인구가 모여 사는. 거기서 방사선으로 뻗은 길들이 평야에 점점이 흩어진 집들에 닿았다.

　운전 좀 해 주세요. 그거야 어렵지 않지만…. 안 그래도 한국에서 들어올 때 만들어온 국제 운전면허증이 요긴하게 쓰이던 터였다. 야간 운전이라고 힘들 건 없었다. 늘 다니는 농로였다. 마당으로 나와 마구간 외벽에 걸어 둔 키를 뽑았다. 빌리를 조수석에 태우고 트럭에 시동을 걸었다. 벼르고 벼른 행사일 것이었다. 빼입고 나온 폼을 봐도 빌리가 마음을 바꿀 것 같지 않았다. 어차피 그의 고집을 꺾을 자신도 없었다.

　괜찮겠어? 설마 사람에게 쏘겠어요. 나 같은 거 없어져도 아무도 신경 안 쓰겠지만…. 빌리가 말끝에 쓴웃음을 매달았다. 나는 마땅한 대꾸를 찾으려다 무르춤해졌다.

빌리의 시선이 차창 너머 까만 하늘에 걸려 있었다. 별 조각 하나가 허공에 금을 긋다 사라졌다.

마을을 휩쓴 재앙이 정점을 찍고 있었다. 공포가 똬리를 틀었다. 그럴수록 사람들은 머리를 맞대고 쑥덕거렸다. 마을 내 이동까지 막진 않았으므로 다운타운 호프집은 장사를 할지도 몰랐다. 별이 총총했다. 오전에 내린 싸락눈이 농로 위에서 듬성듬성 달빛을 반사했다. 사위가 너무 조용하여 은근히 겁이 났다.

또다시 총소리가 들렸다. 벌써 두 달째. 주 방위군이 마을 외곽에 장갑차를 줄줄이 세워 두고 도로를 통제했다. 고양이 한 마리도 빠져나갈 수 없었다. 외부와 통신이 차단된 것도 그 즈음부터였다. 휴대폰도 쓸 수 없었고 마을 사람들은 겨우 텔레비전을 통해 바깥소식을 눈요기했다. 아무도 마을 안으로 들어오지 않았다. 필요한 물품은 철저한 검열을 거쳐 반입되었다.

군수는 주민자치위원회를 조직했다. 그들은 온통 흰 옷으로 무장했다. 흰 모자에 흰 마스크까지, 몰려다니는 꼴이 영락없는 KKK였다. 치안이 그들에게 맡겨졌다. 보안관이 캡틴이었다. 더 이상 책상에 발을 올리고 하품으로 입을 찢던 보안관이 아니었다. 이따금씩 서늘한 기운이

다가와 불법 체류자의 옆구리를 핥았다. 그 시작은 지난 여름이었다.

태풍으로 더위가 수그러든 옥수수 밭 너머에 황혼이 걸려있었다. 옥수수수염이 마르면 곧 수확이었다. 해밀턴 군수가 군청 마당으로 사람들을 모았다. 어림잡아 백 명을 웃돌았다. 그가 돌기둥 사이의 아치형 현관을 천천히 걸어 나왔다. 금색 휘장이 가슴에서 도드라졌다. 검은 재킷과 아이보리색 승마 바지가 남북전쟁 당시의 어느 장군을 연상시켰다. 흰 장갑에 지휘봉을 든 그는 봉건 영주 같았다. 그가 녹색 눈알을 굴려 내려보았다. 두 겹의 턱에 푸르스름한 면도 자국이 깔끔했다. 마가린 같은 피부와 비튼 입술이 묘한 조화를 이루며 느물거렸다. 나는 머리를 털었다. 톰슨네 마구간에서 이미 메스꺼운 소문을 들은 터였다. 그가 이혼한 이유도 소문과 무관치 않았다.

해밀턴은 카운티에서 가장 넓은 옥수수 밭을 소유한 자였다. 소 농장을 전처에게 떼어 준 뒤 새로 시작한 양계 사업은 그의 야심작이었다. 웅성거리는 소리들이 잔디 위로 퍼졌다.

삐익 거리는 마이크 테스트에 이어 해밀턴이 연단 위로 올랐다. 백인 군수(郡守) 해밀턴의 큰 키가 중세의 위엄을 갖춘 군청의 고딕 지붕에 어울렸다. 그가 7년째 자리를 지키고 있다고 옆에서 톰슨이 말했다. 내 친군데, 좋은 놈이지. 아이들을 입양해서 먹여 주고 재워 주고… 흐흐. 그가 무슨 말인가를 더 하려다 말고 혀끝으로 입술에 침을 발랐다. 그리고는 화제를 옥수수 농사로 돌렸다. 아무튼 해밀턴의 평판이 괜찮은 모양이었다.

그의 연설은 자신의 출신학교 자랑으로 시작되었다. 내가 사람들 틈에서 반쯤 알아들은 내용을 간추려 보자면 이랬다. 그가 졸업한 D 대학과 산학 협동으로 새로운 프로젝트를 벌이겠단다. 겨울이 되기 전에 조류독감 예방 사업을 실시하고자 한다. 얼마 전 D 대학 미생물학과에서 새로운 백신을 개발했고 동물 실험도 거쳤다. 연방정부의 승인만을 앞두고 있다. 시범 사업에 우리 마을이 선정되면 엄청난 혜택이 주어질 거다. 면역 기능을 갖춘 닭을 생산하여 전국에 보급하자. 희소가치로 높은 값을 받을 것이다. 넓은 땅이 필요한 옥수수나 품이 많이 드는 소를 더 이상 키울 필요 없다. 고생도 끝이다. 우리 모두 조만간 고부가가치의 양계 사업으로 전환하게 될 것이다.

그가 제약회사에서 받아 내겠다는 지원금도 적지 않았다. 누군가 핵심을 벗어난 질문을 했고 몇은 고개를 갸웃거렸다. 군수는 주먹을 흔들어 확신을 선사했다. 다가오는 선거에서 또 한 번의 승리를 노리는 그에겐 회심의 한 방일 것이었다. '사료에 섞어 먹여라. 부자가 될 것이다.' 군청 앞에 내걸린 구호가 눈을 끌었다.

추수감사절을 앞두고 사람들이 수군거렸다. 갑자기 우사에서 소들이 쓰러졌다. 소가 눈을 뒤집고 피똥을 싸는 게 이전에 보아온 증상과 다르단다. 그런데 사고가 발생한 우사들이 모두 양계장과 가까웠다. 공교롭게도 그 양계장 주인들은 군수에게서 특별한 사료를 배급받은 사람들이었고…. 그들이 군청으로 달려갔다. 닭은 멀쩡하므로 그게 원인일 리 없다고 담당자가 말했다. 방역 당국이 출동했고 여러 날이 지나서야 결과가 발표되었다. 병든 소에서 신종 바이러스가 발견되었다고. 그 밖에도 복잡한 설명이 이어졌다. 주민들이 이해하긴 어려울 것 같았다.

배포된 당국의 자료엔 생물학도인 나도 모르는 전문 용어가 많았다. 그 뒤로도 소들이 거푸 쓰러졌다. 군청에서 중장비를 동원해 땅을 파기 시작했다. 주민들이 군수에게 몰려가 따져 물었다. 시범용 백신 바이러스가 조류의 몸에서 변형을 일으켜 포유류로 옮겨붙은 게 아니냐고. 군수는 사람들을 다시 모았다. 그럴 리 없다. 조류 바이러스가 포유류에게 질병을 일으킬 수는 없다고 펄쩍 뛰었다. 나는 고개를 갸웃했다. 바이러스는 얼마든지 돌연변이를 일으키지 않나. 포유류에게만 안전한 바이러스가 있다면 그 반대도 성립된다. 교차 감염도 이론적으로 불가능하지 않았다.

이윽고 해밀턴이 승부수를 던졌다. 방역 당국에 다시 의뢰하겠다. 조사 결과에 책임을 지겠노라. 하지만 그 결과가 어느 세월에 어떻게 나올지는 두고 볼 일이었다. 겨울이 깊어갔고 간간이 눈이 내렸다. 절반을 넘는 소들이 땅에 묻혔다.

이번엔 내가 돌보던 말이 주저앉았다. 발굽 갈라진 짐승만 죽이는 구제역과 달랐다. 톰슨이 쌍욕을 뱉으며 해밀턴을 원망했다. 완전무장한 주 방위군이 외곽에 진을 쳤고 마을은 느닷없이 섬이 되었다. 자치위원들이 하이웨이로 연결되는 마을 진입로까지 나가 바리케이드 앞에 쌓인 물건을 싣고 들어왔다. 머릿수에 맞춰 반입되는 생필품이었다. 나도 빌리를 태우고 군청으로 나갔다. 잔뜩 찌푸린 톰슨 부부가 나눠 준 쿠폰을 들고.

누나랑 약속했니? 빌리가 고개를 저었다. 무작정 찾아

가는 거였다. 전화기를 사용할 수 없는 탓이었다. 트럭을 천천히 몰았다. 바람소리에도 신경이 곤두섰다. 어둑한 농로의 패인 곳에 바퀴가 닿을 때마다 두 몸뚱이가 앞뒤로 크게 흔들렸다.

하필 이런 날…. 한국말로 구시렁댔으나 그가 느낌으로 알아들은 듯했다. 빌리가 지니에 대한 걱정을 풀어놓았다. 말투에 해밀턴을 향한 해묵은 적개심이 묻어 있었다. 내가 유치장에 들어가기 이틀 전이었죠. 학교에서 돌아왔는데 우는 소리가 들렸어요. 급히 계단을 뛰어 올라갔는데, 그 개자식이 바지춤을 올리며 누나 방에서 나오더라고요. 처음이 아닌 것 같았어요.

달려든 빌리는 밖에서 밤을 새워야 했다. 옥수수 밭에서 자고 날이 밝자 집으로 기어들었다. 그리고는 자신의 물건들을 들고 나왔다. 손바닥만 한 성경책부터 챙겼다. 앞표지를 열면 보이는 낯선 글자와 숫자. 이제 익숙해진 그 숫자는 자신의 생년월일인 듯했고 글자들은 출생의 비밀을 알려 줄 열쇠인지도 몰랐다. 한쪽 다리 부러진 로봇인형도 품에 안았다. 모두 한국을 떠나올 때 메고 온 조그만 노란 가방 속에 들어 있던 것들이었다.

그는 다음 날 아침 체포되었다. 주거 침입과 절도 혐의였다. 그게 왜 주거 침입인지 따져 봐야 소용없었다. 집주인의 허락 없이 들어왔으니 범죄라는 거였다. 내 물건을 갖고 나오는 것도 절도냐고 항의했어요. 미성년자라 풀어준다더군요.

빌리에게 붙은 집행유예 딱지는 말하자면 괘씸죄였다. 얼마 후 빌리는 톰슨 부부에게 재입양되었다. 사회 복지 담당 공무원에게 울며 매달린 결과였다. 누나와 멀리 떨어질 순 없다고….

왜 너만 집을 나왔니? '지니는 왜 그러고 산대니?'라고 묻고 싶은 걸 에둘렀다. 피터가 누나를 잘 따르거든요. 그 자식은 늘 휠체어에 앉아 있어요. 나하고 동갑인데 뇌성마비라서. 피터는 해밀턴의 친아들이었다. 지니가 피터를 두고 나오기가 인정상 어려웠나 싶었다. 해밀턴의 보복이 두렵기도 했을 것이고. 빌리가 멋쩍게 웃으며 한참동안 뜸을 들였다. 피터 그 자식, 질투가 심했어요. 이젠 온순해졌겠죠 뭐, 누나를 독점할 수 있으니까. 밥 주고 목욕시키고… 흐흐 누나의 애완동물이 되어 버린 거죠. 불쌍해요, 그 녀석도.

빌리가 내 얼굴을 찬찬히 뜯어보며 말꼬리를 붙였다. 인정 많은 여자에요. 그의 오므린 입술에 단호함이 배어 있었다. 지니에 대한 섣부른 비난 따위는 참지 않을 성싶었다. 그렇더라도 친모까지 버리고 간 아이를 돌봐 주려고 양부의 그 짓을 견뎌낸다? 좀처럼 이해가 되지 않았다. 누난 지금까지 그렇게 살아온 게 억울하대요. 빌리가 차창 밖으로 고개를 돌렸다. 그의 시선 끝에서 별무리가 우리를 내려다보았다.

무리를 빠져나온 별빛이 새까만 도화지에 빗금을 그었다. 이번엔 두 줄이었다. 지나다 인사를 나눈 지니를 떠올리며 나는 복잡해진 머릿속을 가다듬었다. 갸름한 얼굴에 치켜올라간 눈이 야무졌다. 그러니까 독신이 된 해밀턴의 재산 때문인 듯도 했다. 해밀턴에겐 피터를 위해서도 지니가 필요할 것이고. 그 때문에 누나랑 자주 다퉈요. 보고 싶다가도 화가 나니까. 난 차라리 톰슨의 마구간이 편해요. 숙식이 해결되잖아요. 학교는 때려치웠어요. 톰슨이 원했죠. 공부요? 잘된 거죠 뭐. 이런 촌구석에서 고등학교 졸업하면 뭐해요. 톰슨 부부는 약간의 용돈도 쥐어 준단다. 하지만 그들도 보호자로서 빌리의 시민권 신청을 도와주지 않았다.

시민권은 입양될 때 입국하면서 받는 거 아니니? 내가 물었다. 그게 그러니까 2,000년 이후에 들어온 아이들에게만 해당되거든요. 빌리가 윗니로 아랫입술을 눌렀다. F로 시작되는 단음절이 좁은 공간을 맴돌았다. 빌리는 마을을 떠날 수 없었다. 불안정한 신분이 족쇄였다. 경범죄만으로도 국외로 추방될 수 있으므로. 얼결에 새겨진 절도 전과 때문이었다. 이젠 열아홉, 톰슨에게 법적 보호자 역할을 기대할 수도 없었다. 해밀턴은 말할 것도 없고.

차로 채 십 분도 걸리지 않았다. 옥수수 밭이 끝나고 다운타운 어귀로 접어들었다. 캄캄한 공간을 뚫고 멀리서 개 짖는 소리가 들려왔다. 한 줄로 이어진 주택 단지가 나타났다. 첫 번째가 해밀턴의 집. 커튼 사이로 노란 불빛이 보였다. 낮게 불러도 들릴 만한 거리였다. 나는 시동과 라이트를 껐다. 지금쯤이면 저녁식사를 끝냈을 터. 해밀턴이 집에 있을지도 몰랐다. 팔뚝에 소름이 돋았다.

저기. 빌리가 검지를 세워 이층 창문을 가리켰다. 누나가 있을 거예요. 피터를 돌보니까요. 원래는 내 역할이었죠. 그러니까 나는 피터의 장난감 같은…. 해밀턴 부부가 빌리를 함께 입양한 이유였다. 사내아이는 사내들과 어울려 자라게 해야 한다는 텍사스식 교육관도 작용했으리라.

피터와 자주 싸웠어요. 그 자식도 성질 더러워서. 걸핏

하면 일러바치고. 그럴 때마다 해밀턴의 주먹이 얼굴로 날아들었죠. 나는 허여멀건 마가린이 떠올라 잠시 속이 울렁거렸다. 톰슨에게서 들은 해밀턴의 과거를 헤아려 보았다. 빌리 오누이를 입양한 시점은 그가 막 정치를 시작할 때였다. 광고용으로 데려온 아이가 천덕꾸러기로 전락하는 과정이 영상물처럼 눈앞에 스쳐 지나갔다. 그러니까 해밀턴이 용도 폐기된 골칫덩이를 톰슨에게 떠넘긴 셈이었다.

톰슨도 손해 날 건 없었다. 정부는 미래의 납세자들에게 투자하므로 그가 지급받는 양육 수당은 자녀 수에 비례하고 그렇게 얻는 노동력은 덤이었다. 일부러 돈 들여 외국에서 데려오지 않아도 되었는데 싫을 이유가 없었겠지.

나는 언제나 노바디였어요. 빌리가 더듬거리며 말을 이었다. 그가 비뚤어진 콧대를 만지며 훌쩍였다. 누군가 관심 가져주는 섬바디가 되고 싶어요, 단 한 번만이라도. 누나가 있잖니. 누나요? 제발 찾아오지 말래요. 그런데 왜?

침묵이 끼어들었다. 그가 소매로 콧물을 찍었다. 그래도요. 차창으로 들어온 달빛이 그의 물기 고인 눈에서 반짝였다. 먼저 돌아가세요. 머쓱했나 보았다. 누나가 태워다 줄 거예요. 정말 괜찮겠니? 다들 제정신이 아니야. 어제도 둘이나 죽었잖아, 이젠 사람으로 옮아간 거야.

빌리가 하얀 잇새로 가늘게 웃었다. 그가 조심스레 차문을 열고 내려서 불빛 아래로 잰걸음을 옮겼다. 굵은 나무둥치가 울타리 밖으로 그림자를 밀어냈다. 현관에서 우측으로 열댓 걸음 비켜선 위치였다. 담장 높이가 허리춤 정도였지만 그는 안으로 들어가지 않았다.

그가 잔뜩 구부린 어깨를 나무 그림자 속에 숨겼다. 이층 창문이 잘 보이는 위치였다. 그가 위를 향해 손을 흔들며 지니를 불렀다. 반응이 없자 돌멩이를 주워 던져 올리기도 했다. 창문은 좀처럼 열리지 않았고 나까지 초조해졌다. 좀 더 기다려 보기로 했다. 빌리가 되돌아오면 다운타운 술집으로 데려갈 생각이었다. 지니 대신 내가 마셔 주지 뭐. 성인식이 별건가. 차가운 달빛이 빈 들녘을 은단처럼 구르고 있었다.

빌리가 내 쪽으로 얼굴을 돌려 손짓을 했다. 함께 타고 온 트럭이 그쪽에서도 어스름 보일 것이었다. 괜찮으니 돌아가라는 신호 같았다. 딱 5분만 더 기다려 보자. 어둠 속에서 빌리의 등을 지켰다. 그가 집 주위를 돌았다. 초조해하는 것 같았다. 아직 잘 시간은 아닌데.

바로 그때, 지붕 뒤에서 허연 게 풀썩 솟구쳤다. 잿더미를 쑤신 듯한 연기 밑으로 불꽃이 보였다. 갑자기 뒷마당 쪽이 환해졌다. 그림자 두 개가 시커멓게 튀어나왔다. 하나는 호리호리한 큰 키였고 다른 하나는 작달막했으나 몸집이 있었다. 뒷마당을 빠져나온 그들이 이차선 도로를 건너 빈 옥수수 밭 사이로 달아났다. 집안에서는 아직 상황을 모르는 것 같았다.

불꽃이 치솟았다. 빌리가 큰소리로 지니를 불렀다. 그가 울타리를 돌아 현관으로 달렸다. 이웃에서도 대여섯 명의 사람들이 나오더니 소리를 지르며 해밀턴의 집으로 뛰었다. 거의 동시였다. 현관에서 누군가 앞마당으로 뛰쳐나왔다. 지니였다. 빌리와 마주친 지니가 갑자기 어깨를 돌려 안으로 되돌아갔다. 말을 섞을 틈도 없었다. 따라 들어가려는 빌리의 팔뚝을 사람들이 양쪽에서 붙잡았다. 누군가 소리쳤다. 범인을 잡았다고.

남자들이 빌리를 땅바닥에 쓰러뜨렸다. 빌리가 몸을 비틀며 불타는 집을 향해 울부짖었는데 아무도 그 안으로 들어가지 않았다. 난데없이 말발굽 소리가 다가왔다. 무리는 온통 흰옷과 흰색 마스크였다. 그들이 빌리를 밧줄로 묶어 끌고 갔다. 빌리의 볼멘소리도 잦아들었다. 뒤에서 다가오는 불길이 빠르게 집을 뜯어먹고 있었다. 나는 떨리는 손으로 운전대만 움켜쥐었다.

날이 밝자 사람들이 길가에 나와 웅성거렸다. 전날 밤 그 시각, 집안에는 피터와 지니가 있었고 해밀턴은 군청에서 대책회의를 지휘하고 있었다. 불은 해밀턴의 집을 반쯤 태우고 사그라졌다. 뒤늦게 달려온 소방차가 뿌려댄 물이 새벽 길가에 살얼음을 만들었다. 피터는 불속을 빠져나오지 못했고 그를 구하러 되돌아간 지니도 연기에 질식사했다.

날만 새면 군청 직원들이 마을의 우사에 불을 붙였다. 감염이 의심되는 물건들도 함께 탔다. 쓰러진 말들이 사지를 떠는 마구간도 예외일 수 없었다. 폐기 처분은 흰옷 입은 자들의 손끝에서 결정되었다. 짐승들을 묻을 구덩이가 큰 입을 벌렸다. 구덩이는 사람에게도 필요했다. 장례 절차가 간소화되었고 떠돌이 인디오들에겐 생략되기도 했다. 그들의 사인도 신종 바이러스였는지는 확인할 수 없었고 믿을 수 없는 소문만 민심을 들쑤셨다.

톰슨도 제 마구간에 불을 놓았다. 삐쩍 마른 군청 직원이 은테 안경 너머로 지켜보았다. 마구간과 벽 하나로 붙어 있던 숙소도 잿더미로 변했다. 얼결에 잠자리마저 잃은 일꾼들이 불안한 눈빛들을 교환했다. 나까지 넷이었다. 톰슨의 양자들이 제 방을 허락했다. 나는 눈물이 나올 뻔했다. 톰슨은 멍한 눈으로 지하에 묻어 놓았던 와인만 들이켰다. 빌리가 잡혀간 지 한 달이 지나고 있었다.

어디서 본 듯한 사내 둘이 찾아와 톰슨과 머리를 맞댔다. 키 큰 백인의 관자놀이 아래로 칼자국이 선명했다. 언젠가 군청 마당에서 해밀턴에게 질문을 퍼붓던 농장주였다. 그를 따라온 인디오는 작달막했다. 씨름 선수 같은 그의 몸통 위를 짧은 목이 자라처럼 들랑거렸다.

키 작은 사내가 눈동자를 희게 굴리며 자꾸만 주위를 살폈다. 세 남자가 마당 구석에 서서 담배를 피웠다. 나는 무심한 척 등을 돌려 타다 남은 마구간 부스러기들을 치웠다. 파묻은 소가 몇 마리나 되는지 보상금은 얼마나 받을 수 있을지, 그들이 핏대를 올리며 한참을 쑥덕거렸다. 해밀턴에 대한 원망이 내 귓바퀴로 옮겨 붙었다. 분이 덜 풀린 듯했다. 그날 밤의 두 그림자가 떠오르며 야릇한 충동이 일었다. 보안관에게 달려가려다 이내 머리를 흔들었다. 확실히 본 것도 아닌데 뭘.

증오와 음모가 온 마을에 눈처럼 쌓이고 있었다. 톰슨

은 남아 있던 말들을 옥수수 밭 구덩이에 묻어야 했다. 일꾼들은 톰슨이 받아오는 쿠폰에 의존하며 하릴없이 시간만 축냈다. 조만간 마을 안에서도 이동이 자유롭지 못할 성싶었다. 총성이 허공을 다반사로 찢었다. 총기 소지가 자유로운 나라의 하늘 밑에 새삼스런 공포가 짙은 안개처럼 어슬렁거렸다. 전염병과 무관한 죽음도 있나 보았다. 사람들은 흰옷으로 무장한 세력을 슬슬 피했다.

빌리의 소식은 간간이 톰슨의 양자들을 통해 들었다. 가끔씩 그들이 보안관을 찾아가 면회 신청을 하는 것 같았다. 방화와 살인 혐의를 뒤집어쓴 빌리를 위해 증언이 필요할 터. 그날 밤 그 집에 함께 갔던 내가 목격자로 나서야 했지만 공범으로 몰릴까 두려웠다. 거의 매일 밤, 목에 밧줄 걸린 소년이 피를 흘리며 꿈속에 나타났다. 채찍 맞은 상처가 소년의 깡마른 등을 뱀처럼 감았다. 좁은 방 어둠 속에서 나는 소년의 표정을 알아보았다. 그의 까만 동공이 나를 지켜보았다. 슬며시 눈길을 피했지만 나 역시 어디론지 끌려가 모지락스런 매를 맞았다. 나는 식은 땀을 흘리며 꿈 밖으로 추방당했다.

동네 분위기가 살벌했다. 군수가 제 집에 불을 놓은 범인에게 이를 간다고 했다. 엄벌로 다스리겠다며. 폐지될 줄 모르는 텍사스의 사형 제도가 내 신경을 거슬렀다. 빌리가 자신의 결백을 증명해 줄 목격자를 지목했을 텐데…. 그들이 빌리의 요구를 묵살했나. 듣고 싶지 않은 자의 귀가 닫혀 버린 건가. 보안관이 나를 찾지 않는 이유를 되작이다 새벽을 맞곤 했다. 내가 먼저 찾아가야 되나. 불법 체류자 처지에 무슨. 가슴을 쓸어내리면서도 내가 작아지는 느낌에 자꾸만 거울을 들여다보았다.

군청 마당이 패싸움 장소로 변해갔다. 사람들은 받아온 물건을 집안에 숨겼고 쿠폰을 도둑맞은 사람들이 생겨났다. 마실 물과 생필품은 늘 부족했고 가장들은 식구 수를 늘려 신고했다. 마을이 전쟁터였다. 흰 옷 입은 자들이 떼로 몰려다녔다. 밤낮을 가리지 않았다. 눈을 감아도 그들이 말 위에서 나를 내려다보았다. 나는 조바심에 마른 입술만 자주 핥았다.

마을이 두 패로 갈렸다. 마소와 가족을 잃은 자들은 해밀턴에게 이를 갈았다. 섣부른 신중론자가 그들에게 드잡이를 당했다. 불신은 물증을 초월하는 법. 이제 방역 당국의 조사는 살아남은 사람들의 관심 밖으로 밀려난 듯했다. 결과가 나온다 해도 믿고 싶지 않은 자는 귀를 막을 것이었다. 사고를 당한 군수를 동정하던 목소리들이 노골적인 비난으로 바뀌고 있었다. 시도 때도 없는 총성이 흉흉한 민심 속을 파고들었다.

정치적 위기에 몰린 해밀턴이 이제 돌파구를 찾아 나설 게 뻔했다. 다수가 아직도 빌리를 해밀턴의 자식으로 알고 있을 터, 이미 두 자녀와 집을 잃은 그가 남은 자식마저도 정의의 이름으로 처단한다면? 그가 빌리를 제물 삼아 반전을 꾀하는 시나리오가 나를 괴롭혔다. 현장에서 빌리를 붙잡은 이웃들이 군수의 의도대로 진술해 버릴 것만 같았다. 재판 절차도 없이 처형시킬까. 설마…. 나는 내 상상력을 원망하며 머리만 쥐어뜯었다. 마을에 통제가 어서 풀리기를….

어이 나와 봐. 아침잠을 억지로 붙잡고 있을 때였다. 난로에 장작이 떨어졌는지 코끝이 시렸다. 누군가 이불을 걷고 어깨를 흔들었다. 톰슨이었다. 글쎄 현장 검증을 한다네. 재판 절차가 시작된 거였다. 잠이 확 달아났다. 판사가 마을 안으로 들어올 리 없는데. 그렇다면 군수가 약식으로 밀어붙이겠다는 건가. 톰슨이 미간을 바짝 세우며 입맛을 다셨다. 영 모른 척하기엔 그도 마음 한구석이 찜찜한 모양이었다. 서둘러 외투를 꿰고 그를 따라나섰다. 범죄 현장을 재현한다면 빌리를 볼 수 있겠지.

구경거리를 만난 마을 사람들이 몰려왔다. 바람이 잦아들었다. 눈부신 볕에서 온기가 느껴졌다. 벌써 봄인가 싶었다. 어른들 사이로 아이들이 뛰어다녔다. 목숨 붙어 있는 자들은 모두 쏟아져 나온 것 같았다. 10분쯤 지났을까. 웅성거리던 사람들이 길을 터주며 양옆으로 갈라섰다. 나는 톰슨네 식구들 뒤로 자리를 잡았다. 톰슨의 넓적한 등이 적당히 내 앞을 가려 주었다. 그의 겨드랑이 사이로 눈만 빠끔히 내밀었다.

석 대의 까만색 차량이 우리들 앞에 멈춰 섰다. 군청 직원으로 보이는 늙수그레한 남자가 방송용 카메라를 들고 먼저 내렸다. 그들 뒤에서 해밀턴이 모습을 드러냈다. 그는 몇 걸음 뒤로 물러나 무표정하게 주위를 살폈다. 키 높은 모자가 돋보였다. 에이브러햄 링컨의 그것처럼. 빨간 경광등을 지붕에 올린 뒤차의 문이 열리고 낯익은 모습이 빠져나왔다. 빌리였다. 말끔한 정장에 카우보이모자와 광을 낸 부츠, 그날 저녁 그대로였다. 그가 마른 어깨를 구부정하게 세웠다. 손목과 허리가 포승에 묶인 채였다. 보안관이 밧줄의 반대쪽을 잡고 차에서 내렸다.

빌리는 몹시 지쳐 보였고 고개 숙인 뺨에도 핏기가 없

었다. 그동안 얼마나 닦달을 당했을지 짐작해 보았다. 빌리가 주눅 든 얼굴로 주위를 살폈다. 누군가를 찾는 것 같았다. 해밀턴이 손가락을 까딱거리자 카메라가 빌리를 향해 초점을 맞췄다. 보안관이 두리번거리는 빌리의 등을 주먹으로 밀었다. 빌리가 우물거리며 머리를 저었다. 무슨 말을 하려는 것 같았다. 나는 그게 뭔지 알 것 같았다.

해밀턴이 다시 검지를 까딱거렸다. 사람들의 시선이 그의 손가락에 모아졌다. 주변이 술렁거렸다. 군수에 대한 원망이 인파 속을 비집고 다녔다. 보안관이 빌리의 등을 한 차례 더 거칠게 밀었다. 피의자의 입을 막으려는 듯 보였다. 빌리가 비틀거리며 울타리 쪽으로 발을 옮겼다. 그날 밤 올려다보던 창문 아래였다.

보안관이 빌리의 손에 지포 라이터와 백색 플라스틱 휘발유통을 쥐어 주었다. 10리터들이 빈 통이 몹시 무거워 보였다. 보안관이 빌리를 다시 떠밀었다. 뒤뜰로 꺾이는 모퉁이에서 빌리가 허방을 디딘 듯 넘어졌다. 그가 초점 잃은 눈을 껌벅였다. 모든 걸 포기한 얼굴이었다. 햇살이 그의 마른 몸뚱이를 덮었다.

보안관이 구두 끝으로 빌리의 허벅지를 툭툭 차며 일어나라고 재촉했다. 그때 톰슨의 양자들이 빌리의 이름을 나직이 불렀다. 일꾼들도 슬그머니 그를 불러 주었다. 누군가 내 뒤에서 중얼거렸다. 빌리가 우리 대신 복수를 해준 거야….

불어난 구경꾼들이 웅성거리기 시작했다. 보안관이 고개를 돌려 사람들을 훑었다. 날카로운 눈초리에 빌리를 응원하던 몇이 어깨 위에서 주먹을 내렸다. 그들 틈에서 나도 소리를 내 보려 했지만 목구멍이 오그라들었다. 고문과 추방이 반복되던 새벽잠의 악몽이 아가리를 벌려 성큼 다가왔다. 숨고 싶었다. 아니, 숨지 않아도 될 것 같았다. 여태 아무도 나를 잡으러 오지 않았으니까.

빌리가 묶인 두 손으로 땅바닥을 짚고 일어나 몸을 세웠다. 여기저기서 탄식이 흘러 나왔다. 안타까움을 넘어선 묘한 울림이었다. 누군가 허공에 'MERCY'라는 단어를 던졌다. 마침내 자비를 외치는 목소리들이 뭉쳐지고 있었다. 나는 주위를 둘러보았다. 영웅을 바라보는 눈빛들이 그런 것일까.

빌리도 읽어 낸 것 같았다. 그의 표정이 어느새 바뀌어 있었다. 그가 어깨를 펴고 자세를 바로잡았다. 당당하게. 훈장을 받는 장교처럼. 나는 그 순간 빌리에게서 위엄과 기품을 보았다. 그에게 정장이 참 잘 어울린다는 생각이

들었다.

그가 몰려든 시선에 눈을 맞추며 고개를 천천히 끄덕였다. 그리고는 잇새로 엷게 웃었다. 자신의 혐의 같은 것에는 무관심한 얼굴이었다. 그는 성인식을 화려하게 치르고 있었다. 빌리는 이미 섬바디였다. 그의 시선 끝 하늘이 유난히 파랬다. 그가 고개를 들어 천천히 입을 열었다. 소리 없는 입 모양이 내 눈을 찔렀다. '누나'.

텔레비전 앞으로 사람들이 모여들었다. M 카운티 상황에 대한 방역 당국의 발표였다. 기온이 오르면서 신종 질환의 기세가 꺾였다는 것이었다. 현장 검증을 마친 빌리가 재수감된 지 일주일 만이었다.

텍사스의 봄이 한줄기 빛으로 달려오고 있었다. 조만간 통제가 풀리고 정식 재판이 진행될 터였다. 불현듯 고소한 냄새가 후욱 끼쳐왔다. 닭강정이 와락 당겼다. 이태원에서 시작된 날갯짓이 태평양을 건너와 허리케인을 일으키며 나를 빨아들였다. 나는 귀국을 결심했다. 내겐 돌아갈 둥지가 있었다. 그리고 아버지.

인천행 비행기 좌석을 예매하려다…, 편지를 쓰고 싶어졌다. 아니, 이대로 귀국할 순 없었다. 짐을 싸기 전에 짐

하나를 덜어 내고 싶었다. 벽에 세워 둔 거울을 일별했다. 누명을 끌어안고 섬바디로 거듭난 소년이 그 안에서 나를 뚫어져라 응시했다. 각오는 용기와 동의어였고 포기 또한 다르지 않았다. 내가 이 나라에 다시 올 일이 있을까. 머리를 가로저었다. 텍사스 법원 사이트에서 사건 번호와 담당 판사의 이름, 그와 연락 가능한 이멜 주소를 확인했다. 타이핑을 시작했다.

목격자 진술서

......

추신: 필요한 경우 출두하여 진술하겠음. 연락 바람.

〈끝〉

앤드(AND)

본능을 조종하는 건 나니까. 오빠에 대한 너의 절절한 그리움도 결국 내가 만들어 준 거 아니냐고. 너는 그걸 사랑이라고 느끼기만 하면 되는 거야.

앤드(AND)

내 이름은 AND, '또, 그리고…'라는 의미다. 아득한 세월 동안 이름값을 해왔다. 내가 쪽배를 저어 어둠만이 지배하는 점액질을 통과했던 건 오직 너를 만나기 위함이었다. 나는 위험을 무릅쓰고 끝 모를 생명의 징검다리를 건넌다. 날아가는 새가 고개를 꺾어 돌아보지 않듯 나도 결코 시간을 되돌리지 않는다. 하여, 나는 한없이 이어져야 할 운명이다. 기생충이라 불리어도 좋다. 무자비한 번식, 그것만이 내가 존재하는 이유니까.

한 가지만 약속해 줘. 절대로 내 집을 허물지 않겠다고. 지금 네 몸에 착륙한 귀여운 캡슐은 황량한 우주에서 살아남은 나의 전리품이자 겨우 찾은 둥지야.

빼빼로 초콜릿스틱 상자를 안고 나온 아이가 여자 뒤로

숨으며 수줍게 웃더군. 네가 낮 근무로 바꾸고 첫인사를
나눈 손님이야. 다섯 살쯤 되었을까. 몸피 풍성한 엄마의
노란 원피스 자락에 매달린 여자아이, 하얀 조가비 손이
헐렁한 줄무늬 임부복을 그러쥐고 있었지. 또 다른 아이
가 그 안에서 불룩하게 자신의 존재를 알리고 있더군. 간
식거리를 둘러보던 여자가 계산대로 뒤뚱거리며 걸어오
고. 넌 웃으려다 말고 유리문 밖으로 눈길을 던졌어.

　나라 꼴 하고는. 이러다가 나 같은 놈은 국민연금도 못
타 먹는 거 아녀? 수금하러 온 사장이 아무나 들으라는
듯 구시렁거렸어. 그러다 문득 표정을 바꾸더군. 줄어든
매상에 좁아지던 미간이 열린 거야. 애국자이시네요. 그
가 여자에게 한마디를 건넸어. 뜬금없었지. 하지만 좀 전
의 TV 뉴스와 연결 지어 보면 말이 안 되는 건 아냐. 출
생률 저하로 이제는 수도권에서도 폐교가 속출한다지 않
니. 사장과 눈이 마주친 여자는 대단한 칭찬이라도 들은
양 희색이더라. 그럴 땐, 그런가요? 라든지, 뭘요, 남들도
다 하는 일인데요, 정도가 어울릴 듯싶었지만 여자는 배
를 더 내밀더군. 둘 사이의 대화를 애써 무시하는 네 눈
동자가 잠시 흔들리더라. 너는 카운터에서 계산기를 누르
던 손을 내려 아랫배를 쓰다듬더니 명치끝에 매달려 있

던 숨을 후우 하고 길게 뽑아 올렸어.

사장이 나간 지 두 시간쯤 지났을까. 점심시간이었는데, 다시 조용해진 편의점 안으로 가죽바지 두 녀석이 들어오더군. 캔 맥주, 육포, 소시지 등을 움켜쥐더니 계산도 하지 않고 출입문 쪽으로 빠져나가더라고. 순식간이었지. 이봐요. 너는 급히 카운터를 돌아 나가 뒤에 처진 녀석의 점퍼 자락을 붙잡았는데, 녀석의 팔꿈치가 네 눈두덩에 꽂힌 거야. 못 보던 별무리가 매장 안을 날아다니더군. 엉덩방아를 찧으며 털썩 주저앉은 네 눈앞에 그날의 그림이 겹치더라.

네 마음대로 그림을 치워 버릴 수는 없어. 상처를 자주 떠올리도록 하는 것도 내 일이니까. 내 능력은 그저 사람들의 본능으로 드러날 뿐. 전자현미경이 없으면 날 알아보지도 못해. 내가 너를 조종하지만 그게 다 너를 보호하기 위해서야. 나는 너의 눈으로 보고 너의 귀로 듣고 네 후각으로 세상을 맡아. 그러니 너와 기억을 공유하는 나를 속일 생각은 하지 마. 등고선 같은 뇌 주름 속에 겹겹이 숨어 있다 빠져나온 조각들을 나는 큐브 맞추듯 조립하지. 내게는 판매대 위에 진열된 물건보다 더 선명하게 보이거든. 화질 좋은 영상물을 뒤로 돌려 보는 느낌이야.

벌써 8년이나 지난 일인데도.

　한동안 뜸하다 했더니 그 녀석이 또 나타났어. 열대야의 눅눅하고 푸르스름한 공기가 골목 안으로 스며드는 밤이었지. 뒤늦은 태풍으로 떨어진 가로수 잔가지들이 행인들의 발끝에 채이고, 이파리들은 동그랗게 원을 그리며 가로등 밑을 파고들었어. 출입문이 열리자 장마 끝의 축축한 소음이 갑자기 편의점 안으로 짜증스럽게 밀려들더군. 유리문 너머로 시동을 걸어 둔 싸구려 오토바이들. 꽁무니에 노란 플라스틱 바구니와 빨간 피자 배달 박스가 보이더라구. 난 네게 즉시 아드레날린을 뿜었어. 비상시에 대비하여 널 긴장시켜준 거야. 넌 도망치지 않았지. 동공이 잠시 커지더니 그놈을 알아보더군. 녀석은 술병이 줄지어 있는 냉장고 문을 옆으로 드르르 밀더니 맥주 두 캔을 꺼내더라. 그걸 까만 가죽재킷 겨드랑이에 끼고 어슬렁거리며 걸어 나왔어. 네가 선 계산대 뒤로 들어가 담배도 두 갑이나 움켜잡더군. 그것도 비싼 걸로만 골라서. 막 돌아서는 녀석의 귀밑으로 화살 꽂힌 하트 문신이 보이자 침을 뱉듯 네가 말했지. 최소한 외상이라는 말이라도 해야 되는 거 아냐? 녀석이 대꾸도 없이 출입문을 밖으로 열었어. 야, 이 새끼야! 거기 안 서? 그게 내 하루 일당

이야! 네가 더 이상 참지 못한 거야. 녀석이 되돌아오는가 싶더니 느닷없이 퍽 소리가 나더라. 매장 안쪽 구석에서 컵라면 면발을 건지던 젊은 남자가 눈을 동그랗게 뜨는데도 녀석은 아랑곳하지 않더군. 개새끼. 오토바이 몇 번 태워줬다고 이제 앵벌이까지 시키려 들어. 판매대 위로 쓰러진 네 얼굴에 코피가 흘렀지. 녀석은 이미 사라진 뒤였고. 먹던 컵라면을 그대로 두고 구석의 남자가 슬그머니 일어났어. 잔뜩 주눅 든 얼굴로. 그는 아무렇게나 풀어진 네 머리칼 사이에 만 원짜리 지폐를 꽂아 놓고 나가더라. 매장은 금세 조용해졌고 네 손은 빠르게 매대 위의 얼룩을 지웠어. 끔찍한 밤이 그렇게 지나갔는데. 너는 사장에게 말하지 않았고 강도 신고는 꿈도 못 꾸었지. 네가 그런 놈들과 어울린다는 걸 사장이 알면 곧바로 잘릴 테니까.

다음 날, 몸이 아프다고 했더니 사장이 교대해 주더군. 자정이 가까워지자 어김없이 컵라면 청년이 나타났어. 늘 그랬듯 혼자였지. 그가 들어오자 너는 매장 안쪽으로 재빨리 몸을 옮겼어. 덮개를 미리 열어 둔 컵라면 사발에 뜨거운 물을 부었지. 유리벽에 붙은 좁고 긴 식탁 끝으로 그가 들어가기 직전이었어. 잠시 머뭇거리던 그는 네 성의를 받아들였어. 그리고는 후루룩 면발을 빨아 올렸지. 너희

둘은 처음으로 미소를 주고받더라구. 그때도 네 심장이 빠르게 뛰었지. 너는 그를 따라나섰고 어둑한 골목으로 접어들었어. 거스름돈을 네 번씩이나 받지 않고 투명 인간처럼 빠져나간 청년, 휙 돌아보는 그의 눈엔 호기심이 가득했어. 너는 갑자기 자존심이 상했지. 그렇게 보지 마세요, 컵라면 하나로 퉁칠 생각은 없으니까. 그때 삼만 원도 넘는 빚을 손쉽게 갚을 방법이 불쑥 떠올랐거든. 그런데 말을 그렇게 던지고 나니까 더욱 우울해진 거야. 그가 큰 눈을 더 크게 떴어. 재워 주시면…. 내친걸음이었어. 매장에서 졸면서 밤을 보내야 했던 너는 막상 갈 데가 없었던 거야. 가출한 집으로 기어들어 가기도 그렇고. 5층짜리 건물이 골목 끝에서 불쑥 솟아올랐어. 깔끔하더군. 가로등에 하얀색 외벽 타일이 별처럼 반짝이는 게 동화책에 나오는 왕자의 성 같았어. 한 계단씩 올라가는데 조금도 힘들지 않았지. 이미 그의 겨드랑이에 네 오른손이 끼워져 있었는데 뭘. 그는 쑥스러운 듯 가만히 있더군. 그럴수록 너는 손가락에 더 힘을 주었지.

원룸이라 비좁긴 해도 있을 건 다 있더라고. 네가 늘 그리던 공간이었지. 너도 그동안 얼마나 너만의 둥지를 갖고 싶었니. 무릎 높이의 미니 냉장고도 있고. 아무 때나 흰 빨래를 해 주는 드럼 세탁기는 또 얼마나 멋지던지. 그는 옷가방만 들고 들어왔대 글쎄. 변두리라지만 대학가에 그 정도면 월세가 50만 원은 족히 될 텐데. 부자 아빠를 둔 그가 부러웠지. 붙박이장을 열어 보고 거기에 네 옷들이 함께 걸려 있는 그림을 그려 보다 너는 슬며시 문을 닫았어. 오빠는 여자만 있으면 다 갖춘 거네. 호들갑을 떨다 얼결에 그렇게 부르고 쭈볏거리는데 오히려 그가 너에게 미안해 하는 얼굴이더라.

그는 네 옷을 벗기지 않았어. 침대를 너에게 내주고 입던 채로 소파 위에 눕더라고. 대학교 2학년이랬어. 재수를 해서 스물둘이라는 것도 알게 됐지. 너는 잠을 이룰 수가 없었어. 오빠에 대한 궁금증이 널 재우지 않은 거야. 글쎄 둘이 앉기도 비좁은 공간에 시커먼 피아노가 바위처럼 버티고 있더라구. 거긴 마땅히 책상이 놓여야 할 자리 같았거든. 작곡을 전공하는 대학생이 너무도 고상해 보였지. 만화책에서 본 어린왕자가 그랬었거든. 별무리 사이를 헤매는 외톨이. 너는 문득, 그의 얼굴에서 누군가는 꼭 채워 줘야 할 것 같은 빈자리를 보았어. 잠시 아득한 곳을 떠돌던 네 시선이 싱크대 밑으로 옮겨 갔는데. 아무렇게나 던져 둔 빨랫감이 있었거든. 문득 아빠 생각이 났어. 옷들이 다닥다닥 걸려 있고 휘발유 냄새가 진동하는 밀폐 속에서 땀 흘리던 아빠.

네가 고등학생이 되자마자 아빠의 세탁소는 문을 닫았어. 그 골목까지 들어온 세탁 체인점의 990원짜리 와이셔츠 미끼 세일에 밀린 거지 뭐. 돈 벌어 오겠다며 집을 나간 아빠는 그 뒤로 소식을 감추었고 드물게 보내 주던 생활비도 끊겼어. 남편에 대한 상스런 욕설을 입에 물고 지내던 네 엄마는 목욕탕 때밀이가 되었지. 자신의 때를 밀어 주던 여자에게 사근사근 다가가며 한 자리를 부탁한 거야. 방구석 장판지 밑으로 영영 뿌리를 내릴 것 같던 엄마가 작심하고 나가더니 이내 활기를 되찾더라. 남편을 원망하는 횟수도 점점 줄더라고. 남의 때를 밀면서 자신의 마음속 찌꺼기들도 같이 밀어 버렸나 봐. 대로변 뒤 술집 골목에 자리 잡은 찜질방엔 다행히 손님이 많았어.

뭐? 돈을 벌겠다고? 남의 주머니에서 돈 뽑아 내는 게 그리 쉬운 줄 아니. 엄마는 입꼬리를 비틀어 올리며 네게 코웃음을 쳤어. 한심하다는 건지 가소롭다는 건지, 아마 둘 다였을 거야.

컵라면 오빠에게 다시 신세 지던 밤이었지. 첫날처럼 쭈

뻣거리진 않았어. 맥주에 소주를 섞어 마셨는데 금세 둘 다 얼굴이 발그레해지더군. 마침 시험이 끝난 날이라 오빠도 긴장이 풀렸는지 마구 달리더라. 네가 옷을 벗은 건 그때였어. 빚진 기분도 털어 낼 겸, 잠 못 이루고 끙끙대는 오빠가 귀엽기도 했거든. 오빠, 처음이야? 그건 아니고…. 그가 당황하더라. 그의 커다란 눈동자가 침대 밑으로 굴러 떨어지는 줄 알았어. 한 번도 못 해 본 눈치였거든. 사실 어디에 하는지도 모르더라고. 그날 밤은 완전히 네가 제압한 게임이었지. 그런 일이 몇 차례 더 있고 나서 그렇게 된 거야. 두 달째 생리가 사라지자 너는 약국에서 임신 테스트기를 샀어. 소변을 묻혀 보니 두 줄이더군. 드디어 캡슐이 자리를 잡은 거야. 형은 쾌재를 불렀어. 아, 8년 전 꼬리 달린 쪽배 안에 밀항자처럼 숨어서 네 속으로 들어간 내 형 말이야. 하지만 넌 게임방에서 맞장 뜨다 돈만 날린 얼굴이더군. 날짜에 신경 쓴 보람이 없었지. 입에서 모래 맛이 났으니까.

가출 후, 편의점 알바가 길어지면서 너는 미련 없이 학교를 때려치웠어. 곧 졸업이었지만 대입 준비하는 친구들 들러리 노릇은 싫었으니까. 때마침 심해진 입덧은 울고 싶은데 뺨 때려 주는 격이었지. 별수 없이 엄마를 찾아갔어. 소식 끊은 지 딱 두 달 만이었지. 후달릴 각오는 되어 있었어. 그거야 예정된 수순이었으니까. 엄마는 너 때문에 앓고 일어났다는데 네 눈엔 꼭 그렇게 보이지도 않았어. 너를 찜질방 창고로 끌고 가더군. 물이 질질 흐르는 대걸레를 세워 둔 곳이었는데, 머리털이 몽땅 뽑힐 뻔했어. 닳아빠진 빗자루 같은 여자가 힘도 세지. 한 평도 못되는 좁은 공간에서 너는 꼼짝 못 하고 오줌을 지렸잖아. 또다시 코피가 터졌는데 녹슨 쇳내가 걸레 속 락스 향과 눅진하게 섞이더군. 기진맥진해진 상태로 너는 오빠에 대해 불었어. 마지못해 분 건 아니야. 오토바이 타는 놈들과 더 이상 어울릴 일은 없을 거라고 말하고 싶었던 거야. 그때만 해도 오빠는 대학생이었으니까. 엄마의 표정이 심각해지더라. 이년아, 가랑이 함부로 벌리고 다니지 마. 신세 망치는 거 잠깐이야. 너는 뜨끔했지. 엄마는 뱀눈을 하고 흘끔흘끔 네 아랫배를 훑더니 구내식당으로 가서 미역국을 사 주더라고. 그날 밤은 오랜만에 엄마와 함께 누웠어.

오빠에게 부담 주기도 싫었지만 숙맥처럼 보일까 봐 넌 조용히 해결하기로 했어. 엄마에게 기댈 생각도 접었구. 그간 알바로 모아 둔 돈을 탈탈 털었지. 부족한 7만 원은 눈동자를 희게 돌리는 미용사 보조 친구에게 빌리고. 하여튼 너는 힘들게 40만 원을 마련해서 병원 계단을 밟은 거야. 짙은 화장도 앳된 얼굴을 감춰 주지 못했지. 그 친구가 소개한 산부인과는 재래시장 골목 끝 새 건물에 숨어 있더군. 이 동네에서 알 만한 여자들은 다 알아. 거긴 낙태 전문이거든. 천기를 누설하듯 그 친구가 네 귀에 속삭이더라. 시장 사람들이 수군거리더래. 거긴 벽돌 하나가 애기 하나라고.

2층으로 올라가는데 너의 비강으로 들어온 소독약 냄새가 내 형을 견딜 수 없게 만들었어. 병원으로 들어가기 전까지의 공포, 아프리카 물소의 뿔처럼 위로 뻗은 검진대 모서리의 쇠막대기. 그 끝에 얹혀 위태롭게 아가리를 벌린 둥글넓적한 두 개의 다리걸이, 양다리를 벌려 올려 놓는 순간 소름끼치던 차가움. 너의 수치감을 내 형은 고스란히 위기로 받아들였어. 누워 있는 너의 그곳을 남이 들여다볼 때 너는 당장 죽고 싶었지. 비밀스런 동굴을 할퀴고 들어오는 불빛은 또 어찌나 강하던지. 그 순간 너는 약기운에 스르르 정신을 잃더라. 마취 주사가 도와주지 않았더라도 넌 까무러쳤을 거야. 형은 몸부림치며 저항했지만 네 의지를 꺾지 못했지. 스펀지 같은 걸 끼워 터널을 확장시켰는데 어둠을 타고 훅 불어오는 그 불쾌감이란. 네겐 떼어 낼 혹이었겠지만 형에겐 그게 전부였어. 너는 마취 상태였지만 형은 잘 수 없었어. 형은 필사적으로 캡슐을 조종했지. 15주째였으니까, 캡슐은 10센티도 넘게 자란 아늑한 궁전이었지. 표면엔 솜털도 났고, 통통하게 살이 오른 손가락을 꼬무락거리면 깨알만 한 손톱이 보였다니까 글쎄. 각종 부품을 완비한 형의 우주선에 기다란 쇠막대기가 다가왔는데 그게 바로 흡입기더라고. 닥치는 대로 빨아들이는 진공청소기. 빌어먹을. 악마의 손아귀를 피하는 게 어디 쉽나. 좁은 링 안에서 일방적으로 펀치를 맞는 선수가 된 거야. 왜 그런 거 있잖아. 이종 격투기에서 코너에 몰아 넣고 마구 때려 상대가 넘어지면 올라타고 얼굴을 내리찍는 장면 말이야. 코피가 터지고 턱뼈가 부서질 때까지 멈추지 않지. 거긴 그래도 목숨이 끊어지기 전에 뜯어말리는 심판이라도 있지. 형이 견뎌야 했던 링은 말 그대로 지옥이었어. 악마의 주둥이가 낙지의 빨판처럼 형의 캡슐을 붙잡아 거칠게 빨아들였어. 그것이 닿으면 어디든 두부처럼 으깨져. 팔 다리가 잘려 나가고 그 다음엔 몸통이 잘게 부서지면서 흡입기 안으로 빨려 들어갔지. 최후에 남아 있던 머리통이 더 멀리 도망

쳤어. 그런데 이번엔 포셉이 들어온 거야. 포클레인처럼 긴 팔을 가진 집게가 휘젓고 다니다 이윽고 머리통을 붙잡았지. 밖에서 악마가 손아귀에 힘을 주더군. 캡슐의 골조가 연골에서 경골로 굳어가는 때라 부수는 게 쉽지는 않았지. 악마가 거칠게 눌러댔어. 버티지 못한 뼛조각들이 잘게 부서져 흡입기 안으로 힘없이 들어가는 데 모두 5분도 안 걸렸어. 그거 나왔나요? 마취 상태를 체크하던 간호사가 묻더라. 캡슐의 머리통이 빠져나왔는지 확인한 거야. 의사가 머리를 끄덕였어. 내 형은 긴 여행을 그렇게 마감하고 부서진 잔해들에 뒤섞여 사라졌어. 하수구로.

네 친구는 버티는데 너는 왜 진득하지 못하니. 미장원 일이 힘들다며 털고 나온 날, 남의 주머니에서 돈 뽑아 내는 게 쉬운 줄 아느냐는 지겨운 소리를 엄마에게 다시 들어야 했지. 너도 어지간하지. 그쪽 방향으로는 오줌도 누지 않겠다던 편의점에 다시 들어갔잖아. 그러니까 그게 벌써 3년 전이네. 다시 시작한 편의점 야간 근무가 힘들었나 봐. 두 달간 사라졌던 생리가 갑자기 터지면서 마구 쏟아졌어. 겁이 나서 달려간 병원에서는 자연 유산이라더군. 내 둘째 형이 사라진 거야. 어차피 기를 형편도 못 되었으니 차라리 네겐 잘된 일이었는지도 몰라. 복학을 포기한 오빠가 자리를 못 잡고 몇 년 째 떠돌고 있었거든. 제대하고 돌아온 오빠네는 쑥대밭이더래. 아버지의 사업 실패와 자살로 오빠의 어깨에 장남의 무게가 덜컥 걸린 거야. 이태리 유학의 꿈도 한 순간에 날아갔어. 빚쟁이들이 오빠의 자취방까지 쳐들어온 적도 있었으니까. 오빠도 너처럼 몸 눕힐 곳이 마땅치 않았지. 병원에서는 유산이 반복되면 나중에는 낳고 싶어도 힘들 거라며 겁을 주더군. 습관성 유산이라는 단어가 네 가슴을 송곳처럼 찌르고 들어왔지. 오빠는 갑자기 혼인신고를 하자고 했어. 생활이 안정되면 그런 일이 없을 거라면서. 네 눈에 물기가 괴더라. 오빠는 네게 무지개 같은 꿈이었거든. 세상엔 피우지 못하는 꽃이나 차마 닿을 수 없는 거리라는 게 있지. 그건 너도 알잖아. 하지만 이젠 오빠의 궁박해진 처지가 오히려 네게 자신감을 주었어. 마치 네가 그의 추락을 기다리기라도 했던 것처럼. 이상한 기분이었지. 군대에서 가끔씩 나오던 휴가 때 네가 일하던 미장원으로 찾아와 주는 게 고맙기만 했는데 설마 부부가 될 줄이야.

백 번도 넘게 자기소개서와 입사 원서를 쓰던 오빠는 급기야 이삿짐센터 직원으로 들어갔어. 피아노를 운반하겠다고 했다나 봐. '피아노 구조를 잘 압니다. 누구보다 그 일에 자신이 있습니다.' 부잣집 고급 피아노를 운반하는 일에 골치를 썩던 사장이 감동했다더군. 지금의 둥지는 오빠의 취직과 동시에 구한 신혼 방이야. 다세대와 단독 주택들에 둘러싸인 한 동짜리 낡은 저층 아파트지만 방은 두 칸이야. 재개발을 앞둔 산동네라 월세가 저렴했거든. 작은 방은 피아노의 육중한 몸피로 꽉 채워 놓았지. 그날의 원룸에서처럼. 오빠의 유일한 재산이자 꿈이던 피아노, 차마 버리지 못한 꿈이거든.

먼지 쌓인 피아노 뚜껑이 열릴 때가 있어. 오빠가 얼큰해져서 들어오는 날이야. 그럴 때 너는 쇼팽의 녹턴을 들으며 카르멘과 함께 아득한 꿈속으로 빠져들곤 했지. 그런데 기억나지? 하늘이 낮게 깔리던 저녁. 오빠가 퇴근길에 고양이 새끼를 들고 왔잖아. 이사 나가는 고객한테 얻어왔다면서. 딱 주먹만 한 녀석이 오페라 가수의 망토처럼 은회색 털옷을 입은 우아함이라니. 네 손등을 핥을 때마다 빨간 꽃잎처럼 앙증맞은 혀가 좁고 검은 구멍으로 들락거렸지. 너는 그 암고양이에게 카르멘이라는 이름을 붙여 줬어. 카르멘! 멋지잖아? 온몸을 야성으로 치장하는 집시. 새끼를 배고 집을 뛰쳐나가기 전까지는 네게 정말 좋은 친구였는데…. 바이러스처럼 번식하길 강요하는 우리의 명령엔 카르멘도 어쩔 수 없었던 거야.

변하지 않았어. 네 엄마의 눈 속에는 고집덩어리가 여전히 옹이처럼 버티고 앉아 있어. 어디서 들었는지 '빚'이라는 단어는 엄마의 혀끝에 신체의 일부처럼 붙어 있더군. 때밀이가 떼돈 버는 줄 아니? 엄마의 가시 돋친 유머에 넌 차마 웃을 수 없었어. 엄마는 아빠가 남겨 놓은 빚을 대신 갚아야 했으니까, 빚이라면 이가 갈리고 소름이 돋겠지. 자식 하나가 삼 억짜리 빚덩이라는 말을 넌 들어 보지도 못했니? 네 귀에 딱지가 질 정도였으니 엄마는 침상에 누워 몸을 맡기는 손님들에게도 입술이 닳도록 전도할 거야. 자식에 대한 모진 인식이 종교처럼 퍼지겠지. 무자식이 상팔자요. 번식에 저항하는 엄마의 신종 바이러스는 순식간에 번식할 거야. 재래식 변소에 우글거리는 허연 구더기들처럼.

나는 네 엄마가 무서워. 하지만 난 내 목표에만 집중해. 네가 오빠 앞에서 옷을 벗게 한 것도 나였으니까. 오빠가 거칠게 너를 비집고 들어올 때 너는 몸뚱이를 부르르 떨지. 불그레한 얼굴로 세상의 모든 기쁨을 다 가진 여자

가 되어 땀에 젖은 미소를 보여 주잖니. 그건 내가 네 몸
에 옥시토신을 뿌려 나의 기쁨을 나눠 주는 거야. 성욕
은 축복이자 재앙이야. 우리를 이기적이라고 욕해도 할
수 없어. 카르멘의 몸속에 들어간 내 친구를 부러워한 적
이 있어. 고양이는 스스로 낙태를 하지 않거든. 우리가 시
키는 대로만 하지. 내 친구들은 쇠심줄 같은 인간의 고집
을 이겨 내려고 진땀을 흘리는 나를 딱한 눈으로 바라보
더라. 사람들은 그걸 지성(知性)의 힘이라고 떠벌리더군.
하지만 인간의 몸을 빌려 번식의 기회만을 노리는 우리에
겐 명령 체계의 고장 신호일 뿐이야. 다른 동물들 속으로
들어간 친구들이 날 부러워하는 게 있긴 해. 내가 인간의
눈으로 세상을 본다는 거…. 그래도 나는 아직 인간을 선
택한 걸 후회하지 않아. 달팽이에게 들어간 내 친구들이
세상 구경을 하면 얼마나 하겠니. 그저 축축하고 퀴퀴한
흙내나 맡고 다니지. 아무튼 헤어지는 그날까지 너와 나
는 한 몸이야. 서로에게 유일한 생존 수단이니까. 장님과
그의 어깨에 올라앉은 앉은뱅이처럼.

　이번에 우리가 하나 되고 두 달쯤 지났을 때지 아마. 갑
작스런 찬바람에 너는 새벽 출근을 서두르며 점퍼를 꺼
내 입었지. 오빠의 성화에 못 이겨 주간 근무로 바꾼 거

야. 초음파 사진에 나타난 나의 캡슐을 보았거든. 편의점 사장이 때마침 복학하게 된 남학생과 시간을 맞바꿔 주더군. 힘든 야간 업무는 피했지만 월세방 신세를 면해 보려면 네가 아주 쉴 수는 없었어. 8주째 접어들었어요. 나의 기쁨은 벽에 부딪힌 탁구공처럼 마구 튕겨졌지. 너의 얼굴에서도 미소를 보았어. 결혼 후 자연 유산의 공포를 품고 살아온 지 3년 만의 쾌거였으니까. 드디어 너와 나는 한 배를 탄 거야. 반쯤 감은 눈으로 너는 그림을 그리더라. 그런 걸 신혼여행이라고 부를 수나 있을까 싶었던, 딱한 번 밟아 보았던 제주도의 눈부시게 노란 유채 꽃밭. 이제 그 위에 아이를 올려놓아 보렴. 아장아장 다가오는 아이가 까르르 웃고 팔을 활짝 벌린 너와 오빠, 마침내 셋이 한 덩어리가 되지. 나는 화끈한 엔돌핀보다 은근하게 오래가는 세로토닌을 뿌려 주고 싶어. 작은 별들을 우려낸 욕조 안에서 네가 눈을 감으면 나는 꽃들 위로 나비를 날리지. 하얀 나비, 노랑나비가 사뿐사뿐 춤을 추게 하고, 아이의 손에 분홍색 솜사탕도 쥐어 주지. 인간이라고 별수 있나. 본능은 이성을 앞지르는 법. 본능을 조종하는 건 나니까. 오빠에 대한 너의 절절한 그리움도 결국 내가 만들어 준 거 아니냐고. 너는 그걸 사랑이라고 느끼기만

하면 되는 거야. 고상하게.

　그런데 골치 아픈 문제가 네 예쁜 그림에 생채기를 내기 시작했어. 집주인이 집을 비워 달라는 거야. 부동산 불경기에 주춤했던 철거가 다시 시작된 거지. 급한 마음에 비질하듯 근처를 뒤져 봤지만 어느새 전월세 값은 하늘을 찌르고 있었어. 태어날 애기와 함께 누울 둥지가 네가 다가갈수록 자꾸만 뒷걸음질을 치더라. 기억나니?

　바로 옆 다세대 주택의 벽에 포클레인 발톱이 찍히던 아침이었어. 새벽밥을 먹은 오빠는 일을 나갔고 너도 슬슬 출근 준비를 하는데, 거친 진동이 네 피부를 뚫고 들어왔지. 중장비의 기계음은 악마의 목소리였어. 너는 부쩍 몸이 불어난 카르멘을 품에 안고 부들부들 떨었잖아. 언제 너의 둥지를 때려 부술지 모르는 흡혈귀의 손톱이 네가 웅크려 기댄 벽을 바각바각 긁어대는 느낌이었지. 그날 밤 카르멘이 사라졌어. 찬바람이 불어오기 전부터 열린 창문으로 슬그머니 밤마실 다니던 녀석이 이번엔 아예 가출을 한 거야. 너는 눈물을 훔치며 산동네를 찾아다녔지. 전봇대에 광고도 붙이고. 이름 탓이었나. 하필이면 떠돌아다니는 집시냐고 오빠가 핀잔을 주더라니. 목젖이 붓도록 불러 봤지만 찾을 수 없었어. 재개발 동네라 어느 폐가의 지하실에 둥지를 틀었을 거야.

　너는 지금도 어린아이처럼 악몽을 꿔. 그건 내게도 보여. 아빠가 사라진 음습한 방구석에 돌아누운 엄마의 뒷머리가 귀신처럼 너를 노려보곤 해. 뒤통수에 쓴 안경처럼 눈동자가 빠져나간 퀭한 눈. 그 눈이 네게 다가와 말을 걸지. 자식? 다 필요 없어. 아비 복 없는 년은 서방 복도 없어, 서방 복 없는 년에게 자식 복인들 붙겠니. 생기는 대로 지워 버려! 낚싯바늘처럼 굽고 앙칼진 엄마의 바이러스가 너를 감염시킬까 두려워. 인간종의 두뇌 속으로 파고든 신념은 전자현미경으로도 볼 수 없는 또 다른 유전자야. 에이즈보다도, 에볼라보다도 더 지독한 신종 바이러스지. 생물학적 실체인 우리보다 더 강한 그들의 번식력에 나는 숨이 막혀. 그때마다 네가 기대고 있는 벽에 구멍이 뚫리고 쇠붙이가 방안으로 밀고 들어오더라. 넌 소스라치게 놀라 짐승의 발톱을 피하려 들지만 그놈은 기어이 네 팔다리를 붙잡아 갈가리 찢어 놓지. 그 다음엔 너의 머리통이 허공으로 떠다녀. 이리저리 피해 보지만 방이 너무 좁아 도망칠 수 없어. 결국 그놈의 손아귀에 붙잡혀 외마디 소리와 함께 뼛조각으로 부서져. 잘 익은 수

박이 짓밟혀 터지듯 퍽, 뇌수가 으깨져 나오고 붉은 피가 온 방바닥에 뿌려지면 이내 바람소리가 들려. 쉭! 악마가 들어왔던 구멍으로 먼지와 함께 너의 모든 것이 빨려 나가지.

카르멘의 빈자리에 오빠의 흔들리는 시선이 머물 때마다 나는 네게 또다시 본능을 선사해. 사랑하는 남편과 아이를 함께 안고서 잠으로 빠져 드는 아늑함. 거부할 수 없는 유혹일거야.

그냥 낳을까. 하지만 몸뚱이 셋을 눕힐 방 한 칸 마련할 형편이 안 되는데…. 너는 또다시 흔들려. 탁한 물속처럼 눈앞이 흐리고 어지러워지면 불현듯 엄마 얼굴이 해파리처럼 수면으로 떠올라. 네가 기를 능력이나 되고? 아이들 학원비가 얼마나 들어가는 줄 알기나 하니? 너는 또다시 목구멍이 좁아지며 눈밑이 뻐근해져. 악몽을 이겨 내며 다짐하던 네 의지가 허물어지고 있어. 나는 점점 힘이 빠지고.

상담실장이라는 턱살 두둑한 여자가 고막이 간지럽게 소곤거리자 너는 눈을 희번덕 치켜 올리더라. 그렇게 올랐어요? 몇 주째냐가 문제죠. 날짜가 지날수록 가격이 올라가니까 머뭇거리다간 큰일 치르게 되요. 다른 데 가 봐야 소용없어요. 이제는 특별한 경우가 아니면 해 주고 싶어도 못 해 줘요. 요즘 단속이 심해졌는데 모르셨어요? 몇 푼 벌자고 누가 의사 면허 내놓겠어요. 근친상간에 의한 임신이거나, 강간을 당한 경우라거나, 태아가 유전적 질병을 갖고 있다거나, 태아에게 옮을 전염병을 임신부가 갖고 있다거나, 그것도 아니면 임신의 지속이 엄마의 건강을 해치게 될 경우에라도 해당되어야 하는데…. 그 밖에는 모두가 불법이죠. 풍풍이는 숨도 안 쉬고 빠르게 실타래를 풀더군. 하루에도 수없이 반복하는 대사겠지. 한 호흡을 쉬더니 그녀가 매듭을 지었어. 잘 생각해 보시고 다시 오세요. 하지만 너무 미루면 안 되는 건 아시죠? 너는 재빨리 알아챘어. 단속 좋아하시네. 수술비만 부풀려 놓았군. 돌아 나오던 네가 얇은 지갑을 만지작거리며 내뱉듯 구시렁거렸고, 나는 드디어 안도의 한숨을 내쉬었지. 지옥에 다녀온 기분이었거든. 그녀의 마지막 말이 끈적거리는 땀에 섞여 네 귓등으로 천천히 흘러내렸지. 이런 변두리에 아직 산부인과 간판이 걸려 있다는 것도 축복이죠. 안 그래요?

내 캡슐은 벌써 16주가 되었어. 너는 눈에 띄게 허리가 굵어지고 체중도 늘었지. 몸이 둔해진다는 걸 확실히 느낄 거야. 다행히 이번엔 입덧이 심하지 않네. 신맛이 당기지 않니? 귤을 떠올리는군. 내가 네 입맛을 조종하는 거야. 내 캡슐에겐 비타민 C가 필요하니까. 난 마음이 급해. 이제 한 달 후면 배가 불러올 거야. 너도 태동을 느끼기 시작하면 별 수 없을 걸. 내가 더욱 모성애를 조장할 테니. 그땐 내가 승기를 잡는 거지. 용기를 내. 마음을 바꿔 제발….

한숨이 꼬리를 길게 말아 올릴 때쯤, 너의 휴대폰이 신음소리를 뱉더라. 이삿짐센터 사장이었어. 피아노를 옮기다… 계단에서 헛디디는 바람에… 그 밑에 깔려서…. 중환자실에 누워 있는 오빠는 응급 수술을 한 뒤라 비몽사몽이더군. 엑스선 사진에 나온 왼쪽 종아리의 복합 골절은 폭탄 맞은 상처 같았어. 날카로운 뼛조각들이 살 속을 파고들었더군. 산재보험을 들지 않아서… 계약직이라…. 구두 끝으로 실없이 대기실의 콘크리트 바닥만 문지르던 사장은 네가 알아듣기 힘든 변명을 늘어놓더라. 사장이 흰 봉투를 불쑥 내밀고 잰걸음으로 사라진 뒤 너는 비로소 상황을 파악했지. 수술비도 못 되는 돈을 받아 들고 멍하니 하늘만 올려다보았어. 먹구름이 어둡게 깔리며 네 곁으로 포위망을 좁히고 있었어. 굵은 비라도 사정없이 뿌려 대면 좋으련만.

망설임 끝에 찾아간 엄마가 손에서 물기를 털며 탈의실로 나오더군. 지쳐 보였어. 엄마, 아직 안 끝났어? 입가에 낀 버캐를 혀끝으로 돌려 핥으며 엄마는 평상 위로 털썩 무너졌어. 이젠 나도 늙었나 보다, 이 짓도 힘들어 못하겠다. 엄마가 길러 줄 수 있지? 너의 아랫배를 물끄러미 바라보던 엄마는 대답 대신 네 손목을 잡아 구내식당으로 이끌더라. 이번에도 미역국을 사 주더군. 엄마가 돌봐 주면… 내가 나가서 벌어야 되니까…. 너는 마른침을 삼키며 미적거리다 다시 말머리를 꺼냈는데. 나도 이제좀 쉬고 싶어. 다른 노인네들처럼 유람도 다니고. 너는 말을 잇지 못하고 고개를 가슴에 묻었어. 장 서방은 좀 어떠냐? 응 그저 그래. 엄마는 한참 동안 아무 말이 없었지. 기다려 봐. 잠시 후 엄마가 돌아왔는데. 그냥 병원 가아…, 고집 부리지 말고. 이거면 되겠니? 요즘은 벌이가좀 그래. 습진으로 짓무른 엄마 손에 노란 고무줄로 말아묶은 게 들려 있었어.

너의 무거워진 다리가 선뜻 올라갈 엄두를 내지 못하는군. 엘리베이터도 없는 5층이 까마득하겠지. 위를 올려다보렴. 허연 가루가 흩날리지. 첫눈이야. 주민들이 반쯤 빠져나간 구닥다리 아파트가 잿빛 하늘을 가로막았어. 불꺼진 창문들이 듬성듬성 빠져나간 노인의 이빨 같아. 먼지 앉은 피아노가 주인을 기다리는 창문이 아스라하지. 곧 비워 줘야 할 그 방은 오늘따라 아득하게 멀고. 너는 도리질을 해. 불현듯 눈앞으로 회백색 물체가 휙 지나가는군. 소리가 들리지 않았다면 그것이 고양이라는 걸 알 수 없었을 거야. 본능에 충실하던 카르멘인가. 벽이 뚫리는 공포를 너와 공유하던 녀석이 너를 알아봤는지도 몰라. 카르멘! 불러도 돌아보지 않네. 너는 아파트 계단을 오르는 대신, 녀석의 뒤를 따라 바로 옆 다세대 주택으로 부어오른 발을 담근다. 빨간 페인트로 X자가 그어진 녹슨 철대문과 군데군데 무너진 담벼락이 하릴없이 칼바람을 부둥켜안는군. 철거가 시작된 벽에서 삐져나온 녹슨 철근들이 붉은 액즙을 피처럼 흘려. 속곳을 풀어헤친 폐허가 너를 맞고. 너는 잡동사니들이 널브러진 좁은 계단을 밟지. 게슴츠레한 가로등 빛이 네 그림자를 좇아 올라온다. 유리 잃은 새시 창틀이 커튼 쪼가리를 붙들고 활개를 치는군. 축축한 공기가 뺨에 벌레처럼 들어붙고. 음습한 구석엔 휴대용 가스통이 나뒹구는데 아이들이 두고 간 본드가 쥐어짜다 남은 채 그대로야. 길 위에서 말라 가는 짐승의 내장으로 구더기가 모이듯, 버려진 건물 속으로는 퀭한 눈의 아이들이 파고드는 법. 네겐 그곳이 낯설지 않아. 본드를 흡입하며 현실을 잊으려 애쓰던 시절이 네 눈앞에 돗자리처럼 펼쳐지는군. 너는 오토바이 타는 아이들과 이런 곳에 왔었지. 희망 없는 하루를 너는 그렇게 마취시켰어. 그 시절 새 생명을 지키느라 내 형은 처절하게 싸웠는데….

　지금의 나도 힘겹게 투쟁해. 너는 주저앉아 울음을 터뜨리지. 내 형을 버린 그날처럼. 이제 그런 건 잊어 버려. 뿌옇게 얼룩지는 그 시절의 흔적에서 눈을 떼지 못하는 네게 나는 서둘러 호르몬을 분비시킨다. 입덧이 느껴지니? 이제라도 제발 마음을 돌려 줘. 게슴츠레 눈을 뜨는군. 온 세상이 하얗지? 눈에 덮인 것인지 꿈을 꾸는 것인지 너의 머릿속도 하얀 재가 되고. 옥상으로 통하는 계단은 어둠으로 가득 채워져 있어. 천천히 움직이는 은빛 고양이의 뒤를 이어 조막만 한 물체들이 꼬물꼬물 어둠 속으로 스며드네. 와아, 새끼들이야. 드디어 성공했구나. 그들은 생명의 역사를 배반하지 않아. 배신은 오직 인간의 이기심에서 지성의 탈을 쓰고 흘러나올 뿐.

그새 눈은 그쳤다. 구름 사이로 하얀 이를 드러낸 별들이 겨울 속으로 한 뼘씩 더 빠져 든다. 별들이 꼬리를 흔들며 음표로 바뀐다. 반딧불처럼 비행하던 음표들이 줄지어 네 머릿속으로 들어와 오선지에 내려앉는다. 어디선가 피아노의 익숙한 멜로디가 안단테로 흐른다. 두리번거리던 너는 고개를 젓는다. 네 안의 울림인지도. 초음파 모니터에서 나의 캡슐을 만나고 돌아온 저녁, 아득한 어둠을 손끝으로 더듬어 한 점 빛으로 이끌던 슈만의 트로이메라이. 오빠의 선율이 거실 소파에 비스듬히 누운 네 몸을 어루만질 때 너는 스르르 눈을 감았다. 그 눈으로 지금 네가 운다. 후렴으로 정적이 흐른다.

너는 이윽고 몸을 일으킨다. 부어오른 정강이로 겨우 체중을 버틴다. 축축한 땀 위로 소름이 돋는다. 어금니를 악무는 진저리. 너의 결심이 뺨을 타고 떨어져 바닥에 고인다. 인간의 의지가 본능을 밟고 일어선다.

안 돼!

명령이 더 이상 먹히지 않는다. 이번엔 내 둥지가 부서

지려나. 억만 년을 이어온 여행이 끝나 가고 있다. 제값을 못 한 내 이름도 거꾸로 돌려 놓고 싶다. D.N.A. 〈끝〉

앤드(AND)

상사화

더 많이 사랑하는 자가 더 많이 마시게 되는 독약.
그에게도 사랑은 고통이었다.

상사화

부질없는 기억들이 제멋대로 질주하다 전화벨 소리에 멈춰 섰다. 요양 병원 업무를 맡고 있는 김 회계사였다.

"의사가 또 그만뒀습니다. 겨우 석 달 만에요. 급하게 구하느라 힘들었는데…. 그 사람은 월급도 두 달분이나 못 받고 나갔어요."

내가 사직한 뒤에도 이사장이 자꾸만 병원 돈을 빼돌린다는 거였다. 나도 오래전부터 눈치는 채고 있었다. 이번에도 그는 사기 혐의로 고소를 당했다. 요양 병원을 지어 의사들에게 팔아넘기며 재미를 보려던 게 화근이었다. 전에도 그는 내게 지금의 요양 병원을 인수할 생각 없냐고 떠본 적 있었다. 그런 돈이 있으면 내가 이런 곳에서 월급쟁이 의사를 하고 있겠느냐고 핀잔을 주고는 화제를 바꿨다.

김 회계사는 이사장이 부도를 내고 도피 중이라고 했다. 보나마나 운영 자금은 바닥이 드러났을 터, 이런 와중에 새로 들어올 의사도 없을 테니 원장 없는 병원은 문을 닫겠지. 그렇다면 중국에서 온 간병인 여자들의 밀린 봉급은 어떻게 되는가. 코를 찌르는 악취를 견디며 밤낮없이 노인들의 똥오줌을 받아 내던 사람들 아닌가. 그들은 이제 어디로 가야 하나. 아직 목숨이 붙어 있는 중증 치매 노인들을 어떻게 하나. 개중에는 가족이 발길을 끊은 사람들도 있는데…. 보호자들로부터 1년 치 입원비를 미리 당겨 둔 환자들도 열 명이 넘는다. 대폭 할인해 주겠다는 이사장의 유혹에 귀가 솔깃해진 탓이었다. 다른 병원으로 옮기기도 쉽지 않은 축이다.

환자들의 장애 등급을 높이는 과정에도 이사장이 개입했었다. 건강보험공단에 진료비를 과잉 청구하는 불법도 그는 서슴지 않았다. 그런데 이런 일들이 모두 내 면허증이 걸려 있던 시기에 벌어지지 않았나. 병원 서류들이 원장 명의로 발급되므로 보호자들은 나에게 소송을 걸어 올 것이다. 그렇다면 모든 법적 책임에서 나 역시 자유로울 수 없다. 이사장과 공범으로 몰린다면 나도 사기꾼이 되는 건가. 눈앞이 캄캄해졌다. 지금 내가 꿈을 꾸는 것이기를…. 김 회계사와의 통화가 끝나기 무섭게 기억의 곳간이 열렸다. 전부터 마뜩찮던 이사장의 행동이 벌레들처럼 기어 나왔다.

병원 측에서는 노인들이 채소밭을 일구는 것을 모른 척했다. 장기 입원한 노인 환자들의 무료함을 달래 주고 소일거리를 만들어 주기 위한 배려라고는 하지만 그들 덕분에 병원 측으로서는 부식비를 아끼는 효과가 짭짤했다. 작년 가을처럼 김장용 배추가 금값이었을 때도 배추뿐 아니라 고추와 생강 마늘 대파까지 뒷마당에서 조달되었다. 김장이 끝나자 이사장은 한 차례 파티를 열어 주는 것으로 답례를 대신하며 생색을 냈다. 어차피 토요일마다 정기적으로 열리는 행사라 특별할 것도 없었지만 그걸 따지고 드는 노인은 없었다. 자원봉사자의 색소폰 뽕짝 가락에 맞춰 춤을 추는 것으로 정산은 끝낸 셈이었다. 규정에 어긋나는 막걸리도 이날만은 허용되었다. 주방에서 잔술을 팔았으니 무료는 아니었다. 노인들은 각자 병실 어디쯤엔가 숨겨뒀던 쌈짓돈들을 꺼냈다. 노래방 기기의 반주에 맞춰 노래라도 흥얼거리는 사람은 이미 정해져 있었다. 치매가 없고 비교적 젊은 축에 속하는 환자 서너 명이 돌아가며 마이크를 잡았다. 수백 번도 더 부르던 지정곡들이 오래된 녹음기 돌리듯 반복됐다. 이윽고 마이크를 넘겨받은 김 노인이 '굳세어라 금순아'를 열창했다. 황 노인은 그때쯤이면 슬그머니 자리를 떴다. 그는 밭으로 나가 먼 산을 바라보거나 더 이상 뽑을 것도 없는 배추밭의 잡초를 뒤적거렸다.

작년 이맘때부터 병원 이사장이 경찰에 불려 가 조사를 받고 있다는 소문이 돌았다. 주방에서 일하는 여자들의 표정이 어두웠다. 식자재 비용마저 제때 지급되지 않는 모양이었다. 연회장의 색소폰 소리에 감춰진 직원들의 눈빛이 불안했다. 월급을 제때 받고 있던 나는 굳이 아는 체하지 않았다. 그때만 해도 그의 사업상 문제는 주로 병원 밖에서 발생했다. 김 회계사의 귀띔에 따르면, 이사장은 이미 밭이나 잡종지 등의 허름한 땅을 사들여 병원 부지로 용도 변경하고 보건복지부의 지원금으로 건물을 지어 가며 돈맛을 보았던 터였다. 개업해서 망한 전력이 있던 나는 그의 사업 수완이 은근히 부럽기도 했다. 내게 돈이 남아 있었다면 아마도 그의 투자 권유에 응했을지도 모른다. 내가 빈털터리라는 것을 알게 된 그가 내 의사 친구들을 소개해 달라고 했었다. 투자자들을 소개해 주면 섭섭지 않게 따로 감사 표시를 하겠다며 끈적거리는 웃음을 흘렸다. 내 머릿속에는 거래를 붙여 볼 만한 동료 의사가 얼핏 떠오르지 않았다. 실패한 나를 누가 믿어 주겠나 싶어 알아보지 않은 게 천만다행이었다. 이사장은 동시에 세 군데의 병원을 짓고 있었고 한꺼번에 투자자를 구하려니 애를 먹는 모양이었다.

"저 양반 저러다 일 내지 않겠어요?"

내가 눈을 맞추자 김 회계사는 긍정도 부정도 아닌 애매하고 어색한 표정으로 웃어넘겼다. 의뢰인에 대한 업무상 비밀 유지 때문에 부담을 느끼는 것 같았다. 한 층씩 올라갈 때마다 시행자가 건축비를 줘야 하는데 그 일정에 차질이 생기면 파이낸싱에 의존하는 건설회사가 부도나게 되어 있다는 알쏭달쏭한 말만 했다.

설마 여기까지 닥치겠어. 내가 근무하는 동안에는 병원이 이름값을 하겠지. 간간이 갈매기가 날아와 끼룩거릴 뿐, 바닷가에 자리 잡은 축복 요양 병원은 밤이고 낮이고 그곳에 그대로 있었다.

첫 출근부터 네비게이션이 나를 실망시켰다. 요양 병원은 4차선 도로에서 한참이나 벗어나 있었다. 시멘트 포장이 논배미 틈으로 하얀 뱀처럼 휘어졌다. 막 능선을 올랐을 때 바퀴에서 자갈 비벼지는 소리가 들리더니 건물 하나가 솟아오르듯 앞을 막았다. 영락없는 언덕 위 하얀 집이었다. 바다 쪽에서 바라보이는 3층짜리 콘크리트 건물의 첫인상은 유럽의 고성을 서툴게 흉내 낸 시골 예식장이었다.

진입로 끝에 연결된 둥글넓적한 바윗덩이 간판이 건물 규모에 어울리지 않게 우람했다. 축복 요양 병원이라는 붓글씨체가 선명했다. 내 키 두 배쯤이나 되게 새겨 넣은 병원 이름이 왠지 촌스럽다는 느낌을 뒤로하고 앞마당에 들어섰다.

입구가 동쪽으로 나 있는 현관문을 열고 소독약 냄새가 다가오는 방향으로 걸음을 옮겼다. 원장실은 안내 데스크와 연결된 행정실을 지나 우측 복도로 스무 걸음 정도를 찍으면 나오는 진료실을 겸한 공간이었다. 안에서 간호사실과 통하는 문을 열자 낯익은 물건이 구석에 놓여 있었다. 교대 근무자가 눈을 붙일 수 있는 철제 간이침대. 그 위에서 전임자가 선잠으로 뒤척였을 하얀 시트가 침대

한쪽에 뭉쳐져 있고, 한 뼘쯤 열린 창틈으로 넘어온 빛줄기가 중간이 움푹 꺼진 베개를 무대 조명처럼 비추고 있었다.

머리카락 몇 올이 붙은 베개 위로 시선을 얹으며 침대 모서리에 걸터앉았다. 나사 이음매에서 삐걱거리는 마찰음이 들렸다. 한밤중에도 곤한 잠을 결코 허락하지 않던 인턴 숙소와 별반 다를 게 없었다.

고달픈 인턴 생활을 뒤로하고 나는 소아과 레지던트를 지원했다. 교통사고 환자를 수용하는 정형외과와 달리 소아과 의원엔 통상 입원실이 없어도 되므로 개업을 해도 야간 근무에서 자유로울 것이었다. 수술 많은 산부인과나 외과처럼 괜히 골치 아픈 분쟁에 시달릴 가능성도 적었다. 성형외과나 피부과, 안과, 이비인후과는 경쟁률이 높았지만 소아과엔 지원자가 드물었다. 소심한 내 성격에 그만이었다.

그러나 잘못 끼워진 단추였다. 이렇게 급속히 영유아 인구가 감소할 줄은 몰랐다. 농어촌에서 아이들이 사라지더니 요즘엔 군(郡) 단위에도 산부인과 없는 곳이 널렸다. 내가 첫 개업을 한 분당 지역은 동네 아이들 숫자에 비해 소아과 전문의가 너무 많았다.

나는 진료 과목에 내과를 슬그머니 추가했고 간판도 그렇게 걸었다. 불법은 아니었다. 하지만 오래 지나지 않아 근처의 내과 전문의에게 밀렸다. 감기 환자들도 옆 건물 2층의 이비인후과를 주로 찾았다. 게다가 붙임성 없는 나는 무뚝뚝한 의사라는 소문에 시달려야 했다.

학교 다닐 때 성적이 나보다 한참이나 아래였던 친구들도 개업의가 되어 성공 가도를 달렸다. 그들 중 몇은 술자리에서 비법을 전수했다. 나와 환자 수는 비슷한데도 그들은 국민건강보험공단에 청구하는 액수가 훨씬 많았다. 요령이 있다고 했다. 과잉 청구의 유혹은 달콤했다. 사무장을 부추겨 그들 흉내를 내기도 했지만 융통성 부족한 내겐 편법이 어울리지 않았다. 목에 생선가시 걸린 느낌이었고 더 이상 출근이 즐겁지 않았다. 제약회사 외상값과 직원들 월급날은 없는 집구석 제사 돌아오듯 했다. 슬슬 적자가 누적되었다. 그냥 마음 편하게 월급쟁이 의사를 하는 게 낫겠다는 생각이 자주 들었다.

고민이 깊어지던 중 매력적인 정보가 들어왔다. 괜찮은 자리가 나왔다는 거였다. 안산 공단 주변 대단지 아파트 상가에 대학 선배가 하는 내과인데 선배는 더 크게 건물을 지어 시내 중심부로 옮긴다고 했다. 돈 좀 벌었다는 소문이 사실인 듯했다.

내 결정은 오래 걸리지 않았다. 모험하지 마라는 아내를 겨우 설득했다. 자존심을 회복하고 싶었다. 나름의 계산은 있었다. 단골 환자들이 모두 선배를 따라가지는 않을 거라는 믿음이었다. 수요는 충분했다. 공단 주변엔 젊은 부부들이 많아 아이들도 바글대는 법이니까. 마침내 그곳으로 옮겨 재개업을 했다. 진단 기계들도 바꾸고 실내 인테리어에도 제법 신경을 썼다. 1년이 지나 자리를 잡아 가나 싶었다. 그대로 3년만 지속하면 개업 때 진 빚은 모두 갚을 수 있을 것 같았다. 그러던 중 문제는 엉뚱한 데서 불거졌다. 건물주가 느닷없이 찾아왔다.

"권리금은 임대인이 책임 안 지는 거 아시죠?"

임대차계약서에 도장 찍을 때 그가 지나가듯 던진 말이 기억의 덮개를 뚫고 올라왔다. 시설에 큰 돈 들이지 마라던…. 그때 눈치 챘어야 했다. 그가 임대 기간을 1년으로 계약해 준 것이 께름칙했었다.

기간이 만료되자 그는 건물을 비워 달라고 했다. 치과 의사가 된 아들이 그 장소에서 개업한다는 거였다. 법정 한도를 넘는 임대료 탓에 소규모 임차인에 해당되지 않는 나를 상가임대차보호법도 지켜 주지 못했다. 노인 환자들을 확보하려고 무리하게 물리 치료실까지 만들어 백 평도 넘게 규모를 키운 게 화근이었다. 내게 자리를 넘긴 선배는 이 사실을 미리 짐작하고 뜨거운 감자를 돌렸는지도 몰랐다. 선심 쓰듯 권리금을 깎아 준 선배가 더 이상 고맙지 않았다.

나는 비굴할 정도로 건물주에게 사정을 했다. 며칠 전에 먹은 밥알이 곤두서서 올라오는 기분이었다. 겨우 6개월의 말미를 받아 냈지만 폐업 절차를 밟는 데도 부족한 시간이었다. 다시는 개업하고 싶지 않았다. 내과 진료를 겸할 욕심에 리스로 들여 놓은 내시경, 초음파 등 각종 진단 기기들을 되팔았지만 반값도 못 건졌다. 몇 번 사용도 못 해 본 물리 치료 기계들도 싸구려 중고 취급을 받았다.

빚을 다 갚지 못하자 의료기 회사들의 태도가 돌변했다. 날마다 드나들며 굽실거리던 판매 담당자는 자취를 감췄고 내가 살던 집으로 가압류가 들어왔다. 분양받고 입주할 때 끌어들인 근저당이 있었고, 개업 초기에 담보 대출을 한 차례 더 받은 아파트라 의료기 회사는 3순위 채권자였다. 근처의 거래 은행 지점장은 점심 먹자는 제의를 거절했다. 벌써 소문을 들은 성싶었다. 일주일 전만해도 먼저 식사를 청하던 사람이었다. 다음 날 다시 찾아갔지만 창구 여직원으로부터 지점장님은 출타 중이라는 소리만 들었다. 내 집을 경매시장에 넘길 분위기였다. 목구멍이 매캐하고 옆구리가 시려왔다.

희망의 향기였던 소독약 냄새가 좌절의 악취가 될 줄이야. 잔뜩 부풀었던 개업의 꿈을 접은 뒤로 몇 달이 속절없이 지나갔다. 도둑맞은 사람처럼 멍한 상태였다. 가깝게 지내던 동료 의사들과도 연락을 끊었다. 그들 사이에서 나는 의료 사고를 내고 도피 중인 자가 된 모양이었다. 억울한 소문이었지만 진원지를 알 수 없으면 가라앉히기도 쉽지 않은 법, 눈 내릴 때는 마당을 쓸지 않는 게 좋다는 말을 위안 삼아 나는 두문불출했다. 무위도식이 길어지던 중, 병원 세무를 맡아 주었던 김 회계사가 찾아왔다.

"화성에 있는 요양 병원에 원장 자리가 났는데…, 취직 어때요? 머리도 식힐 겸…."

내 상황을 누구보다 잘 알고 있는 그가 돈이 급하지 않느냐고 단도직입적으로 묻지 않는 게 고마웠다. 그가 한마디를 덧붙였다.

"의사가 할 일이 별로 없는 곳이에요."

"걸어 둘 면허증이 필요하다는 거죠?"

"뭐 꼭 그런 건 아니구요, 흐흐."

그렇다면 법인의 형태만 갖춰 놓고 의료인 자격이 없는 사무장이 전권을 휘두르겠지. 그런 곳이라면 의사가 존재감을 찾긴 어렵겠고 응급 환자가 생겨도 구급차에 태워 큰 병원 응급실로 이송하면 그만이었다. 위치도 문제였다. 바닷가 외진 곳이라 출퇴근이 불편해 의사들이 기피했을 것이었다.

김 회계사는 직원용 기숙사가 병원 안에 있다고 했다. 나중에 알고 보니 별도의 기숙사라기보다는 그저 비어 있는 병실이었다. 거기에는 간병인으로 부리는 조선족 여자들이 기거하고 있었다. 숙식이 제공되는 셈이니 낯선 땅에 머물며 짧은 기간에 돈 벌어 갈 요량인 그녀들에게는 괜찮은 취직자리였다.

실없는 웃음이 나왔다. 노인들을 돌보는 요양 병원에 소아과 의사라니. 하지만 달리 선택의 여지가 없었다. 말아먹은 병원의 대출 이자를 원금에 덧붙여 갚아야 하는 날짜는 매달 천형처럼 찾아오고, 미국에 나가 있는 가족은 여전히 내게 손을 벌리고 있었다. 생각해 보니 김 회계사에게 줄 기장 수수료도 밀려 있었다. 하지만 그가 단지 그걸 받아 내려고 내게 취업을 알선한 것으로는 믿고 싶지 않았다.

그즈음 요양 병원에 대한 일반인들의 기호도 바뀌고 있었다. 자식들은 더 이상 요양 병원 주변의 풍광만을 보고 부모를 입원시키지 않았다. 공기 좋고 물 좋은 곳보다는 가족의 방문 편의가 우선이었다. 흙 한번 밟아 볼 수 없는데도 주거지와 가까운 시내 중심부 병원으로 환자들이 몰렸다.

서울에서 한참이나 떨어진 화성의 요양 병원에서는 병실을 채우자면 입원비를 깎아 줄 수밖에 없었다. 줄어드는 예산에 의사도 박봉을 감수해야 했다. 구인의 손길이 돌고 돌아 결국 나에게까지 온 이유였다. 얼굴 좀 보자는 이사장의 제안을 무시하고 나는 그냥 보건소 신고용 서류만 팩스로 보냈다. 취직이 안 될 수도 있었지만 더 이상 초라해지긴 싫었다.

첫 출근에 면접을 보았다. 나는 여기저기 둘러본 뒤에 행정실 문을 두드렸다. 복도에서 마주친 여직원이 누굴 찾아오셨냐고 물었지만 나는 멋쩍은 목례로 대답을 대신했다. 오십대 후반의 사무장 겸 이사장은 행정실장이라고 적힌 명함을 내밀었다. M자 형으로 벗겨진 이마 위의 검버섯이 도드라져 보였다. 그는 와이셔츠 단추를 튕겨 낼 것 같은 뱃살 위로 비릿한 웃음을 흘리며 계란 노른자와 잣을 띄운 쌍화차를 내게 권했다.

"먼 길에 출퇴근하지 마시고 웬만하면 여기서 편히 지내시죠."

1인실로 쓰는 병실 하나를 내 숙소로 바꿔 놓겠다는 뜻이었다. 내가 홀아비 신세가 된 걸 이미 알고 있는 듯도 했다. 하지만 나는 그 뒤로도 분당에서의 출퇴근을 고집했다. 근무 시간 이후에도 환자들에게 신경 써야 하는 환경을 피하고 싶었다. 한번 들어가면 평생을 촌구석에서 썩을 것 같은 느낌도 싫었다.

하지만 서서히 적응이 되었고 집에 돌아와도 반겨 줄 이 없는 나는 비번인 토요일까지 머물기도 했다. 하루 8시간씩 주 5일로 정한 근무 수칙이 무의미해지고 있었다. 비가 추적추적 내릴 때는 차를 몰고 좁은 농로를 빠져나오기가 귀찮았다. 그런 날에는 선창가 마을을 어슬렁거리며 선술집에서 낮술을 걸치거나, 바닷가 성긴 소나무 밭을 산책하다 돌아와 원장실에 처박혀 인터넷을 뒤적거리며 시간을 보냈다.

심심할 때 둘러본 병원 구조는 이랬다. 1층 현관에서 좌측으로 꺾어 물리 치료실을 지나면 넓은 자동문이 보인다. 양옆으로 열리는 문의 뒤쪽이 연회장을 겸한 식당이다. 서향 언덕을 계단식으로 깎아 만든 건물이라 비품 창고와 보일러실 등이 있는 아래층도 동쪽 면만 지하다. 엘리베이터를 타고 2층으로 올라가면 병실들이 즐비하게 나타난다. 거기엔 치매가 아니거나 치매라 해도 대소변은 가릴 정도의 환자들이 머문다.

병실은 현관을 중심으로 좌우측 복도를 따라 남녀를 구분한다. 3층엔 정신병동을 연상시키는 중환자실이 있다. 특별한 경우가 아니면 사람들은 계단을 이용하지 않는다. 3층 환자들이 몰래 내려올까 봐 계단으로 통하는 철문은 늘 잠겨 있다. 엘리베이터에도 잠금 장치가 있다. 비밀번호를 아는 직원과 동행하지 않으면 3층에는 아무도 올라가지 못한다. 그곳 환자들은 감옥처럼 갇혀 지내기도 하거니와 한번 올라가면 살아서 내려오는 이가 없다는 점도 3층을 꺼리게 한다.

있는 자와 없는 자의 거리는 죽음을 앞두고도 쉽사리 좁혀지지 않았다. 증상이 심하더라도 여력이 되는 환자들은 여전히 2층 병실을 이용했다. 그들 중 몇은 개인적으로 웃돈을 주고 간병인을 상시로 대기시켰다. 나는 퇴근하기 귀찮은 날에 이용하려고 빈방을 하나 확보했는데 3층 복도 끝에 붙은 1인용 병실이었다. 다행히 거기까지는 중환자실의 어두운 그림자가 다가오지 않았다. 툭 터진 창문 너머로 나를 위한 바다가 줌인되었다. 남서향으로 난 창문 덕에 햇살이 방 안에 오래 머물렀다. 원하기만 하면 거기서도 무심하게 사라지는 황혼을 우울증이 올 때까지 즐겨도 무방했다. 내게는 이 병원의 이름과 어울리는 유일한 공간이었다.

열쇠를 가진 나는 계단을 통해 나만의 공간으로 올라가곤 했다. 아무도 마주치지 않아 좋았다. 엘리베이터 문이 3층에서 열릴 때마다 좀비처럼 덤벼드는 죽음의 냄새를 피할 수 있는 건 덤이었다.

중증 치매환자들의 죽어 가는 몸뚱이에서 빠져나오는 악취는 배설물과 섞여 뱃멀미보다 더한 구토를 유발했다. 소독약과 방향제를 뿌려 대도 소용이 없었다. 어린 아이들의 작은 몸만 만지던 소아과 의사에게 찌를 듯 파고드는 군둥내는 견디기 힘든 고문이었다. 아침저녁으로 3층 회진이 끝날 때마다 나는 가운을 벗어 진료실 바깥 복도에 놓인 세탁물 바구니에 슬그머니 던졌다. 처음 1년이 그렇게 지나갔다.

"영은이를 어떻게 할 거예요?"

사흘 전, 예고 없이 귀국한 아내가 집으로 들이닥쳤다. 김 회계사와 긴 통화를 하고 나서 빈속을 쓴 커피로 달래던 참이었다.

"미국에 송금하려면 집세라도 아껴야 할 거 아니냐고요."

분당에서 화성까지 출퇴근이 불편할 테니 원룸을 비워주고 아예 요양 병원으로 들어가 숙식을 해결하는 게 어떠냐는 제안이었다. 아내는 제 딴에 나의 편의를 생각해주는 모양새를 갖추려 했다. 나는 진즉에 요양 병원을 때려치우고 나왔다는 말을 하지 않았다. 그래 봐야 한심한 눈빛이 되돌아올 게 빤했다. 그녀는 지나치게 침착했다. 방 안에 냉기가 돌았다. 쿨럭쿨럭 가래를 뽑아 올리는 내 몰골을 보고도 그녀는 눈을 내리깔고 또박또박 제 하고 싶은 말만 했다. 내가 석 달째 생활비를 보내지 못한 탓이려니 했다.

아내에게는 입버릇처럼 외우고 다니는 목표가 있었다. 영은이만은 사립 초등학교에 보내야 한다는 것이었다. 아마도 그 자신의 어린 날 충격을 잊지 못하는 것 같았다. 사업에 실패한 장인이 미아리의 사립 초등학교에 다니던 딸을 느닷없이 공립으로 전학시켰다는 이야기를 나는 열 번도 더 들었다. 나는 사립학교가 왜 더 좋은지 몰랐지만 굳이 아내에게 따지지 않았다. 서툴게 시시비비를 가리려다가는 쩨쩨한 아비로 몰리기 십상이었다.

연이어 개업에 실패하고 생활비 문제로 크게 다툰 다음 날, 아내가 딸아이를 데리고 미국으로 가겠다는 통보를 했다. 특별히 상의랄 것도 없었다. 모녀를 출국시킨 날은 온종일 방구석에 처박혀 독한 술만 빈속에 부어 댔다. 그러면서도 한편으론 뿌듯했다. 자식의 장래를 위해 유학을 보내 준 아비가 되지 않았나.

문득 야릇한 충동이 내 의식의 모서리를 뚫고 꽃대처럼 올라왔다. 이물감의 정체는 또 다른 나였고 거부할 수 없는 힘이었다. 놈은 내 몸 안에서 주인 노릇하며 나를 옥

죄고 있었다. 놈은 폭군이었다. 놈은 자식을 위해 희생하며 즐거움을 느끼도록 부모의 감정을 유도했고 나도 예외는 아니었다. 어떤 희생도 감수할 수 있을 것 같았다. 매일 아침 수사마귀가 되어 일을 나갔다. 암컷이 나를 게걸스럽게 먹어 치워도 거룩한 오르가슴이 있었다. 내 몸은 자식이 어미 몸속에서 부화될 때까지의 영양분으로 사용될 것이었다.

아내는 좀처럼 돌아오지 않았다. 영은이가 현지에 적응하면 곧 돌아오겠다는 약속은 허무했다. 나는 졸지에 기러기 아빠가 됐다. 그 뒤로 이사장의 눈치를 보며 휴가를 내어 뉴욕을 한 차례 다녀왔다. 딸아이가 보고 싶어 견딜 수 없었다. 돌아오는 날 공항에서 아이가 내 품에 안겼다. 작은 어깨가 힘없이 들썩거렸다. 개찰구를 지나 비행기를 타러 들어가기 전, 아이는 머리 위로 손을 올려 하트 표시를 했다. 아이의 눈 주위가 붉었다. 나도 더 이상 뒤를 돌아볼 수 없었다.

그게 벌써 3년 전이었다. 떠날 때 초등학교 4학년이었던 아이는 이제 고등학교 입학을 앞두고 있다. 요즘은 겨우 한 달에 한 번쯤 화상 채팅을 한다. 얼굴이 길어지고 제법 처녀티가 난다. 키도 160cm 가까이 자랐다고 했다.

학교 일로 바쁘단다. 전화기를 쥔 아이는 더 이상 울먹이지 않는다.

　내가 잠시 머뭇거리자 아내가 누런 봉투를 내밀었다. 합의 이혼 서류였다. 그녀가 돌아가자 머릿속이 복잡해지고 갑자기 열이 오르더니 기침이 더 심해졌다. 나는 개도 안 걸린다는 여름 감기로 열흘 넘게 골골대며 가을 속으로 빨려 들어가는 중이었다. 지끈거리던 머리가 비몽사몽 방 안을 떠다니는가 싶더니 몸뚱이가 바닥으로 꺼져 내렸다. 기침으로 복근이 반사적으로 조여졌고 그때마다 통증이 뒷목으로 뻗쳤다.

　벽에 비스듬하게 세워 둔 거울 속에서 볼살 빠진 사내가 퀭한 눈으로 나를 노려보고 있었다. 발라먹다 남은 족발 뼈다귀와 함께 며칠 동안 방바닥에서 뒹구는 소주병이 영락없이 내 몰골이었다. 어디서 나왔는지 모를 개미들이 더듬이를 흔들어 대며 일회용 스티로폼 용기 안으로 들어와 허락도 없이 내 안주를 조금씩 뜯어갔다. 기침 소리에 스스로 놀라 깨는 불면의 밤이 이어졌다. 몸을 움직이기도 힘들다 보니 원룸 공간의 반을 차지한 침대 옆으로 제 갈 길을 찾지 못한 휴지 덩어리들이 너저분하게 굴러다녔다.

　최소한의 조치라도 취하지 않으면 여러 날 고생할 성싶었다. 길 건너 내과 의원을 찾았다. 약을 구하자면 현직 의사의 처방전이 필요하므로 일을 그만둔 내게는 어쩔 수 없는 노릇이었다. 한숨도 못 잔 얼굴이 대기실 거울 속에서 푸석했다. 나보다 5, 6년 쯤 후배로 보이는 의사는 다행히도 나를 알아보지 못했다. 환자 한 명당 채 2분이 허락되지 않았고 눈도 제대로 맞춰 주지 않는 진찰이었다. 자존심이 상했지만 싫은 내색을 하지 못했다. 어차피 나도 그렇게 벌어먹고 살던 처지라. 의사에게 청하여 진해 거담제 암부록솔 주사를 맞았다. 다리에 기운이 없었다. 계단을 내려오며 잠시 벽을 짚고 멈춰 섰다. 내가 그동안 내 환자들에게 얼마나 소홀했는지 생각했다. 그리고는 몇 사람의 얼굴이 카메라의 필름처럼 기억의 망막에 스쳤다.

　채소밭 길 양편으로 자줏빛 꽃망울이 흩뿌려져 있던 날, 나는 순임을 처음 보았다. 그해 여름은 유난히도 더웠고 나이 든 환자들이 8월의 끝자락을 힘겹게 버티고 있었다. 나는 50명을 밑도는 입원 환자들의 얼굴을 겨우 익히는 중이었다. 마지못해 요양 병원 일을 시작한 나는 회진 시간이 아니면 좀처럼 진료실을 떠나지 않았다. 새로 들어온 의사가 표정 관리에 소극적이라는 소문이 돌 만도 했다.

하지만 그날은 달랐다. 밖에서 귀에 익은 음악 소리가 들렸다. 교회 봉사 동아리였다. 그들은 식당에 노인들을 모아놓고 노래를 부르고 악기도 연주했다. 그날 내 귀에 들어온 멜로디는 모차르트의 클라리넷 협주곡이었다. 영화 '아웃 오브 아프리카'가 떠올랐다. 홍학의 무리가 바람을 타고 초원 위 창공으로 날아오르며 분홍색 구름 띠를 만들었다.

앙상블 팀의 연주에 끌려 식당 겸 연회장으로 들어선 내 시선을 낯선 여자의 뒷모습이 붙잡았다. 휠체어 등받침 손잡이를 잡은 손이 고왔다. 파란 물방울무늬가 새겨진 흰색 원피스가 하얀 손과 잘 어울렸다. 근무 시간이 아니어서 나는 평상복 차림이었다. 옆에 서 있던 수간호사가 그녀를 소개했다. 그녀가 자기 어머니의 상태에 대해 물었고 나는 그녀를 원장실로 안내하여 커피를 대접했다. 아담한 키와 가지런한 치아를 가진 그녀 이름은 순임이었다. 소순임. 삼십대 중반에 접어들었을까. 자태가 싱그러웠다.

"아침마다 일하러 나가는 처지라 어머니를 집에 혼자 둘 수 없었어요."

나는 고개를 끄덕여 그녀에게 눈을 맞춰 주었다.

"이제는 저를 못 알아보시는 것 같아요."

어머니 병세가 자신 탓인 양 그녀가 얼굴을 붉히며 눈을 내리깔았다.

보호자 앞에서 치매 환자의 예후에 대해 말해 줄 때마다 나는 곤혹스러웠다. 진행을 늦춰 볼 수는 있어도 회복이 불가능한 병을 의사인들 어쩌겠는가. 그녀는 토요일마다 거르지 않고 어머니를 찾았다. 그러고는 점심과 저녁을 자신의 손으로 직접 떠먹였다.

내가 축복 요양 병원에 취직하기 전부터 시작된 순임의 병원 방문은 어머니가 세상을 하직한 뒤로도 이어졌다. 방문 대상이 임 여사로 바뀌었을 뿐 그녀의 태도에는 변함이 없었다. 임 여사는 순임의 어머니가 세상을 떠날 때까지 1년 가까이 병실을 같이 쓰던 환자였다.

임 여사와 같은 테이블에서 식사를 하는 황 노인은 병원 복도가 울리도록 기침을 달고 살았다. 노인성 해수 증상이라 뾰족한 대책도 세워 줄 수 없었다. 잠시 고통을 줄여 주는 대중요법 정도가 내가 해 줄 수 있는 전부였다. 그는 언제나 말이 없었다. 새벽이면 더욱 심해지는 기침 소리가 그의 존재를 대신했다.

내가 출근하는 시간이면 그는 이미 뒤뜰에 쪼그려 앉아 밭을 매고 있었다. 언제나 그는 아침 햇볕이 비스듬히 스며드는 병동의 뒤꼍에서 하루를 시작했다. 양지바른 곳에 앉으면 기침이 덜 나온다고 했다. 황 노인이 잠시 호미질을 멈추고 땀을 닦을 때쯤이면 어김없이 김 노인이 임 여사의 손을 잡고 밭으로 나왔다. 김 노인이 잡초를 뽑으면 임 여사는 아이들처럼 흙장난을 했다.

두 남자는 자기들보다 열 살쯤은 밑으로 보이는 그녀를 꼬박꼬박 임 여사로 불렀다. 직원들은 세 사람을 전생에 오누이였을 거라고 했다. 간병인 여자들은 뒤에서 킥킥대며 그들이 삼각관계일 거라고 수군거렸다. 세 사람이 밭고랑 한쪽에 자리를 잡으면, 불그레한 저녁놀이 그들을 껴안고 한 폭의 그림으로 사라질 때까지 끝 모를 이야기들이 텃밭을 채웠다. 보온 물통에 담아 간 차를 모두 비우고 일어난 자리에는 짓이겨진 초록색 비린내가 맴돌곤 했다.

입성이 단정하고 화장이 깔끔한 임 여사는 붙임성이 좋

아 들어오자마자 스스로 말벗을 찾아다녔다. 가끔은 횡설수설하고 수다스러웠지만 황 노인과 김 노인 사이에서 눈치 빠른 매파처럼 처신했다. 식사 시간에도 그녀는 두 노인의 시중을 곧잘 들었다. 김 노인은 임 여사의 손을 잡고 다녔고, 황 노인도 그녀가 입에 넣어 주는 반찬을 더이상 거절하지 않았다. 두 남자 사이에도 웃음이 늘었고 그들은 보디가드처럼 임 여사의 주변을 맴돌았다.

임 여사를 병실에 들여보내고 나오던 저녁, 내 진료실 문을 두드리는 사람이 있었다. 순임이었다. 그녀는 몹시 쑥스러운 표정으로 한참을 머뭇거리더니 내게 비아그라를 구해 달라고 했다. 누가 사용할 건지는 묻지 말아 달라는 간곡한 부탁과 함께. 온갖 상상이 오갔지만 약을 구해 주면서도 용법에 관해서만 자세히 설명했을 뿐 그녀의 바람대로 나는 더 이상 묻지 않았다.

하지만 시간이 흐르면서 잦아들 줄 알았던 궁금증은 내 안에서 뗄 수 없는 혹이 되었다. 그 약이 생각나면 곧바로 순임이 떠올랐다. 그녀에게 남자가 생겼나. 나는 도리질을 했다. 그녀의 남자가 사용할 거였다면 굳이 그녀가 나서서 내게 부탁할 리가 있나. 쑥스러운 듯 붉히던 그녀의 얼굴이 그려질 때마다 그 약을 내가 먹기라도 한 듯 가슴이 벅차올랐다. 식욕이 없어졌고 굶어도 배가 고프지 않았다. 분명 위장병은 아니었다.

해가 바뀌고, 정원에는 햇살을 움켜쥔 개나리가 아쉬운 계절을 노랗게 버티고 있었다. 볕은 제법 따뜻하고 밭에도 초록 잎사귀들이 얼굴을 내밀기 시작했다. 짝이 안 맞는 슬리퍼를 신고 맨발로 나온 임 여사는 흙속에서 찾아 낸 지렁이를 입에 넣고 오물거렸다. 세상의 걱정을 모두 잊은 표정이었다. 그녀는 앞니로 반쯤 잘라 낸 지렁이를 황 노인의 입에도 넣어 주려고 했다. 지렁이의 뭉개진 허리에서 흙 묻은 누런 체액이 진물처럼 삐져나왔다. 내가 급히 달려갔다. 뺨을 눌러 입을 벌리게 하고 이물질을 꺼내자 임 여사는 막대사탕을 빼앗긴 아이마냥 울기 시작했다. 눈물 섞인 처량한 곡조에 곁에 선 두 노인이 쓸쓸한 눈길을 주고받았다.

요양 병원 입원 환자의 대부분은 알츠하이머 등 치매성 질환을 앓고 있었다. 일흔 일곱인 김 노인과 그보다 한 살 위인 황 노인은 드문 예외였다. 얼굴이 희고 큰 키에 마른 체형인 황 노인에 비해 김 노인은 가무잡잡한 피부에 젊었을 때 씨름이라도 했을 법한 체구였다. 고혈압 환자임을 한눈에 알아볼 만큼 살집 있는 김 노인은 술이라도 마신 양 늘 홍안이었다. 같이 늙어 가는 처지에 무슨 호형호제냐며 황 노인이 손사래를 치는 바람에 둘은 속 편한 말동무가 되었다.

김 노인은 말수 적은 황 노인 앞에서 자식들을 자주 원망했다. 아들만 둘이라고 했다가 가끔은 딸을 셋이나 두었다고도 했다. 두 아들을 대학까지 보낸 것은 그에게도 자랑거리였다. 회한인지 자랑인지 모를 그의 하소연을 들어 줄 때는 나도 제법 인내심을 발휘해야 했다.

그는 사당동에서 공터를 얻어 고물상을 운영했었다. 지하철 4호선이 과천으로 연장되면서 동네가 재개발되어 공터에 아파트가 들어서고 고물상은 밀려났다. 이렇다 할 벌이도 없던 그는 셋방 보증금을 빼 요양 병원에 들어왔다. 진단명은 알콜성 치매였다. 나이가 들면서 부쩍 심해진 건망증이 요양 등급 판정을 받을 때 도움이 되었다. 국가에서 관리하는 건강보험 혜택을 받고는 있지만 매월 60만 원씩 따로 내야 하는 본인 부담금이 그에게는 비싼 하숙비였다. 병원으로 그를 방문하는 자식은 없었다. 그가 첩살림을 차렸을 때 이미 본처가 낳은 자식들은 남이 되었다고 했다.

"딸만 내리 셋을 낳고는 울 엄니한테 구박을 많이 당했지. 결국 마누라가 제 발로 시앗을 찾아 나섰어."

그는 본처를 마누라라고 부르고 첩을 그년이라고 불렀다. 두 집 살림이 벅차다는 핑계로 김 노인은 본처의 딸들을 거의 돌보지 않았다고 했다. 그가 잠시 말을 멈추고 입꼬리를 씰룩거렸다.

"참 복도 없는 마누라여. 겨우 딸 하나를 시집보내고 눈이 멀었어."

그에게서 들은 증상을 종합해 보았다. 아마도 첫째 부인은 영양실조로 병을 얻어 죽은 듯했다. 오죽하면 딸들에게 절대로 아버지를 찾지 말라는 유언을 했겠나.

"그저 그놈들에게 애빈 돈이나 벌어다 주는 머슴이더라고. 아들놈들 하고 야반도주한 뒤에 내겐 연락을 끊었지 뭔가. 30년 넘게 살 붙이고 살던 그년이 말이여."

그의 두 아들은 술버릇이 고약하고 제 어미에게 주먹이나 휘두르는 아버지를 존경할 수 없었나 보았다. 호적에 번듯한 자식들이 다섯씩이나 있는 김 노인은 무의탁 노인이 아니어서 의료 보호 대상자가 될 수도 없었다. 걸핏하면 돈 떨어질 때까지만 살겠다던 그였다.

통 말이 없던 황 노인이 내게 입을 연 것은 텃밭에서였다. 내가 화분에 흙을 담고 화초를 가꾸기 시작하면서 나를 대하는 그의 태도가 달라졌다. 농사라면 어린 시절 시골 학교에서 단체로 모내기에 동원된 기억이 전부였던 나도 봄볕은 좋았다. 흙 만지는 일은 아침 회진 이후로 길게 늘어지는 대낮의 무료함을 달래기에도 적당했다.

어깨가 구부정하고 살집이 없는 황 노인에게 곡괭이질은 무리였다. 그가 연장을 내리칠 때마다 삼두박근 아래로 주름 잡힌 살가죽이 힘없이 출렁거렸다. 현관 앞마당 양편에 채송화를 심고 나니 딱히 할 일도 없던 차에 운동 삼아 내가 괭이를 들고 밭고랑을 내줬다. 해가 뒷산을 타고 넘어갈 무렵이면 황 노인의 굽은 어깨가 더욱 허허로워 보였다.

나는 그에게 방문자가 없는 이유가 궁금했다. 여름이 세 번 지나고 함께 흘린 땀이 대여섯 되쯤 되어서야 오래전 내가 물었던 질문에 대한 대답이 돌아왔다. 그가 내게 개인사를 털어놓은 건 사진처럼 박혀 버린 인상적인 사건이 있은 다음부터다. 짐작컨대 그 일로 인하여 그는 내게 인간적 신뢰를 갖기 시작한 듯하다.

그 일이 있던 날 나는 퇴근을 포기했다. 브람스의 중저음 심포니가 어울릴 만한 먹구름의 질감을 핑계 삼았다. 날이 어둑해지면서 온종일 추적거리던 비가 그쳤다. 나는 병원에서 묵을 요량으로 선창 포구 횟집에서 얼큰해질 때까지 시간을 죽이다 3층 숙소로 올라갔다. 중환자들의 배설물을 치우고 새 기저귀로 갈아 주는 요양보호사들의 마지막 야간 업무도 끝난 시각이었다.

분명 무슨 소리를 들은 듯했다. 기괴한 느낌에 청각이 더욱 날을 세웠다. 개가 끙끙대는 듯도 하고 사람의 짧은 신음소리 같기도 했다. 하지만 개가 3층까지 올라왔을 리 없었다. 그렇다고 별일이야 있겠나. 근무 시간도 아니고 비상벨이 울린 것도 아니어서 신경을 껐다. 자칫 엉뚱한 호기심이 발동하면 야심한 밤중에 퀴퀴한 냄새가 진동하는 중환자실 쪽으로 발걸음을 옮겨야 될지도 몰랐다.

어느새 구름이 걷히고 숨 막히게 밝은 달빛이 복도의 창틀 위로 넘실대고 있었다. 잠시 후 소리가 다시 들려왔다. 귀를 세워 보니 숨을 쉬다 급히 멈추는, 며칠 전에도 복도 어디쯤에서 들리던 바로 그 소리였다. 복도의 창문은 모두 닫혀 있었고 바닷바람 섞인 오월의 밤공기가 어깨를 움츠리게 했다. 밖에서 짐승이나 외부인이 들어온 흔적은 없었다. 내 방문에 막 열쇠를 꽂는데 복도 반대쪽에서 인기척이 났다.

미등을 켜 놓은 복도 바닥에 드리워진 그림자는 당직 간호사의 것이 아니었다. 구부정한 어깨선으로 보아 50m쯤 되는 거리에서도 나는 그가 누군지 알 수 있었다. 2층에 있어야 할 사람이 어떻게 올라왔는지….

그의 발끝이 다가선 병실 문이 스르르 열렸다. 지켜보던 나는 고양이처럼 그쪽으로 걸음을 옮겼다. 그러고는 임 여사 병실의 닫힌 문 앞에서 동작을 멈췄다. 지렁이 사건으로 임 여사는 3층으로 옮겨졌고 그로부터 며칠 뒤 룸메이트가 먼저 세상을 떠나 이젠 임 여사 혼자 지키는 2인실이었다.

나는 출입문 옆으로 몸을 숨겼다. 복도 미등이 안쪽을 비추는 창문 모서리에 눈만 빠끔히 걸치고 나는 한참동안 안을 들여다보았다. 침대머리에 켜 둔 상아색 전등 빛과 달의 은은하고 교교한 에너지가 적당한 비율로 엉기며 하얀 시트를 노랗게 물들였다.

황 노인이 침대 곁으로 바투 당긴 보조 의자에 말없이 앉아 임 여사의 손을 꼬옥 쥐고 있었다. 잠시 후 임 여사가 이불 한쪽을 들어 올리자 황 노인은 파자마를 벗고 그녀의 침대 위로 올라갔다. 늙은 사내의 깡마른 허벅지가 눈에 들어왔다. 젊음이 빠져나간 엉덩이의 푸석해진 가죽이 겹주름을 만들며 상체를 지탱해 주고 있었다. 모로 누운 그가 임 여사에게 팔베개를 해 주며 그녀의 머리칼을 정성스럽게 쓸어내렸다.

당황스런 쪽은 오히려 나였다. 그는 해수 기침을 참기 위해 두꺼운 수건을 말아 자신의 입을 막고 머리 뒤로 묶었다. 강도에게 결박당한 인질의 모습이었다. 기침을 참느라 얼굴이 벌겋게 상기되면서도 그는 여인에게서 한시도 눈을 떼지 않았다. 나는 잠시의 혼란을 뒤로하고 발을 돌렸다.

다음 날 텃밭에서 만난 그의 눈빛은 내가 비밀을 지켜주기를 간절히 원하고 있었다. 복도를 오가는 내 발자국 소리를 그가 들은 것 같았다. 그는 내게 뭔가 할 이야기가 있다는 듯 머뭇거리다 한숨을 쉬고 돌아섰다. 나는 뭔가 그럴듯한 말로 그를 위로해 주고 싶었지만 그러지 못했다. '어르신, 괜찮습니다'라거나 그것도 아니면 건달들처럼 90도 각도로 허리를 꺾으며 '제가 책임질 테니 걱정 마십시오, 형님!' 최소한 이렇게라도 말해 주고 싶었다. 숫기 없는 나는 돌아서는 그의 등만 안타깝게 바라보았다.

나는 여전히 모른 체했고 우리는 그 일에 대해 서로 언급을 피했다. 그 뒤로도 나는 3층에서 두 차례나 더 그런 광경을 목격했다. 어쩌면 그가 원하던 비밀 유지의 대상은 병원 직원들보다는 김 노인이 아닐까 싶기도 했다. 황 노인에겐 유난히 김 노인의 시선을 의식할 만한 사건이 있었다.

임 여사가 아직 환자들끼리의 왕래가 자유로운 2층 병실을 사용하고 있을 때였다. 점심시간, 김 노인이 불쾌해진 얼굴로 식당 문을 쾅 차고 들어왔다. 가을볕에 고추들이 붉어진 채마밭에서도 며칠째 그를 볼 수 없었던 터라 그의 등장은 갑작스러웠다. 모든 시선이 그에게 몰렸다. 그가 턱을 치켜들고 잠시 두리번거렸다. 코를 벌름거리며 눈을 부릅뜬 모양이 주사를 부리려고 날 받아 놓은 사람 같았다. 이내 목표물을 찾은 그는 황 노인과 임 여사가 마주 앉은 둥근 테이블로 어기적거리며 다가가 모서리를 양손으로 덜컥 짚었다.

"이봐 내가 모를 줄 알어? 내 눈은 못 속인다고!"

된소리를 내지르는 그의 목줄기에서 혈관이 터질 듯 꿈

틀거렸다. 그가 오른손으로 식탁보를 움켜쥐고 홱 잡아당겼다. 스테인리스의 금속음이 진동했다. 일순간 식당 안에 냉기가 돌았다. 두 개의 식판 위에 있던 밥과 반찬이 바닥으로 쏟아졌다. 숟가락과 포크가 노란 띠로 풀린 계란말이 위에서 아무렇게나 뒹굴었다. 예사롭지 않다고 느꼈는지 한쪽에서 식사를 하던 직원들도 표정이 굳어졌다.

"어젯밤에도 그 방에 기어들었지?"

"김 형! 진정하라고 여기서 이럴 문제가 아니잖아."

황 노인이 연신 앉으라는 손짓을 했다. 그럴수록 김 노인이 주먹을 위아래로 흔들며 언성을 높였다.

"아니긴 뭐가 아니여."

"이 영감태기가 왜 남의 사생활에 간섭이야?"

이번엔 임 여사가 나섰다.

"뭐 남의 사생활? 그럼 난 뭐여?"

난감한 듯 황 노인이 밖으로 나가자며 김 노인의 팔을 잡았다. 붙잡힌 손을 뿌리친 김 노인이 황 노인을 따라나서려는 임 여사에게 다가서며 냅다 소리를 질렀다.

"그래 붙어먹을 놈이 없어서 빨갱이 새끼랑 붙어먹어?"

나는 그 순간 황 노인의 두 눈을 빠져나오는 살기를 보았다. 빠른 동작이 허공을 가르는가 싶더니 퍽, 하고 둔탁한 소리가 들렸다. 쇠망치로 벽을 치는 소리 같기도 하고 장작이 쪼개지는 듯도 했다.

"어이쿠!"

음식이 흩어진 바닥 위로 김 노인이 벌렁 드러누웠다. 황 노인의 오른 주먹이 부르르 떨었다. 목표물에 모지락스럽게 꽂히는 도끼의 형상이었다. 그걸로 충분했다. 엎어진 플라스틱 컵에서 왈칵 빠져나온 물이 모노륨 바닥에 흥건하게 영역을 넓혔고 김 노인이 눈두덩을 두 손으로 막으며 그 위를 굴렀다. 구석 테이블에서 밥을 먹던 내가 달려갔고 간호사 하나가 응급 처치를 도왔다. 김 노인의 눈 밑이 흉하게 찢겨 있었다. 나는 서둘러 지혈하고 일곱 바늘을 꿰맸다.

그 뒤로 한동안 김 노인은 두 사람과 같은 테이블을 사용하지 않았다. 씩씩거리면서도 황 노인을 슬슬 피했고, 임 여사는 두 남자 사이를 오가며 화해시키려 애썼다. 그녀는 황 노인보다 오히려 김 노인과 더 많은 시간을 가지려는 듯 보였다. 그녀가 먼저 김 노인의 손을 잡고 산책을 나가자고 권하기도 했다. 아이를 달래는 엄마 같았다.

김 노인의 관자놀이에서 부기가 내리고 눈 주위의 멍이 사라질 때쯤 그녀가 애쓴 보람이 나타났다. 마지못해 응하는 척했지만 김 노인의 얼굴에 화색이 돌았다. 둘이서 산책을 나갈 때는 당번 간호사가 불안한 눈빛으로 김 노인에게 보디가드 노릇을 신신당부했고, 김 노인은 과장된 몸짓으로 직원들을 안심시켰다. 내 눈에는, 임 여사에 대한 김 노인의 배려가 여전히 황 노인을 견제하려는 행동으로 보였다.

목소리가 쩌렁쩌렁한 김 노인이 그녀를 찾을 때는 우스꽝스런 표정으로 '내 애인 못 봤어?' 하는 식이었지만 병원 식구 중에 그걸로 구설수를 만드는 사람은 없었다. 알 만한 사람은 다 알게 된 상황에서 더 이상 새삼스러운 얘깃거리가 되지 못했다. 황 노인도 그저 저 사람의 스타일이려니 하는 것 같았다. 그가 굳이 김 노인에게 싫은 내색을 하지는 않았으므로 그 후로 두 남자가 다투는 상황은 볼 수 없었다. 설령 그런 게 있더라도 사려 깊은 황 노인이 피했을 것이었다.

아침 식사를 마친 임 여사가 김 노인의 손을 끌고 바닷가 산보를 나간 날, 김 노인이 당황한 얼굴로 혼자서 헐레

벌떡 돌아왔다. 점심시간이라 모두들 두 사람을 찾던 중이었다. 황 노인과 담당 간병인이 놀라 뛰어나갔고 해질녘이 되어서야 황 노인의 손에 이끌려 임 여사가 돌아왔다.

초저녁 바닷바람에 길을 잃고 긴장이 겹쳤는지 그녀는 오들오들 떨고 있었다. 마을버스 종점이 있는 선창 부두에서 집에 가겠다고 버티는 그녀를 달래느라 황 노인이 무척 애를 먹었다고 했다. 헝클어진 머리카락에 안개비가 맺혀 있었다. 물기 머금은 바닷바람을 견디기엔 오전에 입고 나간 원피스 한 장이 얇아 보였다. 그녀의 귀밑 주름에 모래알처럼 소름이 돋아 있었다. 김 노인이 변명을 하려다 슬그머니 눈을 깔았고 황 노인은 굳은 표정으로 말을 아꼈다. 병실에 눕힌 임 여사의 몸이 불덩이였다. 드러누운 그녀의 방을 두 노인이 수도 없이 드나들었다. 얼마가 지났을까. 날을 세우던 두 남자 사이의 긴장이 저녁 바다의 썰물과 함께 빠져나가고 있었다. 김 노인은 다시 텃밭에 나와 황 노인의 가을걷이를 도왔다.

병동의 후면을 끼고 돌면 스무 걸음쯤 되는 오솔길이 나타난다. 황 노인은 텃밭으로 들어가는 그 길을 따라 양옆으로 화초를 심었다. 여름으로 접어들면서 볕이 잘 드는 곳에서부터 이파리들이 거뭇거뭇 갈색으로 말라 가고 있었다. 활처럼 길게 휘어진 이파리들은 난초를 닮았으면서도 끝이 둥그스름했다.

"조만간 저 위로 꽃대가 올라올 거요."
"이대로 말라 죽는 건 아닌가요?"

고개를 갸우뚱하며 내가 묻자 그는 멀리 언덕 너머를 응시하며 대답했다.

"아니오. 잎이 사라진 뒤에만 피는 꽃이오. 이파리는 자기가 키워 낸 꽃을 만나지도 못하고 먼저 떠나야 하는 운명이지요."

황 노인은 자식 같은 나이의 내게도 꼬박꼬박 말을 높였다. 사석에서는 괜찮다고 해도 여전히 말투를 바꾸지 않았다. 이윽고 그의 입에서 오래된 기억들이 긴 한숨에 밀려 나왔다.

"유신 시절 대일 무역을 하던 고향 친구가 평양에 다녀왔어요. 조총련을 통해서였지요. 검거된 뒤 고문을 못 이겨 내 이름을 대는 바람에 나는 영문도 모르고 빨갱이가 됐어요."

그의 이마에 깊이 파인 주름 사이로 황금빛 저녁 공기

가 스며들었다. 후우, 그는 말을 멈추고 자주 한숨을 쉬었다. 그는 퇴근길에 어디론가 끌려가서 다짜고짜 매질부터 당했다.

"야전 침대 각목으로 며칠을 맞았는지 정신이 몽롱하고 온몸에서 모든 감각이 빠져나갔어요. 피멍 든 허벅지를 다시 때리면 짓무른 살이 터지더라고요."

"······."

"매 자국에 피가 엉겨 붙고 온몸이 부어올랐어요. 바지가 꽉 끼어서 갈아입을 때는 면도칼로 찢어야 했지요."

내 가슴으로 묵직한 압박감이 밀려들었다. 자백을 강요당하던 그는 없는 사실이라도 만들어야 했을 것이다. 사형 선고 대신 20년 형을 받은 것을 그나마 다행으로 여겨야 할 듯싶었다.

"한 여름 후텁지근한 감옥은 실내 온도가 40도까지 올라갔지요. 짭조름한 땀방울로 바닥이 흥건해져요. 자고 나면 욕탕에서 나온 것처럼 피부가 허옇게 부풀더군요."

그는 수시로 끌려가 전향을 강요받았다고 했다. 늦장가 들어 젖먹이 딸을 둔 서른일곱 살 샐러리맨에게는 전향할 사상이나 신념이 애초에 없었다. 굳이 있었다면 어서 돈을 모아 지겨운 셋방살이를 면해 보려는 결심 정도였다.

"아이를 업고 면회 와서 울던 여자가 가족을 잊어 달라더군요."

황 노인이 말을 잇지 못하고 서쪽 하늘을 올려다보았다. 갈매기가 줄을 지어 자기들만의 세상을 날고 있었다.

그로부터 한 달 남짓 지났을까. 에어컨 실외기가 텃밭 쪽으로 후끈한 열기를 뿜어 대던 날이었다. 나는 그의 말이 맞았다는 것을 알 수 있었다. 정말 이파리가 모두 말라 떨어지고 그 위로 어느새 두 자나 됨직한 꽃대가 올라왔다. 끝에는 분홍 바탕에 보랏빛을 띤 꽃송이들이 어린아이 주먹만큼씩 뭉쳐서 피기 시작했다.

"꽃과 잎은 영영 만날 수 없으니 상사병이 나겠지요."

그의 말끝에 잠시 무거운 침묵이 매달렸다.

"혈연의 이파리가 떨어져야 참된 인연의 꽃이 피더군요."

"……."

황 노인은 그것을 상사화라고 불렀다. 단단하게 맺힌 한이 분홍 꽃잎에 내려와 핏빛 점으로 찍히는가 싶었다.

남쪽에 서식한다는 상사화가 그곳에서도 자라는 것은 북풍을 막아주는 언덕과 볕 잘 드는 환경 때문이었다. 그는 화훼에 대해서도 해박한 지식을 갖고 있었다. 그와 이야기를 나누는 과정에서 내 지식이 틀렸다는 것도 알게 되었다.

대학 시절 고창으로 의료 봉사를 간 김에 구경삼아 다녀온 선운사 입구에는 상사화로 불리는 꽃들이 흐드러져 있었다. 새빨간 그 꽃들은 상사화가 아니라 일본이 원산지인 꽃무릇이었다. 생김새와 잎이 지고 난 뒤에 꽃이 오는 생육 조건이 닮아서 사람들이 같은 이름으로 부를 뿐이었다.

"이 꽃의 줄기와 뿌리에 독이 있지요. 절간에서는 즙을 짜서 단청이나 탱화에 발라요. 그림이 변하지 않게 방부제 역할을 해요."

내 귀에는 변질되지 않는 사랑을 위해 그 꽃을 가꾼다는 말로 들렸다.

모든 사랑에는 독성이 있다. 독이란 적절하게 사용하면 약이 되지만 그렇지 못하면 목숨을 앗아간다. 사랑한다는 것은 독을 마시는 행위다. 더 많이 사랑하는 자가 더 많이 마시게 되는 독약. 그에게도 사랑은 고통이었다. 출소 후 수소문하여 찾아간 딸이 아버지를 못 알아보더라지. 그가 눈을 질끈 감았다.

"외가에 얹혀 살던 아이는 몸집도 왜소하고 잔뜩 주눅이 들어 있었어요. 빨갱이 가족으로 숨어 살아온 세월이 너무 길었던 탓이었지요. 선거철만 되면 아이의 외삼촌마저 끌려가 고초를 당했다는 소문이 들리더군요."

식당 일을 나간다는 아내가 딸을 시집이라도 보내고 싶으면 두 번 다시 찾아오지 마라고 손사래 쳤을 때 황 노인은 자신의 존재를 재확인했다고 했다. 자식과 손 한번 잡아 보지 못하고 그길로 헤어졌다는 노인의 눈꼬리에 물기가 괴었다.

임 여사 방엔 온통 딸 사진이 있었다. 사진들은 그녀가 침대에 누워서도 고개만 돌리면 볼 수 있게 한쪽 벽을 하트 모양으로 촘촘히 그리고 있었다. 주로 초등학교부터 대학을 졸업할 때까지 무대에 서서 꽃다발을 받거나 피아노를 연주하는 사진들이었다. 그 속에서 웃고 있는 딸은 행복해 보였다. 한국에 한번 다녀간다던 딸은 아직도 오지 않았다. 임 여사는 멀어져 간 딸 이야기를 하며 내 앞에서 자주 울었다.

"살기 바쁜가 보다 했지만 섭섭한 마음이 자꾸 들었어요. 그럴 때마다 전화를 걸어 잔소리를 했지요. 엄마 생일도 잊어 버렸냐고 야단도 치고요. 널 어떻게 키웠는데 그럴 수 있냐고 하니까 제발 나 좀 내버려두라며 소리를 지르더니…, 그러고는 소식이 없네요."

딸이 아예 전화번호를 바꾼 것 같다는 임 여사 말에 은근히 겁이 난 쪽은 오히려 나였다. 요즘 부쩍 영은과의 대화가 힘들어졌다. 문자 메시지를 보내 놓고 온종일 기다리다 무반응에 지친 나는 카톡으로 다시 신호를 보내 본다. 이쪽 소식은 묻지도 않는 것까지 일일 보고를 하지만 아이는 그마저 귀찮아하는 것 같다. 나는 '응', '아니' 정도의 반응에 만족한다. 사춘기 탓이려니.

"내가 못난 어미요오."

임 여사가 다시 울음을 터뜨렸다. 나는 임 여사를 물끄러미 바라보며 염낭거미를 생각했다. 알에서 깨어난 새끼들은 어미의 살을 파먹는다. 거리낌이 없다. 어미는 고통을 느낄까. 순임이 말없이 다가와 임 여사의 등을 토닥거렸다. 임 여사는 누군가를 기다리는 듯 초점 잃은 눈을 창밖에 고정시키곤 했다.

황 노인의 텃밭에서 기른 가을배추로 김장을 두 차례 더 하는 동안 임 여사의 증상이 성큼 악화되었다. 3층 병실로 올라가고 창밖에 서리가 내리자 그녀는 종종 김 노인과 황 노인을 구별하지 못했다. 대소변도 가리지 못해 성인용 기저귀를 찼다. 자다가 침대에서 떨어져 머리를 다치자 야간 근무자가 임 여사의 손목을 침대 난간에 묶었다. 수간호사의 지시였다. 내가 말려도 소용없었다. 오십 줄에 앉은 수간호사는 병원의 초창기 멤버였고 병원 사정에 누구보다 밝았다. 팔뚝 굵은 그녀가 이사장에게는 입속 혀 같은 존재였다. 남자처럼 코밑이 거뭇하고 턱선이 애매한 그녀는 열 명도 넘는 원장님을 모셨노라고 제 자랑을 늘어 놓았다. 그 말이 내게는 '여기는 내가 알아서 할 테니 참견 마세요'로 들렸다.

내가 퇴근한 이후에는 의사인 나의 지시가 아예 먹히지 않았다. 또 낙상 사고가 나면 원장님이 책임지실 거냐고 따지고 드는 수간호사를 말리기도 곤혹스러웠다. 하긴,

습자지에 먹물 번지듯 이마의 멍이 눈밑까지 내려온 임여사의 얼굴을 보면서 나도 더 이상 우길 자신이 없었다. 간병인을 인건비 싸게 먹히는 조선족 여자들로 채워 나가는 것까지는 그렇다 치더라도 한 사람이 떠맡아야 할 환자 수가 너무 많았다. 피로가 누적된 간병인들이 야간 업무엔 소홀할 수밖에 없는 구조였다.

그녀들은 내가 고용된 의사라는 걸 알면서도 간간이 내 방에 찾아와 자신들의 처지를 호소했다. 그녀들 중엔 불법 체류자도 끼어 있을 터, 하지만 그건 내가 신경 쓸 문제가 아니었다. 신분상 제약이 있으므로 적은 인건비로 부리기 좋았을 것이고, 월급쟁이 의사가 이사장에게 그런 걸 따져 묻는 것도 주제넘은 일이었다. 그러다가 자칫 그의 경영 노하우에 시비를 거는 모양새로 비치면 내게도 좋을 건 없었다.

야무진 몸매에 크고 동그란 눈을 가진 간병인 하나가 내게 조목조목 따지고 들었다. 눈가의 자글자글한 주름은 어려서부터 고생깨나 한 흔적으로 보였다. 간병인들은 40대 중반의 그녀를 서 선생님이라 부르며 앞세웠다. 연길에 있는 중학교에서 화학을 가르쳤다고 순임이 귀띔해 주었다.

조리가 분명하고 아귀가 맞아떨어지는 서 선생의 말주변에 나도 변명거리가 궁했다. 자기들이 한국인보다 업무량이 많다는 것, 힘든 야간 조는 모두 자기들이 맡고 있다는 것, 그럼에도 월급은 한국 여자들이 더 많이 받는 현실과 급여가 제 날짜에 안 나올 때마다 자기들 몫이 맨 뒤로 미뤄지더라는 이야기까지 볼멘소리가 끝이 없었다.

자식들도 감당 못 하는 노인들을 떠맡고 있는데 보호자들은 돈을 낸다는 이유만으로 간병인들에게 애꿎은 소리를 퍼부었다. 어쩌다 한 번 찾아오는 자식일수록 불만도 많았다. 그도 그럴 것이, 노화나 치매로 고생하는 환자가 어떻게 흡족한 차도를 보여 줄 수 있겠나. 갈수록 악화되는 제 부모에 실망하는 건 당연한 수순이었다.

간병인들은 보호자가 현관에 들어오는 모습이 보이면 놀란 가슴으로 급히 환자들의 사타구니부터 더듬었다. 좀 전에 갈아 준 것도 금세 다시 젖기 일쑤였다. 소모품 좀 아껴 쓰자는 수간호사의 잔소리보다 보호자들의 짜증 섞인 불만이 그녀들을 더 힘들게 했다. 보호자들이 방문을 마치고 행정실에 들러 항의하고 가면 대부분의 뒷감당은 힘없는 간병인들에게 떨어졌다. 보호자들이 봉투라도 내미는 날엔 그녀들의 얼굴이 환해졌다. 휴게실 구석에

삼삼오오 모여 액수를 비교했다. 그녀들은 엄지에 침을 발라 가며 중국말로 숫자를 셌다. 나는 못 본 척했다. 현실 앞에서 규정은 무기력했다. 이미 그런 걸 꿰고 있을 이 사장은 급여를 미뤄도 그녀들이 당장 일을 그만두지 못할 거라고 여기는 듯했다.

"그놈의 돈이 웬수라, 우리는 싫은 내색도 섣불리 못 하는 걸 원장님이 더 잘 아시잖아요."

그녀가 원장의 책임을 강조하며 나를 확실히 엮어 넣었다. 더 지체하면 집단 시위라도 각오해야 할 판이었다. 다음 날 나는 출근하자마자 용기를 냈다.

"아이구, 우리 원장님이 어인 일로 제 방에 흐흐."

나의 굳은 표정 때문인지 이사장의 흐물흐물한 말투에 약간의 긴장이 끼어 있었다.

"야간 인력을 늘려 주셔야겠습니다."

나도 예산과 관련된 문제를 피하고 싶었지만 어쩔 수 없었다. 직원들의 불만은 근무 태만으로 이어지고 그로 인한 의료 사고는 모두 내 책임이었다. 소파에 비스듬히 앉아 있던 그가 재떨이에 담배를 비벼 껐다. 손가락에 신경질이 묻어 있었다. 그가 자신의 경험을 내세우며 내 입을 막았다.

"어허 원장님, 그런 건 조금도 걱정할 필요가 없어요."

돈 이야기라면 아예 꺼내지도 말라는 뜻이었다. 하지만 피멍으로 거무죽죽해진 임 여사 얼굴이 어른거려 도저히 물러설 수 없었다. 나를 해고시키기는 쉽지 않을 것이었다. 다른 의사를 구하기 어려운 조건이라는 것은 내게도 무기였다. 언성이 높아졌고 내가 그 자리를 반 시간쯤 더 버티고 나서야 이사장이 한 걸음 물러섰다.

분을 삭이지 못한 채 문을 열고 나오다 복도에서 쭈뼛거리는 황 노인과 마주쳤다. 어색한 침묵이 그와 나 사이의 좁은 공간에 끼어들었다. 눈빛만으로 그의 생각을 읽어 내기 어려웠다. 고소당하지 않은 걸 다행으로 알라는 무언의 경고 같기도 했다. 그도 그럴 것이 임 여사에게 깐깐한 보호자가 있다면 절대로 쉽게 넘어갈 문제가 아니었다. 하지만 그 후로도 환자들에 대한 처우는 개선되지 않았고 이사장은 여전히 사회복지학과 학생들의 자원봉사로 인건비를 절감하려고 했다.

치매가 진행되면 음식을 스스로 먹지 못하는 증상이 생긴다. 밥과 국물을 흘리는 환자에게 끼니마다 일일이 떠먹이는 것도 보통 일이 아니다. 임 여사에게도 그런 상황이 닥쳐왔다. 숟가락의 용도를 모르는 사람처럼 국이 다 식을 때까지 그저 멍하니 바라보기 일쑤였다. 그러다 갑자기 무슨 생각이 났는지 음식을 숟가락으로 찔러 보다가 젓가락으로 휘젓기도 하고 나중에는 손으로 주무르기를 반복했다. 그것이 먹을 것이라는 사실조차 잊은 듯했다. 식사 시간이 다른 환자들보다 길어졌고 먹는 양보다 흘리는 게 더 많았다. 상태가 심한 날은 먹던 국물로 세수도 했다. 식사 중에 자주 닦아 주지 않으면 얼굴에 묻은 음식이 각질로 굳어져 다시 씻어 줘야 했다. 식탁 주변에 떨어진 음식 찌꺼기나 흘린 국물을 닦아 내기도 여간 벅찬 일이 아니었다.

그녀는 흘린 음식을 손으로 쓸어 가며 식탁 위에 발라 놓았는데 스스로는 테이블을 치우고 닦는 행위로 여기는 듯했다. 여자 치매 환자에게서 대변을 방바닥이나 벽에 발라 놓는 증상이 자주 나타나는 것도 청소하던 습관 때문이었다. 임 여사한테 한시도 눈을 뗄 수가 없었다.

한 사람의 간병인이 여러 사람을 동시에 돌봐야 하니

이만저만 불편이 아니었다. 식사 시간만 돌아오면 임 여사를 맡은 서 선생이 특히 애를 먹었다. 지켜보던 그녀가 결국 숟가락을 빼앗았다. 차라리 떠먹여 주는 게 수월했다. 음식 메뉴도 바뀌었다. 임 여사의 식탁에서는 더 이상 국그릇을 볼 수 없었다. 국은 덜 흘리는 죽으로 대체됐다. 탈수증 예방을 위해 주스나 물을 자주 마시게 하지만 급작스럽게 병세가 기운 임 여사에겐 그것도 무리였다.

연하곤란(嚥下困難)*이 심해진 그녀 앞에 유리컵 대신 어린이집에서나 사용할 법한 노란 플라스틱 컵이 놓였다. 물을 반쯤 담아 빨대를 꽂아 주어도 사래가 들렸다. 넘기지 못한 액체를 폭죽처럼 뿜는 바람에 서 선생이 근무복을 자주 갈아입었다. 얼굴이 달아오른 임 여사가 가쁜 숨을 몰아쉬었고 서 선생은 동정과 짜증이 갈마드는 표정을 애써 누르고 있었다.

자연스럽게 순임은 병원에서 환영받는 방문객이자 자원봉사자가 되었다. 순임이 나타나면 간병인들은 비로소 숨을 돌렸다. 간병인들에게 반항하던 임 여사는 순임 앞에서 이내 순해졌다. 사람을 혼동하는 임 여사가 순임만

---

* 음식물을 삼키기 어려운 증상. 목이나 식도에 병변이 있을 때 나타나고 중추적으로는 뇌종양의 경우에도 볼 수 있다.

은 와락 반겼고 이따금씩 그녀를 딸의 이름으로 불렀다.

병원에서는 보통 일주일에 한 번 노인들에게 목욕을 시켰다. 임 여사의 목욕은 순임이 방문하는 날로 정해졌다. 순임이 수간호사와 언성을 높여 싸운 것도 목욕 때문이었다. 그것은 나에게도 예상 밖의 껄끄러운 사건이었다.

그날도 순임이 서 선생과 함께 임 여사를 욕실로 데려가려고 준비하고 있었다. 우선 침대 모서리에 환자의 상체를 세워 뜸을 들였다. 오래 누워 있던 사람이 현기증을 느끼지 않도록 유도하는 조치였다. 그런데 침대에서 내려온 사람이 평소 같지 않았다. 임 여사가 바닥에 풀썩 주저앉았다. 다행히 서 선생이 한쪽 팔을 부축하고 있어서 낙상은 면했지만 이상했다. 신경과 근육이 모두 빠져나간 듯 실에 매달린 꼭두각시마냥 다리가 풀려 있었다. 일주일 전까지만 해도 곁에서 팔을 붙잡아 주면 가까운 거리는 스스로 걸었고 식당이나 화장실 출입도 무난했다.

노인 환자들은 하루에 두 번씩 운동을 시키게 되어 있었다. 그러지 않으면 근육이 퇴화되고 그나마 운동 능력을 쉽게 상실한다. 치매 환자들은 더 심하다. 스스로 판단하지 못하니 누군가가 일부러 일으켜 주지 않으면 온종일 침대나 휠체어에 붙어 있는 일이 다반사다.

운동 능력을 잃으면 잔여 수명이 급속도로 준다. 환자들이 혼자서 돌아다니면 언제 무슨 사고가 생길지 모른다. 이를 염려한 병원 측에서 환자를 묶어 두기도 하는데 그러면 걷는 기능을 빠르게 상실한다. 치매 노인들은 일주일이면 족했다. 병원 입장에서 보자면 낙상 걱정을 덜게 되므로 오히려 환자 관리가 용이해진다. 순임이 그 속내를 모를 리 없었다.

서 선생이 난처한 표정으로 고개를 돌렸다. 임 여사를 침대나 휠체어에 온종일 묶어 둔 게 아닌지 따져 물었고, 서 선생은 하는 수 없다는 듯 고개를 끄덕이며 수간호사의 지시였다고 말했다. 순임이 곧바로 수간호사를 찾아갔다. 곧이어 간호사실에서 터져 나온 새된 소리가 나를 빠끔히 열린 문밖에 붙잡아 두었다.

"그렇게 하지 않으면 누군가는 환자를 24시간 감시하고 따라다녀야 하는데 당신이 인건비를 댈 거야?"

수간호사의 야박한 경제 논리에도 순임은 쉽게 물러서지 않았다.

"인력이 부족하면 보충할 생각을 해야지 어떻게 걸을

수 있는 사람을 주저앉히냐구요."

순임이 몰아붙이자 논쟁이 길어졌다.

"그렇게 걱정되면 날마다 와서 운동을 시키든가."

두 여자 사이의 공기가 터질 듯 팽팽했다. 문틈으로 비친 두 여자의 얼굴이 달아올라 있었다.

"우리도 병원 정책에 간섭하는 봉사자는 필요 없어."

수간호사가 본심을 드러냈다. '그럴 거면 오지 마라'는 말까지 뱉고 싶은 걸 겨우 참는 표정이었다. 돈 안 드는 자원봉사자를 적극 이용하려는 이사장의 뜻을 거스르면서까지 장기간 헌신해 온 순임을 내치기도 뭣한 노릇이었을 것이었다. 하지만 언중유골의 분위기로 보자면 순임은 이미 거기까지 들은 거나 마찬가지였다.

두 여자가 곧 엉겨 붙어 머리채라도 잡을 기세였다. 내가 싸움을 말리러 다가서자 순임이 곧바로 공격의 방향을 내 쪽으로 돌렸다. 그녀의 항의에 나는 적잖이 당황했다. 내가 무슨 할 말이 있으랴. 따지고 보면 모두 원장 책임이었다. 나는 미처 몰랐던 일이었지만 그런 사정을 사전에 알고 있어야 했다. 사람들이 모여들었고 나는 몹시 당혹스러웠다. 그녀의 손을 끌고 내 방으로 들어와 연방 고개를 주억거렸다. 재발 방지를 위해 내가 나서겠노라는 약속도 했다. 이사장과 또 부딪쳐야 하나 싶어 내가 심란한 표정을 짓고 있을 때 비로소 순임이 울음을 터뜨렸다.

"병을 고치는 곳에서 어떻게… 이럴… 수가…."

임 여사를 3층으로 옮길 때 내가 적극 반대하지 못했던 기억이 갑자기 떠올랐다. 풀지 못한 이삿짐마냥 방치해 둔 내 양심 한구석이 아릿했다. 고개를 들 수 없었다.

사실 임 여사는 그때까지만 해도 간단한 단어들을 주고받을 정도는 되었다. 치매가 진행되면 대개 최근의 기억부터 양파 껍질 벗겨지듯 차례차례 환자들의 두뇌를 탈출한다. 임 여사도 서리 맞은 나무 이파리 떨구듯 삶의 흔적들을 빠르게 벗겨 내고는 있었으나, 그렇다고 중환자실로 옮길 정도는 아니었다. 병실 안으로 볕이 깊숙이 들어올 때면 앞뒤 없는 옛 추억을 풀어 놓기도 했으므로.

내 판단으로는 몇 달쯤은 2층에 더 머물게 해도 될 것 같았지만 이사장이 굳이 3층으로 옮기자고 우겼다. 남아도는 3층 병실을 효과적으로 활용하고 비교적 활기가 도는 2층엔 신입 환자를 받아야 한다고 했다. 처음 들어오는 환자를 칙칙한 중환자 병동에 넣으면 보호자들이 싫어할 거라는 논리였다. 경영상의 관점에서 보면 그럴듯했다. 아무리 증상이 심해도 처음부터 3층으로 올라가려는 사람은 없으니까.

환자의 이익을 우선으로 하자는 내 주장은 허공을 자르는 그의 손짓 앞에서 공염불이 되었다. 내 주장을 수용하는 경우는 그가 손해 볼 게 없을 때뿐이었다. 그의 눈에는 내가 병원의 운영에는 책임감을 느끼지 않거나, 세상물정 어두운 순진한 사람 정도로 보이는 듯했다. 관리 의사에 불과한 나는 습관처럼 슬그머니 물러섰다.

"제가 운영하면 그렇게는 하지 않을 거예요. 이대로는 안 되겠어요."

내가 자책감을 슬그머니 밀어내는 동안 흥분을 가라앉힌 순임이 먼저 우울한 침묵을 깼다. 매우 차분한 어조였다. 무슨 결심을 하는 듯 그녀가 입술을 잘게 씹었다. 그녀가 문득 다른 사람으로 느껴졌다. 비록 가정법을 사용하긴 했으나 '제가 운영하면'이라는 표현과 그녀의 앙다문 입술이 내 머릿속을 한동안 맴돌았다.

며칠 후 이사장이 뜬금없이 내 방으로 찾아왔다.

"저어, 부탁 하나 합시다."

그는 이마에 잔뜩 주름을 잡으며 말문을 열었다.

"소순임이라고 잘 아시죠? 나를 고발하겠다는데 원장님이 좀 나서 줘야 하지 않겠어요?"

임 여사 건으로 순임이 이사장을 찾아간 모양이었다. 예상 밖이었다. 다소곳한 그녀가 이사장과 맞서다니. 이사장은 엎친 데 덮친 격이 되었다. 그렇잖아도 다른 사건들에 연루되어 경찰서를 드나드는 판국이었다.

"이게 어디 나 혼자 다칠 일입니까."

그가 나를 엮어 넣었다. 뚱한 표정이었다. '비열한 놈.' 나는 차마 뱉지 못한 감정을 안으로 삭였다. 그가 나간 뒤 나는 곧바로 순임에게 전화를 했다.

"의료 사곤데 고발하면 나도 깨지는 거 아닌가?"

"원장님은 잠자코 계세요. 따지고 들자면 이번 사고는 빙산의 일각이에요."

그녀는 물러나지 않을 기세였다. 나는 자포자기 심정으로 혹시와 설마가 교차하는 일주일을 보냈다. 다시 찾아온 이사장은 밥 먹다 돌이라도 씹은 얼굴이었다.

"원장님이 중재를 좀 해 주세요. 원하는 대로 해 줄 테니 이쯤에서 마무리하자고."

이미 한풀 꺾여 있었다. 이사장은 피해 보상의 뜻으로 임 여사의 향후 입원비는 받지 않겠다고 했다. 보호자의 도움을 따로 받을 수 없는 임 여사에게는 그나마 다행이었다. 간병인들의 표정도 밝아졌다. 그녀들은 밀린 월급을 모두 받았고 곧이어 인력을 보충하는 구인 광고가 나갔다.

"이사장이 좀 변했지요?"

뒤뜰에서 마주친 황 노인이 뜬금없이 내게 물었다.

"……."

"그래 봐야 제풀에 쓰러질 겁니다. 탐욕에 눈이 멀었으니."

작고 탱탱한 피부의 어린아이들과 달라서 노인의 기저귀를 갈고 사타구니를 닦아 내는 일은 숙달된 간병인에게도 녹록지 않았다. 그럼에도 순임은 임 여사의 목욕 날을 거르지 않았다.

임 여사는 물기 빠진 식물처럼 빠르게 쇠락해갔다. 푸석해진 음부는 터럭이 듬성듬성 빠져나간 거뭇한 구석일

뿐이었다. 순임은 늘어진 주름들을 양손으로 벌려 가며 정성 들여 닦고 또 닦았다. 오욕칠정을 잉태하던 그곳이 태고의 동굴처럼 아득했다.

주름진 어둠속에서 문득 내게 말을 걸어오는 무엇이 있었다. 나는 생명의 문을 바라보며 남자에서 아버지로 진화하던 기억을 떠올렸다. 내 살점을 떼어 내 세상에 내보낸 딸아이의 사타구니를 내 손으로 닦아 주며 또 하나의 세상을 발견하지 않았나. 학창 시절 포르말린 냄새가 코를 찌르던 해부학 교실에서는 간과한 것이었다.

임 여사에게는 예순 아홉에 치매가 왔으니 좀 이른 편이었다. 그녀는 입원할 때 자신을 전직 피아니스트라고 소개했었다. 무명이었는지 나는 한 번도 그녀를 신문이나 TV 화면에서 본 적이 없었다. 김 노인한테 듣기로는 그녀는 입원하기 얼마 전까지도 파출부 일을 다녔다고 했다.

"젊어서 직접 피아노 학원을 운영한 적도 있었지만 장사가 안 됐나 벼. 나이가 많아지니께 써 주는 학원이 있남. 피아노를 전공했다는디…. 아무튼 딸년헌티 돈 처바르느라구 안 해 본 일이 없었다는구먼."

이태리로 유학 보낸 외동딸 이야기는 나도 이미 알고 있었다.

"따님이 영영 돌아오지 않았나 보죠?"

전에도 임 여사의 푸념을 들은 적이 있었지만 설마하는 마음에 다그치듯 그 부분을 재확인했다.

"성악하는 이태리 남자와 결혼해서 아예 눌러앉았다는 구먼. 즈그 에미는 비행기 표 살 돈이 없어서리 결혼식에도 못 갔다는디."

"그래서요?"

나는 아예 김 노인 옆자리에 궁둥이를 붙였다. 순임이 주스 한잔 마시자며 눈치 빠르게 임 여사의 휠체어를 구석으로 밀고 갔다.

"그 형편에 그 뒤로도 딸헌티 돈을 자주 부쳤다는디. 결혼 2년 만인가 갸가 어린것 하나를 데리고 갈라섰다지 아마."

돌아오지 않은 딸의 이야기가 내 가슴 언저리를 시리게 파고들었다. 영은의 얼굴이 자꾸만 눈앞을 가렸다.

영은이 달라졌다. 낯선 학교에 힘들게 적응하던 시절엔

매일같이 아빠를 찾던 아이였다. 내가 전화를 받아 본 게 언제였던가. 까마득했다. 1년 전이었나 2년 전이었나. 텅 빈 원룸에서 혼자 술을 마시며 청승맞은 생일을 자축한 게 벌써 몇 번인가. 그래도 나는 생각을 돌렸다. 아이가 현지 적응에 성공한 증거이려니.

열심히 자판을 두드려 보지만 드물게 건너온 답장은 몹시도 짧다. 잘 지내니 걱정 마라는. 이제는 전화 목소리도 데면데면하다. 나는 다시 용기를 내 본다. 자식 목소리 듣는 게 금기라도 되는 양 눈치를 보다니. 아이의 신경을 건드릴까 싶어 어설픈 애교를 부릴 때도 있다. 이쪽에서 무거운 느낌을 보내면 남은 정마저 삭을까 두려웠고 전화조차 피할까 봐 겁이 났다. 어미가 자식 앞에서 아비 흉을 보나 싶다가도 머릿속만 괜히 복잡해졌다.

부지런한 김 노인은 임 여사가 걸을 수 없게 된 뒤에도 그녀를 알뜰히 챙겼다. 그러던 중 백 년이라도 거뜬히 살아낼 것 같던 그가 중풍을 맞았다. 바닷바람이 얼굴을 할퀴던 겨울이었다. 초저녁에 외출복으로 갈아입고 슬그머니 병원을 빠져나간 그는 내가 저녁 회진을 돌 때까지도 돌아오지 않았다. 다른 날 같으면 선창가 대폿집을 다

녀와 불콰해진 얼굴로 혼자 노래를 흥얼거리다 곯아떨어
질 시간이었다. 규정이 애매하기도 하거니와 치매가 초기
단계에 머무는 환자의 경우, 외출까지 막기가 쉽지 않았
다. 수요보다 공급이 많아져 환자 모셔 오기 경쟁을 하는
판국이었다. 돈을 잘 내는 환자일수록 다른 데로 옮겨갈
까 봐 까다롭게 통제하기도 난처했다. 대폿집에서 쓰러진
김 노인은 뇌출혈이었다. 구급차에 실려 온 그는 그 뒤로
누워 지냈다.

　바라던 대로 된 걸까. 돈 떨어지기 전까지만 살겠다더
니. 야간에 병실 점검을 하던 간병인은 김 노인의 마지막
잠이 평화스러웠다고 했다. 그는 다가구 주택 반지하방의
전세 보증금 3천만 원을 빼 가지고 들어와 4년도 못 버티
고 갔다. 김 노인의 부음을 알리는 것도 쉽지 않았다.

　겨우 연락이 되어 밤늦게 찾아온 자식들끼리 병원 복도
에서 언쟁이 붙었다. 어머니가 다른 양편이 서로 네 아버
지를 네가 모셔 가라는 식이었다. 길게 고생하지 않고 자
다 가셨으니 호상이라고 이사장이 덕담을 했다가 면박을
당했다. 병원비 정산하고 나면 장례비도 빠듯할 텐데 무
슨 호상이냐고 막내딸이 새된 소리를 냈다. 생활비를 얻
으러 아버지가 첩살림하던 집을 찾아갔다가 뺨 맞고 쫓겨

났다는 이야기의 주인공인 듯했다.

몹시도 마음에 걸렸던지 김 노인은 한숨을 길게 쉬며 내게도 막내딸을 들먹이곤 했었다. 집이라도 한 채 남겨 놓고 가야 호상이 아니겠냐고 큰딸이 불쑥 거들었다. 중학교를 겨우 졸업하고 청계천에서 미싱 돌려 가며 어린 동생들을 먹여 살렸다는 바로 그 딸이었다. 결국 남은 돈 몇 백은 장례 비용에 보태라는 말을 선심 쓰듯 던지고 두 아들이 먼저 자리를 떴다. 조의금은 누님들이 챙기라는 친절도 잊지 않았다. 말없이 지켜보던 황 노인은 핏기 잃은 얼굴을 가슴에 묻었고, 임 여사는 그저 멍한 표정으로 사방을 두리번거렸다.

황 노인과 눈이 마주치면 그가 모든 걸 꿰뚫어보고 있다는 느낌이 자주 들었다. 짙은 눈썹에 깊은 눈은 내 학창 시절 엄격했던 해부학 교수를 연상시켰다. 황 노인은 습관적으로 모든 것을 기록했다. 매일 일기도 썼다. 하지만 그에게 허용되었던 일자리는 화이트칼라의 섬세함을 외면하는 공사판이나 신분을 묻지 않는 일용직뿐이었다. 고문 후유증으로 날만 궂으면 쑤시는 증상이 심해져 일을 놓을 때까지 그는 어린이 놀이 기구를 돌렸다. 기침이

멎자 그가 말을 이었다.

"놀이 기구를 아침마다 끌고 나갔어요. 색색의 말들을 동네 공터에 세우면 엄마 손에 매달린 아이들이 모여들었지요. 아직 학교에 들어가지 못한 아이들이 백 원짜리 동전 하나로 지쳐서 내려올 때까지 말 위에 앉아 있었어요."

수레 위에 45도 각도로 비스듬히 얹힌 쇠바퀴를 노인은 손으로 직접 돌렸단다.

"물레에 고정된 흰말 검은말 녹색말 노랑말 갈색말이 돌아가고 아이들은 까르르 까르르 소리를 질러 댔어요. 검정 고무줄로 감은 낡은 녹음기에 동요 테입을 넣으면 아이들은 온몸을 흔들며 시름을 잊게 해 줬습니다."

코 묻은 돈으로 연명하던 그도 체력에 한계를 느끼자 요양 병원으로 옮겨 왔다.

그는 자를 가지고 나와서 기르는 채소나 화초의 키를 재기도 했다. 그의 손에는 언제나 수첩 아니면 책이 들려 있었다. 그런 습관 때문이었는지 병원 직원들도 그를 함부로 대하지 못했다.

최근에 그가 보던 책이 내 눈을 사로잡았다. 내가 들여다보자 그는 어색한 미소를 지으며 두툼한 책을 허리 뒤로 숨겼다. 손때 묻은 법전이었다. 그 즈음 그에게 오는 등기우편물이 많아졌다. 현관에서 마주친 우편배달부는 직접 본인을 만나 전달해야 한다며 발신처가 법원이라고 말했다. 황 노인이 무슨 사건에 연루된 것이 틀림없었다. 순임이 그에게서 서류 봉투를 받아 들고 나가는 것으로 보아 그녀가 황 노인을 위해 중요한 심부름을 해 주는 것 같았다. 컴퓨터가 없는 황 노인을 위해 그녀가 대신 문서 작성을 해 주는 것이라는 데에 나의 상상이 꽂혔다. 두 사람만 아는 비밀이 있는 것 같았다. 슬그머니 물었더니 그녀는 대답 대신 빙그레 웃기만 했다.

법원에서 오는 등기우편물은 또 있었다. 이사장이 수신인으로 되어 있었다. 투자자들로부터 소송을 당한 그에게 출두하라는 명령서인 듯했다. 나는 모르는 척했다. 알아 봐야 좋을 것도 없으리라는 회피 심리도 작용했다. 하지만 그때까지만 해도 그가 병원 밖에서 벌이는 사업들이 내게 고통을 줄 거라고는 미처 짐작하지 못했다.

요양 병원에 취직하고 처음 1년간은 내게도 직접 서명하고 받아야 하는 등기우편물들이 있었다. 아파트가 경매에 넘어갔고 절차가 진행될 때마다 경매 법정에서 통보를 해 주었다. 은행을 비롯해 여러 채권자들로부터 압류가 들어온 집이라 동네 부동산 중개소를 통해 일반 매물로 팔기도 쉽지 않았다. 복잡해진 등기부등본을 보자마자 구매자들이 고개를 돌렸다.

하필이면 뉴욕에서 건너온 경기 침체의 여파가 부동산 경기를 빠르게 냉각시켰고 급매물들이 속출했다. 굳이 위험을 무릅쓰고 내 집을 사려는 사람은 없었다. 한 차례 유찰로 가격이 20% 꺾였고 우편물을 받아 든 내 입술은 바짝 타들어 갔다. 병원 식구들이 봉투를 열어 볼 리 없건만 행여 누가 알세라 나는 주위를 두리번거렸다. 결국 내 집은 그 다음 달 두 번째 경매로 낙찰되었다. 가격은 처음 감정가의 81%. 그나마 다행이었다. 또다시 유찰됐더라면 집을 잃은 뒤에도 감당 못 할 빚을 안을 뻔했다.

배당일에 법원을 찾았다. 법원 직원은 나더러 구내 은행에서 잔금을 찾아 가라고 했다. 각종 부채를 공제하고 남은 거였다. 850만 원을 받아 나오며 나는 법원 마당에 한참을 서 있었다. 빚잔치가 끝난 텅 빈 하늘이 지나치게 맑았다. 다음 날부터 원룸을 구하러 다녔다. 둥지 잃고 비 맞은 참새 꼴이었다. 전에 들른 적이 있는 중개사무소는 피해 다녔다.

소개받은 집주인에게 천만 원짜리 보증금을 오백으로 깎아 달라고 사정했다. 월세를 5만 원 더 내는 조건이었다. 아무도 나를 알아보지 않기를 간절히 바랐다.

나는 세월을 낭비하는 느낌을 지워 보려고 병원 앞마당에 화초도 심어 보고 몇 개의 화분을 돌보기도 했다. 하지만 내게 더 큰 위로가 되어 준 것은 음악이었다. 대학 때 포크 기타쯤은 만져 보았지만 악보 볼 줄도 모르던 나를 클래식 음악의 세계로 이끌어 준 사람은 순임이었다. 그녀를 만난 다음 해 봄부터 나는 아예 월요일을 휴무로 정했고 토요일이 정식 근무일이 됐다. 의사의 휴일 근무는 건강보험 청구액을 높여 주므로 이사장은 흡족한 표정이었지만 고정급을 받는 내게 병원의 추가 수익은 관심 밖의 일이었다.

그날이 어느 토요일이었는지는 기억나지 않는다. 점심때쯤이었나. 일이 손에 잡히지 않았다. 아마도 내심 순임의 방문을 기다렸던 것 같다. 앞마당 볕이 따뜻했다. 무밭을 껑중거리는 사마귀들이 세모진 대가리를 흔들며 사냥에 나서는 중이었다. 개나리가 노랗게 흐드러진 마당을 밟으며 그녀가 사뿐사뿐 들어왔다. 나비 같았다. 꽃삽을 들고 있는 나를 보자 그녀가 하얀 이를 드러냈다. 때 묻지 않은 표정이 고생한 여자 같지 않았다.

그녀가 어깨에서 가방을 내리더니 책 한 권을 꺼냈다. 씨디도 함께였다.

"이번에 우리 출판사에서 만든 거예요."

일반인을 위한 클래식 음악 해설서였다. 순임이 국문과 출신이라는 것도, 작가의 꿈을 접고 출판사에서 편집 일을 한다는 것도 나는 그제야 알았다.

그녀가 오는 날이면 나는 일부러 시간을 맞춰 함께 퇴근했다. 순임의 집은 내가 사는 분당이었다. 집까지 태워주겠다는데도 그녀는 고집을 부려 언제나 큰길에서 내렸다. 그녀가 들어가는 골목 입구를 눈여겨보았지만 어느 집인지는 묻지 않았다.

하루는 그녀가 병원으로 사내아이를 데리고 왔다. 여덟 살이랬다. 아이가 감기에 걸려 혼자 둘 수 없었다고 했다. 아이를 진찰하고 처방전을 써줬다. 오랜만에 해보는 소아과 전문의 노릇이었다.

"저도 전과가 있어요. 그렇게 얻은 아이예요."

그녀가 쓸쓸하게 웃었다. 웃는 얼굴이 여전히 곱상했다. 하긴 이혼이 대수랴.

"아이 아빠가 도박에 손을 댔어요. 은행에 다니다 공금에 손을 대서 쫓겨났죠. 장롱 서랍을 뒤져 아이의 돌 반지까지 들고 나가는데 섣불리 붙잡으면 칼부림당할 분위기였어요. 열흘이나 연락이 끊긴 뒤에 들어왔는데 양복이 찢기고 여기저기 벌겋게 흙이 묻어 있었어요."

사채업자가 폭력배들을 동원해 그를 땅에 파묻고 노름빚을 독촉했다는 것이었다. 팔뚝에 소름이 돋았다. 나는 무의식중에 가운데 손가락을 튕겨 바짓단에 묻은 흙먼지를 털어내고 있었다.

"밤중에 무작정 아이를 들쳐 업고 집을 나왔어요. 악몽에 가위눌리다 일어나면 옆에 눕힌 젖먹이도 경기를 하곤 했어요."

내 집으로 저녁 식사 초대를 하고 며칠이 지난 뒤 그녀가 현관 비밀번호를 물었다. 엉뚱하다 싶었지만 싫지 않았다. 깔끔하게 물건들이 정리되어 있고 쓰레기통이 비워져 있었다. 그녀가 다녀간 흔적이었다. 아직 식지 않은 가스레인지 위의 찌개는 내가 들어오기 전에 서둘러 나간 흔적이었다. 내 마음속에 고마움과 부채감이 함께 쌓여 갔다.

일부러 조퇴하고 들어온 날 나는 그녀를 품었다. 따뜻했다. 그녀는 불빛을 부끄러워했다. 아랫배를 보이지 않으려 작은 몸을 오그렸다. 제왕절개 자국이 횡으로 그어져 있었다. 가리고 있던 그녀의 작은 손을 젖히고 나는 그곳을 천천히 핥았다. 순임이 훌쩍거렸다. 그곳을 통해 나온 존재 때문에 자신을 포기한 어미의 울음이었다.

자식을 혼자 기르는 여자는 말수가 적었다. 이를 드러내고 웃을 때도 소리가 나지 않았다. 그녀의 세포 안에서 주인 노릇하는 폭군이 희생을 거룩하게 여기도록 그녀를 조종하고 있었다. 아이가 다 자랄 때까지 어미는 쉽사리 아프지도, 빨리 늙을 수도 없었다. 이기적 유전자가 자신의 번식 목적을 달성할 때까지 기어이 숙주를 살려 둘 테니까. 말하자면 그 아이는 그녀가 삶의 무게를 견디게 해 주는 이유이자 장치였다.

내게도 그녀는 직장에서 버티도록 해 주는 힘이었다. 서른아홉에 들어와 꼬박 5년을 지냈으니 의사로서의 황금기를 내 전공과 무관한 곳에서 보낸 거였다. 그 병원이 생긴 이후로 그렇게 오래 근무한 의사는 내가 유일했다. 거개가 사계절을 못 채우고 나갔다. 직원들도 그저 그러려니 했다. 모두들 연말의 회식 자리에서 나를 대단한 사람으로 추켜세웠다. 나는 욕심 없이 유유자적하는 한량쯤으로 알려졌다. 방문할 때마다 새로운 음악 파일을 씨디에 구워 오던 순임 덕분이었다. 내가 근무하는 동안 변한 거라곤 앞마당 화초가 늘어난 것과 24시간 틀어 주는 클래식 음악 방송 정도가 고작이었다. 순임의 압력으로 잠시나마 인심을 쓰나 싶던 이사장은 다시 직원들 봉급을 미루기 일쑤였고 무관심인지 잔꾀인지 모를 비협조는 여전했다. 시설이나 장비의 개선도 막연했다.

　나는 병원 안에서 누구나 클래식 음악을 즐길 방도를 알아 냈다. 이미 설치된 스피커 시스템을 이용한 것이므로 별도의 예산은 불필요했다. 환자들은 자기 방에서 스위치만 올리면 되었다. 어지간한 교향곡 전 악장을 모두 들으면 한 시간은 훌쩍 갔다. 처지를 비관하기 좋을 만큼 궂은날이나 퇴근 시간 전의 따분함을 달래기에도 적당했다. 날이 갈수록 나는 음악에 빠져들었고 피아노곡에도 관심이 커졌다. 그건 임 여사가 보여준 믿기 힘든 사건과 관련이 있었다.

아래층 식당 겸 연회장에서 음악회가 열렸다. 임 여사는 목욕한 직후였는지 곱게 빗어 뒤로 넘긴 백발에 물기가 남아 있었다. 일찍 찾아온 더위에 하늘하늘한 분홍빛 꽃무늬 원피스가 그녀의 앙상한 몸을 가렸다. 평소와 다른 옷차림이었다. 3층의 환자들은 보호자나 직원이 일부러 데려오지 않는 한 파티에 참여할 방법이 없었다. 하지만 순임이 돌보는 임 여사만은 예외였다.

풍악이 울려도 분위기가 쉽사리 뜨지 않았다. 대부분 환자들은 그저 멍하니 휠체어에 앉아 있을 뿐 표정에 변화가 거의 없었다. 노래를 시켜도 부르는 이가 드물었다. 노래하러 온 사람들도 그저 그러려니 했다. 40명 넘는 관객 중에 박수라도 치는 사람은 늘 정해진 서넛뿐이었다.

공연이 끝나 갈 무렵, 맨 앞줄에서 상기된 표정으로 지켜보던 임 여사가 갑자기 한쪽 팔을 들어 올려 피아노를 가리켰다. 마른 팔뚝에 붙은 피부가 바람 빠진 풍선처럼 덜렁거렸다. 그때까지 교회에서 나온 청년이 찬송가를 부르며 피아노를 치고 있었다. 순임이 휠체어를 앞쪽으로 밀고 나갔다. 임 여사의 미라 같은 손이 건반에 닿으면서 음악이 중단되었다. 순간 분위기가 어수선해졌다. 사회자는 누가 나와서 그녀를 좀 데리고 나가 달라고 급하게 주문했다. 수간호사가 잔뜩 찌푸린 얼굴로 달려 나가 임 여사의 손목을 낚아챘다. 그때였다.

"그냥 놔 둬!"

비명처럼 던져진 외침 뒤로 어색한 정적이 흘렀다. 뒤쪽 구석에서 지켜보던 황 노인이었다.

피아노를 치던 청년은 당황한 얼굴로 마뜩잖게 비켜 나왔고 순임이 임 여사를 부축해 피아노 앞에 앉혔다. 순임의 결연한 표정은 누구든 임 여사를 손대면 가만있지 않겠다는 암시로 보였다. 가녀린 몸매에 신의 계시를 받드는 여전사의 실루엣이 겹쳤다. 평소 여장부 노릇하던 수간호사는 오히려 순임의 기세에 꼬리를 내린 모습이었다.

잠시 후 떨리는 손가락을 건반 위로 올린 임 여사가 천천히 눈을 감았다. 오래된 무덤 속에서 유물을 찾는 사람처럼 그녀는 사라진 기억의 창고를 뒤지고 있었다. 이윽고 피아노가 소리를 내기 시작했다. 나는 내 귀를 의심했다. 베토벤의 월광소나타가 그토록 슬프게 느껴지긴 처음이었다.

임 여사의 손끝에서 월광이 영혼의 울림으로 되살아났다. 세상에서 가장 장엄한 모습이 내 눈앞에서 달빛처럼 펼쳐지고 있었다. 그것은 생명체가 아직 살아 있음을 저승에 알리는 숭고한 의식이었다. 죽음이 삶을 꽉 껴안고 비틀거리며 멀어지다 저만큼 가서 뒤돌아보는 모습은 차라리 아름다웠다. 그 찰나의 순간에 나는 임 여사 얼굴에서 미소를 보았다. 언젠가 보았던, 잊을 수 없는 미소였다.

작년 여름 그녀는 채소밭 모서리에 흐드러지게 피어오른 상사화를 어루만지다 꽃대 아래 숨듯이 누웠다. 따뜻한 저녁 바닷바람에 밀리며 천천히 하늘을 닦고 있는 꽃뭉치들 틈새로, 붉게 물든 허공을 그녀가 올려다보았다. 황 노인이 쪼그려 앉아 물끄러미 그녀를 내려다보며 오랫동안 곁을 지켰다. 이 세상에서 가장 행복한 여인의 미소가, 자신을 위해 피워 낸 꽃송이들 속에서 또 다른 꽃으로 피어나고 있었다. 내가 황 노인에게서 환하게 웃는 어린아이의 얼굴을 본 것도 그때가 마지막이었다.

운명을 당당하게 받아들인 임 여사는 피아노를 치던 다음 날 밤에 세상을 하직했다. 그녀는 죽는 순간까지 그리던 자식을 만나지 못했다. 딸의 연락처를 아는 이가 없었다. 꽃이 피는 건 힘들어도 지는 건 쉬웠다. 지는 건 금방이어도 잊는 건 고통이었다. 임 여사의 상사화도 그랬다.

요양 병원을 방문하는 가족들 역시 힘들긴 마찬가지였다. 날마다 찾아와서 자신을 알아보지도 못하는 배우자에게 밥을 떠먹이는 일은 영화에나 나오는 장면이다. 환자가 더 이상 가족을 못 알아보기 시작하면 가족들은 방문 횟수를 줄인다. 어머니 아버지를 부르다가 오열하던 자식이 담당 간호사에게 명함을 맡기고 가면 발길을 끊는 신호였다.

노인의 임종을 알려 주려고 연락을 취해도 전화를 받지 않거나 시신 인수마저 거부하는 혈육도 있었다. 맡겨 둔 짐을 찾아 가라는데 거절당하는 기분이었다. 그때마다 나는 전당포나 세탁소 주인이 된 느낌이었다. 그들도 한때는 의료진들이 자신의 부모를 함부로 대할까 봐 전전긍긍하던 사람들이었다.

가족과 단절된 주검을 경찰에 연락하여 사망진단서를 떼어 주고 무연고자로 처리하는 과정은 더욱 쓸쓸했다. 김 노인이 세상을 떠난 날 복도가 시끌벅적했던 상황은 오히려 다행이었는지도 몰랐다.

간병을 하다 보면 늘 대하는 죽음도 더러는 업무로만 끝나지 않는다. 임 여사가 죽던 날도 그랬다. 평소와 다른 낌새를 알아차린 나는 퇴근하지 않았다. 서 선생도 순임과 함께 임 여사의 방을 치우며 눈이 붓도록 밤새 울었다. 며칠 전까지만 해도 아이보리색 방바닥과 화장실의 흰색 타일에 도배질된 임 여사의 대변을 닦아 내며 코를 움켜쥐고 팔자 타령하던 서 선생이었다.

임 여사의 사물함은 순임이 정리했다. 물건들은 대부분 딸의 오래된 사진들이었고 옷장에도 딸의 것으로 보이는 색색의 여자아이 옷이 더 많았다. 순임은 약병 하나를 따로 챙겼다. 임 여사의 잠옷이 개어진 깊은 곳에서 나온 그것은 내게도 낯설지 않았다. 뚜껑을 열자 마름모꼴의 파란 알약이 도드라졌다. 그것이 생전에 황 노인을 위한 임 여사의 배려였다는 걸 다음 날 서 선생에게서 들었다. 환자들의 약물을 감시해야 할 간병인으로서는 당연한 보고였고 나는 고개만 끄덕였다.

임 여사를 담당했던 서 선생은 순임과도 각별한 사이였다. 순임을 통해서 듣기로, 그녀는 여기서 힘들게 번 돈을 아들과 함께 두고 온 연변의 남편에게 꼬박꼬박 송금했었다. 하지만 남편이 현지 중국인 여자와 바람이 나서 돈을 모두 날려 버렸다. 병원 휴게실에 걸린 공중전화로 그녀는 자주 국제전화를 했다. 중국어와 한국어를 섞어 가며 호소를 하고 때로는 언성을 높이기도 했다. 그녀는 모든 걸 원점에서 다시 시작해야 했다.

그녀가 내 방에 찾아와 연길에서 중학교에 다닌다는 자신의 아이를 합법적으로 한국에 데려올 방법이 있는지 물었다. 립스틱을 어설프게 바른 입가에 허연 버캐가 끼도록 그녀는 애를 태우고 있었다. 딱했다. 두 번씩이나 실패하고 이곳으로 기어들어온 내 신세와 비슷하다는 생각이 들었지만 그녀를 어떻게 도와야 할지 몰랐다. 얼결에 궁리 좀 해 보겠다고 했다. 자신 없는 말이었다. 그 자리에서 그녀의 실망하는 얼굴을 대하기 힘들었거니와 거절할 줄 모르는 내 성격 탓이기도 했다. 무능함 위에 묵직하게 얹힌 죄책감이 내게서 한동안 떠나지 않았다. 궂은일을 도맡는 그녀에게 나는 희망 고문을 하고 있었다.

몇 달이 지난 뒤 순임이 열댓 살 되어 보이는 사내아이를 내 진료실로 데려와 인사시켰다. 함께 들어온 서 선생이 홍조 띤 얼굴로 아이가 중국에서 방금 도착했다고 했다. 내 속에서 반가움과 당혹감이 교차했다.

아이가 짧게 깎은 머리를 수줍게 숙였다. 엄마를 닮아 몸이 마르고 키가 작았다. 속눈썹이 길고 똘똘한 눈빛을 가진 아이는 양쪽 볼에 버짐이 피어 있었다. 원장님 덕분에 아이와 만나게 되었노라고 그녀가 여러 번 고개를 숙였지만 나는 문가에 서 있는 순임만 멀뚱하게 바라보았다. 그녀는 알 듯 모를 듯 잔잔한 미소를 지었다. 내가 손을 놓고 있는 동안 순임이 백방으로 뛰어다니며 모자 상봉의 길을 열어 준 것이었다. 민망하고 쑥스러웠다.

그 뒤로 나는 간병인들 사이에서 인정 많은 해결사로 통했다. 부담스러웠지만 그녀들의 눈빛이 싫지 않았다. 서 선생은 더욱 충실한 직원이 되었다. 그녀 덕에 나는 간병인들의 불만을 조기에 조정할 수 있었다. 얼결에 대단히 협조적인 노조위원장을 얻은 셈이었다.

내게도 결혼은 삶의 문제들을 함께 풀어 나가는 장치였다. 하지만 그 문제들이란 대부분 결혼하지 않았다면 애초부터 생기지 않았을 것들이었다. 순임은 한 번도 나의 결혼생활을 입에 올리지 않았다. 물론 내게 이혼하고 싶은지도 묻지 않았다.

그녀는 나와 다른 구석이 있었다. 내가 빈털터리라는 사실을 알고 나서도 그녀는 전혀 흔들리는 기색이 없었다. 사냥꾼으로서 매력 없는 사내를 사랑하는 것이었다. 한번은 내가 용기를 내어 물었다. 나를 왜 좋아하느냐고. 잠시의 어색한 침묵 뒤에 그녀가 질문처럼 대답했다.

"서로 같은 이유 아닐까요?"

갑자기 내 뇌세포의 회로가 엉키는 느낌이었다. 남을 속이거나 이용할 만큼 뻔뻔하지 못한 성격은 우리가 서로 닮은 구석이긴 했다. 그런데 나와 같은 이유라면…. '나는 왜 그녀가 좋은지'부터 자문자답해 봐야 했다. 우선 그녀의 단정함이 좋았다. 그리고 학창 시절에 개근상을 놓치지 않았을 것 같은 꾸준한 태도에 나는 적잖이 감동을 느끼고 있었다. 그런데 내게도 그런 게 있었던가. 답은 엉뚱한 곳에서 찾았다. 며칠 뒤 내가 다시 물었을 때 그녀가 묘한 대답을 했다.

"원장님과 함께 있으면 제가 꼭 필요한 사람이라는 느낌이 들어요, 호호."

하얀 손으로 입을 가리며 오랜만에 그녀가 소리 내어 웃었다. 나도 멋쩍게 입꼬리를 올렸다. 융통성 없고 허술한 내 곁에서 그녀는 존재감을 느끼는 걸까. 자원봉사를 계속하는 이유도 그런 것인가.

순임에게 마음을 주는 동안, 아내에 대한 미안함을 최소화시켜 준 것은 내가 보내는 생활비였다. 한국에 있을 때도 아내는 내게 애정이 식었다고 했다. 나와 결혼관계를 유지했던 것은 오직 돈 때문이라는 생각이 들었다. 나는 영락없이 암컷에게 먹힌 수사마귀 꼴이었다. 유성생식을 하는 동물은 섹스 후에 슬프다. 암수가 동상이몽의 역할극을 마친 뒤에는 죽음이 방문한다. 수컷에게는 더 일찍 찾아온다. 유전자를 운반하는 수단으로서 용도 폐기되었으므로.

석 달 전 그날도 초저녁부터 추적추적 비가 내렸다. 방구석에 틀어박혀 안주 없는 소주 한 병을 마신 뒤였다. 뉴욕은 아마도 오전 9시나 되었을 것이다. 평일이라 학교에 있을 시간이라는 것을 짐작하면서도 딸아이의 목소리를 듣고 싶어 견딜 수 없었다. 영은이 휴대폰을 받지 않았다. 내키지 않았지만 집으로 전화를 걸어 보았다. 아이 대신 아내가 전화를 받았다. 말을 섞어 본 지 반년도 넘은 그녀가 대뜸 쏘아붙였다.

"자식이 굶어 죽는 꼴을 봐야 속이 시원하겠어?"

마침 잘 걸렸다는 듯 쏘아붙이더니 내가 뭐라고 설명도 하기 전에 끊으려고 했다. 생활비 송금이 일주일이나 늦어 화가 난 모양이었다. 나는 요양 병원 사정이 어려워졌다고 하려다 구차한 느낌이 들었다. 변명을 목구멍 아래로 눌러 내렸다. 이내 수화기 놓는 소리가 들렸다. 잠시 후 이상하게도 저쪽에서 남자의 목소리가 들렸다. 한국어를 사용하는 것으로 보아 교포인 듯했다.

"영은이 아빠?"

"응! 한심한 인간이야. 신경 쓸 거 없어!"

저쪽에서 수화기를 잘못 내려놓았는지 그런 소리가 한동안 꼬리를 물었다. 태평양 너머 생방송이 내 몸의 신경 세포를 마지막 한 올까지 태워 버렸다. 남녀의 거친 숨소리까지는 듣지 말았어야 했다. 뒷목이 뻣뻣해지고 두개골 안에서 냉기가 일었다. 허탈한 증오가 방금 알을 까고 나온 바퀴벌레들처럼 나의 온몸을 기어다녔다. 나는 가족의 의미를 화두처럼 움켜쥐고 내 자신에게 묻고 또 물었다.

그날 밤, 순임이 다녀갔다. 나는 그녀의 몸속으로 거칠게 파고들었다. 야수의 몸짓이 적막으로 바뀌자 그녀가 한동안 내 얼굴을 주시했다. 나는 그녀의 눈길을 피했다. 그녀가 울었다. 소리 없는 눈물이 내가 뭉개 놓은 립스틱 자국 위를 굴러 방바닥에 떨어졌다. 그녀가 나갈 때도 나는 배웅하지 못했다.

새벽 두 시가 넘어 전화 대신 문자 메시지를 보냈다. '이제 오지 마.' 반응이 없었다. 잠 없는 밤이 지나자 내게서 힘이 빠져나갔다. 어둠을 탈색시킨 새벽이 밤새 쪼그라든 사내를 음흉한 짐승처럼 노려보았다. 세상에 대한 두려움이 무기력한 모멸감 속에 스며들었다. 새삼스럽게 내가 일을 하는 이유를 생각해 보았다. 허방을 짚는 느낌이었다. 멍한 눈으로 사직서를 썼다. 나는 일상의 바퀴를 정지시켰다.

삭막한 시간들이 소리 없이 흘러갔다. 작위보다 부작위가 더 힘들었다. 상상이 주는 고통의 무게는 육체적 고통과 크게 다르지 않았다. 의미를 찾을 수 없는 시간들이 이어질수록 나는 순임이 그리워졌다. 전화를 기다렸다. 그녀에게선 연락이 없었고 말없이 눈물만 흘리던 얼굴이 천장에 떠다녔다.

아내의 탈선에 충격받은 결과는 자학이었고 분풀이의 파편이 엉뚱한 데로 튕겨 나간 것이었다. 순임에게 무릎이라도 꿇어야 옳았다. 하지만 내겐 최소한의 염치도 남아 있지 않았다.

가족을 위해 일한다는 믿음으로 버티던 나였다. 다른 때 같았으면 석 달씩이나 송금을 미루지 않았을 것이고 자식 교육이라면 뭐라도 하겠다는 신념이 흔들리지 않았을 것이다. 자녀 양육에 적극 협조하는 수컷의 자식들이 더 많이 살아남아 번성하는 법. 내게도 그런 남자 조상의 유전자가 전달되었겠지. 놈은 내가 아내에게 협조하지 않으면 불편하도록 내 마음을 조종하지 않나.

사흘 전 느닷없이 귀국한 아내는 빚쟁이처럼 당당했다. 그녀가 내민 서류는 비교적 간단했다. 가진 것 없는 내게 재산 분할 건은 문제되지 않았다. 첨부된 특약 사항은 양육권 포기 조항이었다. 아이를 그녀가 맡아 기른다는 단서에는 나름의 계산이 숨어 있었다. 매달 양육비를 보내라는 요구였다. 내가 양육권을 주장하건 않건, 이미 새 환경에 적응한 아이는 엄마와 함께 지낼 것이었다.

내겐 또다시 막다른 골목이었다. '그날 네가 한 짓을 알고 있다'고 열을 내 본들 간통죄가 사라진 마당에 약발이 먹힐 리 없었고 나 또한 시시비비를 가릴 형편도 못 되었다. 마음 떠난 여자 앞에서 볼멘소리는 되레 모양만 구길 터, 나는 며칠 생각해 볼 테니 다시 오라고 했다. 아내는 이내 방을 나갔다. 드러누워 앓고 있는 몰골을 보고도 위로의 말은 없었다. 수속이 끝날 때까지 홍은동 처형 집에서 머물겠다는 말만 빈 술병 주변을 맴돌았다.

적막한 방에 어둠이 스며들어 함께 누웠다. 와락 허기가 몰려왔다. 생각해 보니 어제부터 빈속이었다. 리모컨으로 TV를 켰다. 24시간 뉴스 채널이었다. 치매 앓던 환갑의 독거남이 옥탑방에서 미라로 발견됐단다. 고독사의 불안이 개척 교회 전도사처럼 나를 방문했다. 영은이를 영영 못 볼 것인가.

밀도 높은 찬 공기가 횡격막 아래로 스며들었다. 두려웠다. 심장의 근섬유를 면도날로 한 가닥씩 긁어내는 통증과 함께였다. 기생충 같은 유전자의 장난질이 내 안에서 또 시작됐다. 나는 목 잘린 수사마귀가 되었다가 새끼들에게 몸뚱이를 뜯어먹히는 거미가 되곤 했다. 본능은 늘 의지를 앞선다. 그놈은 폭군이다. 하지만 이젠 나도 달라져야 한다. 머리를 세차게 흔들어 의지와 지성의 힘을 끌어모았다.

휴대 전화기가 진저리를 쳤다. 사흘 만에 다시 김 회계사였다. 병원의 파산을 걱정하던 그가 이번엔 예상치 못했던 비보로 나의 아침을 흔들었다.

"황 노인이 어젯밤 돌아가셨습니다."

두통을 다스려 볼 심산으로 베토벤의 비창 소나타에 젖어들던 나는 따귀라도 맞은 듯 동면에서 깨어났다.

"좀 나와 보셔야겠습니다."

아끼던 텃밭을 버리고 황 노인이 갔단다. 임 여사를 먼저 보내고 겨우 해를 넘겼는데….

행정실에 사표를 던져 놓고 짐을 챙겨 슬그머니 병동의 뒷문을 빠져나오던 날 나는 황 노인과 맞닥뜨렸다. 태평양을 건너온 충격에 맥이 빠져 밥맛 없는 며칠을 보낸 뒤였다. 잠시만 기다려 달라며 밭으로 들어간 그가 허리를 굽혀 부지런히 손을 놀렸다.

"우선 이거라도…. 꽃대가 올라오거든 다시 보러 오세요."

상사화의 푸른 이파리였다. 난초처럼 길게 휘어진 한 묶음을 가슴으로 받던 내게 문득 한 장면이 떠올랐다.

묘한 소리에 이끌려 임 여사의 병실을 훔쳐보던 그날 밤, 그의 손에 들려 있던 물건이 있었다. 꽃 없는 꽃다발이었다. 꽃대를 피워 올리기 전의 긴 이파리들을 가지런히 꺾어 모으며 그는 애간장을 태웠으리라. 조금만 더 기다려 주면 그 여름의 황홀했던 꽃밭을 보여 줄 텐데. 그것을 임 여사의 머리맡에 올려 놓던 노인의 손이 떨렸다. 임 여사는 마지막으로 초록 향기를 맡으며 그 여름의 추억을 곱씹었을까. 헐거운 악수가 싫었던지 노인은 내 손을 두 손으로 쥐고 한참을 놓지 않았다.

"자주 방문하겠습니다."

하나 마나 한 인사를 뒤로 하고 차에 올랐다. 운전대를 잡는 손바닥에 그의 체온이 남아 있었다.

김 노인과 임 여사를 차례로 보낸 황 노인은 오로지 채마밭에 마음을 심었다. 이승에서의 인연들을 상사화의 독즙에 낱낱이 용해시키는 모습이었다. 그는 내게도 특별한 사람이었다. 19년 만에 석방되어 세상 빛을 다시 본 그가 아니었다면 황무지의 거친 자갈을 온몸으로 뚫고 올라온, 상처 입은 들꽃의 강렬한 향기를 나는 영원히 맡아 보지 못했으리라.

전화기 너머에서 김 회계사의 설명이 길어졌다. 그는 이 사장과 계속 연락을 주고받는 눈치였다. 이번에 병원을 살려 내지 못하면 부실한 회계 처리 문제가 불거질 참이었다. 김 회계사는 이사장의 성화에 못 이겨 이중장부를 꾸며 준 걸 후회하고 있었다. 최악의 상황을 막아 내고 적당한 선에서 조정하는 것도 그의 몫이었다.

　그는 작심한 듯 이사장의 비리를 풀어 놓았다. 새삼스럽게 고객 비밀 유지 의무를 따질 계제가 아니었다. 병원장으로 장기 근무하며 각종 서류에 도장을 찍어 주었던 내게도 사타구니가 오그라들 만한 내용들이었다. 밀려오는 후회는 이사장을 믿고 허술하게 이름을 빌려 준 내 몫이기도 했다. 그것은 내 근무 기간 동안 미리 받아 놓은 입원비까지도 모두 내가 변상해야 한다는 뜻이기도 했다. 이사장이 리스로 빌려온 각종 장비는 물론이고 제약회사 외상값도 제법 밀려 있었다. 자칫 내가 이사장과 공범으로 몰릴지도…. 두 차례 폐업의 상처가 아찔하게 솟아올랐다. 아랫배가 사르르 하더니 오금이 저려왔다.

　"저어 그런데 말이죠. 황 노인이 무죄 판결받은 건 알고 계시죠?"

　"……"

　"그분이 유서를 남겼어요, 자신의 재산으로 병원을 인수하라고."

　내 귀를 의심했다. 국가로부터 받은 손해 배상금이 13억4천8백만 원이나 된단다. 대졸자에 건실한 직장인이었던 그의 수감 일자를 법정 최고액으로 계산한 액수였다. 억울한 옥살이였음을 끈질기게 호소한 '나 홀로 소송'의 승리였다. 게다가 황 노인의 다른 계좌에도 돈이 남아 있으므로 김 회계사는 그걸 보태면 인수가 가능하다고 했다. 그가 요양 병원 입주 전에 거주하던 집에서 빼온 전세 보증금을 다 쓰지 않았나 보았다. 전화기 너머 목소리가 들떠 있었다.

"운영 자금이야 병원이 다시 돌기만 하면 자연스레 마련될 겁니다. 이 상황에서 누군가 빚을 안고 인수만 해 준다면 이사장이 쌍수 들고 환영하지 않겠어요? 당장 부도를 막을 수 있잖아요. 횡령한 돈을 반환하면 죄도 가벼워지고, 좀 좋아요? 안 그래도 구속될 처진데…. 수배령이 떨어졌으니 붙잡히는 건 시간문젭니다."

"아 네에."

머릿속이 복잡해지고 갑자기 집중력이 떨어졌다. 그쯤에서 끊으려는 나를 붙잡으며 김 회계사가 못을 박았다.

"그러니까 원장님이 꼭 복귀해 주셔야 합니다."

"생각 좀 해보겠습니다."

전화기를 붙들고 있던 팔꿈치가 시큰했다. 반시간 가까이 이어졌던 통화를 끝내고 화장실로 들어갔다. 밤새 뒤척이며 몸살을 앓던 몸뚱이가 불편한 신호를 보냈다. 입에서는 단내가 나고 관절마다 아우성이었다. 고개를 돌리자 거울 속 사내와 눈이 마주쳤다. 어둑한 물가에 주저앉아 엉킨 낚싯줄을 바라보듯 멍한 표정이었다.

찬물로 대충 입을 헹구고 거실로 나왔다. 식탁에 팔꿈치를 올려 턱을 괴고 널브러진 생각들을 조각보처럼 이어 붙였다. 이번엔 김 회계사로부터 문자 메시지가 날아왔다.

'이메일 보냈으니 확인해 보세요.'

노트북을 열었다. 첨부 파일에 황 노인의 유서가 있었다. 심장박동이 빨라졌다. 그가 왜 그런 결정을 했을까. 그에게도 유산을 물려줄 자식이 있지 않은가. 고개를 흔들어 생각을 다시 모았다. 그는 이사장의 모든 비리와 병원 운영상의 문제를 속속들이 알고 있었다. 갈 곳 없이 버려져 비참하게 죽어 갈 환자들과, 밀린 봉급을 받지 못하고 중국으로 돌아가야 할 간병인들을 차마 외면할 수 없었나 보다.

그가 친필로 또박또박 눌러 쓴 유서에는 또 다른 조건

이 붙어 있었다. 밑줄 그어진 대목에 나는 눈을 박았다. 별도의 재단 법인을 세워 요양 병원을 인수할 것, 내가 순임과 함께 법정 이사로 들어가되 이사장직은 순임이 맡을 것. 단서였다.

왜 김 회계사가 나의 복귀를 강조했는지 그제야 의문이 풀렸다. 환자 가족들과도 친분 있는 내가 다시 원장이 된다면 직원들의 동요를 막고 분위기가 안정되겠지. 특히 순임이 책임지고 운영해 준다면 간병인들도 환영할 것이다. 직원들에게는 기댈 언덕이 생기는 셈이다. 조선족 간병인들의 볼멘소리는 내가 직접 듣지 않아도 된다. 삼삼오오 중국어로 된소리를 해 대면 조만간 일이 터질 것 같았던 불안감도 사라진다. 황 노인의 요구대로라면 병원이 법인에 귀속되므로 나와 순임이 개인적으로 물려받는 건 아니었다. 하지만 그녀와 함께라면 해 볼 만한 일이었다.

노인들을 돌볼 때면 순임의 얼굴에 꽃이 피었다. 가끔은 그녀가 이런 일을 하기 위해 태어난 사람인가 싶기도 했다. 업무 처리도 호락호락하지 않을 사람이다. 이사장과 맞설 때 나는 그녀의 강단을 보았다. 이제 수간호사도 달라져야 한다. 환자를 휠체어에 묶어 놓고도 되레 큰소리치던 태도를 바꿀 때가 된 것이다. 싫으면 떠나거나. 순임은 더 이상 힘없는 자원봉사자가 아니다. 장기간 봉사 활동으로 병원 속사정을 낱낱이 알고 있는 그녀야말로 오히려 내가 더 의지해야 할 사람이었다.

아버지처럼 모시던 황 노인의 유지를 그녀가 거부할 이유는 없었다. '제가 운영하면 그렇게는 하지 않을 거예요.' 수간호사와 언쟁이 있던 날 순임한테 들은 말을 되작거리며 나는 묘한 기분에 빠져들었다. 이상한 소리에 이끌려 달밤에 임 여사의 방을 들여다 볼 때도 그런 기분이었다.

당장 내가 힘을 쓸 것도 아니지만, 그렇다고 마냥 구경만 하기도 뭐한 야릇하고 어정쩡한 느낌. 지금 일어나는 일이 혹시 예정된 각본에 따른 것인가. 황 노인이 감독인 무대에서 나는 조연인가. 그렇다면 주연은…. 온갖 상상과 추측들이 내게 달려들었다.

언젠가 상사화를 바라보며 황 노인이 하던 이야기가 머릿속에서 꿈틀댔다. 혈연의 이파리가 떨어져야 진정한 인연의 꽃이 피어오른다던. 그렇다면 순임은 황 노인이 혈연의 울타리를 넘어 피워 낸 꽃일까. 나는 다시 황 노인의 눈을 떠올렸다. 사라진 딸을 애타게 그리던 임 여사를 가까이서 지켜보던, 우물 속처럼 깊은 눈이었다.

결국 병원의 모든 식구들이 나의 결심만을 기다리고 있는 형국이 되었다. 그의 유언을 합법적으로 집행하자면 내 협조가 필요했다. 게다가 이사장의 덫에 걸려든 내게 달리 선택의 여지가 없지 않은가. 이쯤 되면 황 노인의 유서에 대한 나의 궁금증은 거추장스런 사치가 된다.

세상에는 몰라도 되는 일이 있다. 내막을 굳이 알려고 애쓸 필요가 없다는 뜻이기도 하고, 모르고 지내도 상황이 더 나빠지진 않을 거라는 의미도 된다. 가끔은 호기심을 닫아 두는 것도 내가 실패를 통해 배운 지혜다. 지금이 아마도 그런 경우에 해당될 것이다.

어젯밤 늦게까지 행정실의 서류들을 검토한 김 회계사가 확인해 준 사실이 하나 더 있었다. 임 여사를 돌보기 전까지 순임이 찾아오던 어머니도 친모가 아니란다. 말하자면 순임은 자신이 일하는 출판사에 자주 들러 폐지를 주워 가던 노파와 인연을 맺었나 보았다.

그러고 보니 나는 단 한 번도 환자들의 인적 사항을 자세히 살펴본 적이 없었다. 둔기로 뒷머리를 맞은 느낌이었다. 그런 서류 따위는 아예 행정실에 맡겨 두고 지내 왔으니…. 순임에 대해서 나는 황 노인만큼도 몰랐다. 그가 3층 병실에 한밤중에 올라갈 수 있게 도와 준 사람도 직원들과 허물없이 지내던 순임이었다. 예고 없이 바뀌는 엘리베이터의 비밀번호는 그녀가 서 선생으로부터 알아 내면 되는 거였다.

갑자기 나는 작아졌다. 초라한 부끄러움이 한꺼번에 몰려왔다. 이윽고 내 안이 보이기 시작했다. 나를 조종하는 또 다른 나에게 쿠데타를 시도할 때였다.

계속해서 기침이 나오고 그때마다 머리가 깨져 나갈 듯 아팠다. 주섬주섬 옷을 입고 집을 나섰다. 대로를 건너 키 큰 건물로 올라갔다. 내과 의원 입구에 세워진 대형 거울에 내 모습이 비쳤다. 머리는 언제 감았는지 기름때에 절어 있었다. 껑충한 키에 일주일도 넘게 자란 수염이 초췌했다. 집에서 입던 누런색 추리닝 바지 무릎이 유난히 튀어나와 보였다. 어지러웠다. 심호흡을 하며 두꺼운 유리문을 밀고 들어갔다. 의사의 형식적 진찰에 이어 앳된 얼굴의 간호조무사에게 엉덩이를 내보였다. 트리돌 주사를 맞고 나왔다.

강력한 진통제가 채 10분도 지나지 않아 두통을 줄여 줬다. 허기가 몰려왔다. 뜬금없이 신맛이 당겼다. 혀 밑에 침이 고였다. 몸에 비타민 C를 들여보내라는 신호였다. 돌아오는 길에 모퉁이 가게에서 귤을 샀다. 좋은 세상이다. 여름에 먹는 귤이라니. 식욕은 거부할 수 없는 유전자의 유혹이다. 놈이 던지는 미끼는 쾌감이다. 필요한 성분을 섭취하도록 놈이 내 감정을 유도한다. 그 맛을 가진 음식이 당기는 걸 보니 놈이 나를 살려 두려나 보다.

현관문을 열고 들어서자마자 식탁 앞에 두 다리를 쭉 뻗고 앉았다. 평소에 신 김치도 먹지 않는 내가 그 자리에서 스무 개 넘는 귤 한 봉지를 게걸스레 먹어 치웠다. 회충처럼 엉겨붙어 꿈틀거리는 본능의 덩어리들을 어금니 사이에 밀어 넣고 우적우적 씹어 삼켰다. 이제 내 몸 안에서 주인 노릇하던 그놈은 강산성의 위액 속에서 황 노인의 질긴 인연처럼 녹아 사라질 것이다.

거부할 수 없는 기운이 분향소 연기처럼 퍼지며 다가왔다. 진초록 향기가 모세혈관을 타고 하단전에 뭉치더니 명치 위로 꽃대를 밀어 올렸다. 단번에 회음에서 정수리까지 뻥 뚫린 느낌이었다. 황 노인이 안겨 준 이파리들이 내 가슴 위로 떨어지고 석 달 만이었다. 방광이 팽팽했다. 꽉 찬 오줌이 내보내 줄 것을 요구했다. 벌떡 일어났다.

변기를 피해 세면대 앞에 허리를 꼿꼿이 펴고 바투 서서 지퍼를 내렸다. 더 이상 옆으로 흘릴까 염려하지 않아도 되었다. 시원했다. 썩은 젓갈처럼 악취를 발산하던 혈연의 찌꺼기와 본능의 올가미들을 누런 액즙 속에 녹여 힘차게 밀어냈다. 아득한 원시로부터 물려받은 두려움이 몸 밖으로 끌려 나왔다. 아내가 두고 간 서류를 펼쳤다. 도장을 찍었다. 더 이상 고민하지 않았다. 홀가분했다. 정신이 맑아졌다. 기침도 잦아들었다.

대로변에 부려 놓았던 승용차가 먼지를 잔뜩 이고 있었다. 운전석 문을 열자 거무튀튀한 가루가 풀썩 날렸다. 다행히 시동이 걸렸다. 와이퍼를 움직여 급히 앞 유리창만 부채꼴로 닦아 내고 화성으로 내달렸다. 지난 오 년간 나를 싣고 다니던 낡은 차가 다니던 길을 김유신의 말처럼 찾아들었다.

시멘트 포장도로를 빠져나와 병원 진입로에 들어섰다. 여전히 배를 내밀고 선 돌 간판을 어깨 뒤로 제치고 마당에 들어서자 건물 뒤편으로 어슷하게 황 노인의 텃밭이 보였다. 먼발치에서 달려온 낯익은 실루엣이 내 눈을 찔렀다. 순임이었다.

하얀 원피스에 한쪽 다리를 세워 꿇어앉은 모습이 학처럼 고고했다. 잰걸음으로 다가가던 나는 건물 모서리에 몸을 숨겼다. 야릇한 느낌이 덤벼든 탓이었다. 죄의식 같기도 하고 부끄러움 같기도 했다. 그녀의 하얀 손이 자줏

빛으로 피어오른 꽃대 하나를 흔들어 뽑았다. 비늘줄기에 이어진 상사화의 흑갈색 알뿌리가 드러났다.

황 노인은 그것을 말려 두고 조금씩 잘라 달여 마셨다. 해수(咳嗽)에 좋고 장독(杖毒) 오른 어혈(瘀血)에도 진통 효과가 있다고 했다. 검게 여문 뿌리가 노인의 타들어 가던 가슴속 응어리 같았다. 알뿌리가 빠져나온 흙 구멍이 생명의 문처럼 아득했다.

순임이 그 속으로 뭔가를 쏟아 부었다. 하얀 플라스틱 병의 모서리에 오후의 따가운 햇살이 부딪쳐 뼛가루처럼 흩어졌다. 십 미터 이상의 거리에서도 나는 그 물건을 알아보았다. 언젠가 그녀가 얼굴을 붉히며 구해 달라던 마름모꼴 파란 정제들이었다.

순임은 황 노인의 꽃밭에 임 여사의 애정을 꽃씨처럼 심고 있었다. 잠시 후 그녀가 맨손으로 흙을 다독거리더니 정성스럽게 쓰다듬었다. 살아서 꽃을 만나지 못한 마른 이파리들이 밭고랑에 흩어져 있었다.

순임의 어깨가 가볍게 들썩였다. 오후의 바닷바람에 꽃밭이 붉게 출렁이더니 상사화들이 홍학의 무리처럼 날아올랐다. 그녀가 허리를 펴고 내 쪽으로 천천히 얼굴을 돌렸다. 〈끝〉

이 도서는 한국출판문화산업진흥원의 '2022년 중소출판사 출판콘텐츠 창작 지원 사업'의
일환으로 국민체육진흥기금을 지원받아 제작되었습니다.

권행백 소설집
타인의 삶

발행일 • 2023년 1월 25일 초판 1쇄

지은이 • 권행백 **펴낸이** • 오성준
본문 디자인 • BookMaster **K**   **표지 디자인** • 강도하

펴낸 곳 • 아마존의나비
등록번호 • 제2018-000191호(2014년 11월 19일)
주소 • 서울시 은평구 통일로73길 31
전화 • 02-3144-8755, 8756 **팩스** • 02-3144-8757 **이메일** • info@chaosbook.co.kr

ISBN 979-11-90263-20-7 03810

아마존의나비는 카오스북의 임프린트입니다.